CB014193

THE LAST CUENTISTA
Copyright © Donna Barba Higuera, 2021
Todos os direitos reservados.

Imagem de Capa © Raxenne Maniquiz

Tradução para a língua portuguesa
© Jana Bianchi, 2023

Diretor Editorial
Christiano Menezes

Diretor Comercial
Chico de Assis

Diretor de MKT e Operações
Mike Ribera

Diretora de Estratégia Editorial
Raquel Moritz

Gerente Comercial
Fernando Madeira

Coordenadora de Supply Chain
Janaina Ferreira

Gerente de Marca
Arthur Moraes

Gerente Editorial
Marcia Heloisa

Editora
Nilsen Silva

Capa e Proj. Gráfico
Retina 78

Coordenador de Arte
Eldon Oliveira

Coordenador de Diagramação
Sergio Chaves

Finalização
Sandro Tagliamento

Preparação
Flora Manzione

Revisão
Carolina Pontes
Maria Sylvia Correa
Retina Conteúdo

Impressão e Acabamento
Leograf

DADOS INTERNACIONAIS DE CATALOGAÇÃO NA PUBLICAÇÃO (CIP)
Jéssica de Oliveira Molinari - CRB-8/9852

Higuera, Donna Barba
A última contadora de histórias / Donna Barba Higuera ; tradução Jana Bianchi. — Rio de Janeiro : DarkSide Books, 2023.
288 p.

ISBN: 978-65-5598-307-4
Título original: The Last Cuentista

1. Ficção norte-americana 2. Distopia 3. Ficção científica
I. Título II. Bianchi, Jana

23-4637 CDD 813

Índice para catálogo sistemático:
1. Ficção norte-americana

[2023]
Todos os direitos desta edição reservados à
DarkSide® *Entretenimento LTDA.*
Rua General Roca, 935/504 — Tijuca
20521-071 — Rio de Janeiro — RJ — Brasil
www.darksidebooks.com

DONNA BARBA HIGUERA

A ÚLTIMA CONTADORA DE HISTÓRIAS

TRADUÇÃO JANA BIANCHI

DARKSIDE

Para o papai:
Das primeiríssimas histórias
antes de dormir aos nossos papos diários,
obrigada por toda uma vida de histórias.

A ÚLTIMA CONTADORA DE HISTÓRIAS

DONNA BARBA HIGUERA

Mi abuelita joga outra tora de *piñon* no fogo. A fumaça doce passa por nós, subindo na direção do céu estrelado. Os joelhos da *abuelita* estalam quando ela se senta ao meu lado sobre a manta. Hoje, a caneca de chocolate quente com canela que ela fez para mim permanece intocada.

"Tem uma coisa que quero que você leve na sua viagem, Petra." Lita, apelido carinhoso pelo qual chamo vovó, leva a mão ao bolso do suéter. "Como não vou estar com você no seu aniversário de treze anos..." Ela me estende um pingente de prata em formato de sol. O centro dele é preenchido por uma pedra preta e plana. "Se você o erguer contra o sol, a luz vai passar brilhando pela obsidiana."

Aceito o presente e o ergo, mas não há sol. Há apenas a lua. Às vezes, tento imaginar que sou capaz de ver coisas que não consigo realmente enxergar. Desta vez, porém, tenho certeza de ver um cintilar fraquinho sendo filtrado pela pedra central. Mexo o pingente de um lado para o outro. Ele desaparece por completo quando o afasto demais do centro do meu campo de visão.

Quando volto a olhar para Lita, ela está apontando para um pingente idêntico pendurado no próprio pescoço.

"Os iucategos acreditam que a obsidiana é mágica, sabia?", diz ela. "Um portal que reúne pessoas que se perderam umas das outras." Ela aperta os lábios. A pele marrom enruga na direção do nariz como a casca rachada de uma árvore.

"Eles não deviam me obrigar", retruco.

"Mas você precisa ir, Petra." Lita olha para o outro lado por um tempão antes de voltar a falar. "Crianças não devem ser separadas dos pais."

"Mas você é a mãe do papai. Se for assim, ele devia ficar com você. Nós todos devíamos." As palavras mal saíram da minha boca e já sei que estou parecendo uma criancinha.

Ela solta uma risada profunda e baixinha.

"Sou velha demais para uma viagem tão longa. Mas pra você... *Dios mío*, um planeta novinho em folha! Será emocionante!"

Meu queixo treme. Afundo a cabeça no colo dela, apertando sua cintura.

"Eu não quero deixar a senhora."

A barriga dela sobe e desce quando ela suspira fundo. Em algum ponto do deserto que margeia a casa de Lita, um coiote uiva chamando os amigos.

Como se combinado, as galinhas começam a cacarejar, e uma das cabras assustadas solta um balido.

"Você precisa de um *cuento*", diz Lita, se referindo a uma das histórias que costuma contar.

Nós nos deitamos, olhando para o céu estrelado. O vento quente do deserto passa soprando por nós enquanto Lita me puxa para o abraço mais apertado do mundo. Não quero sair dele nunca mais.

Ela aponta para o cometa Halley. Daqui, não parece tão perigoso.

"Había uma vez", começa ela, "um nagual serpente de fogo. A mãe dele era a Terra. O pai, o Sol."

"Um nagual serpente?", pergunto. "Mas como o Sol e a Terra podem ser pais de algo meio humano, meio animal...?"

"Xiiiu... A história é minha." Ela pigarreia e pega uma das minhas mãos entre as suas. "Serpente de Fogo estava possesso. A mãe Terra cuidava dele e o alimentava, mas o pai Sol não se aproximava. O pai trazia colheitas, mas também grandes secas e morte. Em um dia muito quente, enquanto Sol pairava sobre o nagual", Lita agita o braço na direção do céu, "a criatura desafiou o pai. A mãe implorou ao filho que continuasse com ela para sempre, mas o jovem Serpente de Fogo disparou na direção do pai."

Lita fica em silêncio. Sei que a pausa é parte da estratégia dela para manter o suspense. Funciona.

"E depois?"

Ela sorri e continua:

"Com a cauda flamejando, Serpente de Fogo ganhou velocidade até não conseguir mais frear. Mas quando começou a se aproximar do pai, Sol, percebeu que tinha cometido um erro. As chamas dele eram mais fortes e poderosas do que qualquer outra coisa no universo. O nagual deu uma volta ao redor do pai, retornando a toda velocidade na direção de seu lar, mas era tarde demais. O fogo do Sol tinha queimado seus olhos, e ele não conseguia mais enxergar." Lita estala a língua. *"Pobrecito,* cego e voando tão rápido que não tinha como diminuir a velocidade. Incapaz de encontrar a mãe." Ela suspira. Lá vem a parte das histórias em que a voz de Lita fica mais suave, como se ela estivesse só explicando como chegar à padaria da esquina. "Então, a cada setenta e cinco anos, ele repete a jornada na esperança de se reunir a ela." Ela aponta de novo para Serpente de Fogo. "Perto o bastante para sentir a presença da mãe, mas nunca a ponto de poder dar um abraço nela."

"Mas dessa vez vai ser diferente", digo, sentindo uma onda de calor subir pelas costas.

"Sim", responde ela, me puxando mais para perto. "Em alguns dias, Serpente de Fogo vai enfim reencontrar a mãe. *Y colorín Colorado, este cuento se ha acabado",* diz ela, encerrando o *cuento.*

Esfrego a mão de Lita várias vezes, memorizando suas rugas.

"Quem te contou essa história? Sua avó?"

Lita encolhe os ombros.

"Ela me contou alguns pedaços. Talvez eu tenha inventado o resto."

"Tô com medo, Lita", sussurro.

Ela dá tapinhas no meu braço.

"Pelo menos fiz você parar de pensar no assunto?"

Não respondo de vergonha. A história dela *de fato* me fez esquecer. Esquecer do que pode acontecer com ela e todas as outras pessoas do mundo.

"Não precisa ficar com medo", diz ela. "Eu não estou. É só o nagual voltando pra casa."

Olho para o Serpente de Fogo, em silêncio.

"Vou ser igual à senhora um dia, Lita. Uma contadora de histórias."

Ela se senta de pernas cruzadas, olhando para mim.

"Uma contadora de histórias, isso mesmo. Está no seu sangue." Ela se inclina na minha direção. "Mas igual a mim? Não, *mi hija.* Você precisa descobrir quem é e então ser essa pessoa."

"Mas e seu eu estragar suas histórias?", pergunto.

Lita envolve meu queixo com uma das mãos de pele macia e marrom.

"Não tem como. Elas viajaram centenas de anos e passaram por muitas pessoas até chegarem a você. Agora, você precisa se apropriar delas."

Penso em Lita e na mãe dela, e na mãe da mãe dela. Em quantas coisas sabiam. Quem sou eu para seguir os passos dessas mulheres?

Aperto o pingente.

"Nunca vou esquecer suas histórias, Lita."

"Eu sei. O planeta pra onde você tá indo também vai ter um sol ou dois." Ela bate no próprio pingente com a pontinha da unha. "Procura a direção em que eu estou quando chegar por lá?"

Meu lábio inferior treme, lágrimas escorrem pelo meu rosto.

"Não acredito que a gente tá deixando a senhora pra trás."

Ela enxuga meu rosto.

"É impossível me deixar pra trás. Eu sou parte de você. Você está me levando pra outro planeta e centenas de anos no futuro, junto com as minhas histórias. Que sorte a minha!"

Dou um beijo no rosto dela.

"Prometo te dar orgulho."

Apertando meu pingente de obsidiana, me pergunto se Lita vai ficar olhando o Serpente de Fogo pela janela embaçada enquanto ele se encontra com a mãe.

O traslado de Santa Fé até o local do lançamento na Floresta Nacional de San Juan, perto de Durango, leva menos de duas horas. Uma boa meia hora é gasta com o discurso de papai, que explica para Javier e para mim como a gente vai precisar ser gentil, trabalhar duro e parar de discutir um com o outro.

Antes, eu achava esquisito o governo ter escolhido especificamente esta floresta do Colorado em vez de uma base militar. Mas quando vejo as estradas ermas e os quilômetros de floresta densa, a decisão faz sentido. Dá para esconder até mesmo três imensas espaçonaves de colonização interestelar planejadas para o êxodo da Terra.

A Plêiades Ltda. projetou essas três embarcações de luxo para transportar pessoas ricas, com todo o conforto, pela galáxia. Já vi vários anúncios em megatelas às margens das planavias mostrando o interior das naves, digno de um hotel cinco estrelas. Candelabros com a cor registrada da Plêiades Ltda., o roxo, iluminam o rosto de atores em roupas chiques, segurando taças de martíni e sorrindo enquanto encaram uma falsa nebulosa. Um homem com voz de quem gargareja óleo de abacate toda manhã fala, com uma musiquinha de piano ao fundo: "Plêiades Ltda. Reimaginando tudo aquilo que você pensava sobre uma viagem interestelar. Luxo entre as estrelas, reservado apenas à elite aventureira".

Penso no que as espaçonaves são agora. Essas pessoas nas megatelas, com seus sorrisos tratados com branqueamento, não são nada parecidas com a gente: cientistas, terraformadores e líderes que o governo achou que mereciam viver mais do que os outros. E como minha família conseguiu entrar nessa seleção? Como esses políticos do governo fizeram essa escolha? E se mamãe e papai fossem mais velhos? Quantos dos próprios políticos foram selecionados para embarcar sem passar por processo algum?

Parece errado estar fugindo de fininho da Terra enquanto tanta gente fica para trás. Só ontem contaram para meus pais aonde estamos indo. Papai diz que a Plêiades estava guardando as naves em uma instalação imensa no antigo aeroporto de Denver, pois as primeiras viagens oficiais da empresa só aconteceriam daqui a dois anos. Os testes inaugurais no espaço próximo, feitos alguns meses atrás, foram um sucesso, mas como estamos partindo meio às pressas, esta vai ser a primeira viagem interestelar das embarcações.

Se uma erupção solar não tivesse mudado a trajetória do cometa semana passada, daqui a alguns dias a gente estaria assistindo à passagem inofensiva do Serpente de Fogo, como acontece desde os primórdios.

As instalações do local de lançamento não passam de uma estação da guarda florestal além de alguns portões do Parque Nacional. Tento não pensar no que vi na entrada. Da estação da guarda, somos orientados a pegar uma trilha pela floresta junto com outros passageiros. Mais famílias se juntam logo atrás da nossa, esperando a vez delas de embarcar na espaçonave. O bosque de álamos e pinheiros filtra a luz do sol como o vitral da história de Jonas e a baleia lá na igreja. Me sobressalto quando escuto a gritaria de filhotes de passarinho bem acima da nossa cabeça. Olho para o alto e vejo uma andorinha-das-chaminés partir do ninho em busca de mais comida. Os gritinhos dos filhotes param assim que ela sai. A mamãe pássaro nem imagina que todo esse trabalho é uma perda de tempo. Aperto os olhos e vejo as cabeças minúsculas acima da borda do ninho. A princípio, fico triste pelos bichinhos, tão pequenos e indefesos. Mas depois penso que, de certa forma, os pássaros são os sortudos. Nunca vão saber o que os acertou.

Continuamos até a espaçonave por um caminho que poderia ser uma trilha de caminhada qualquer. É o êxodo final da Terra menos oficial que se pode imaginar. Meus pais me disseram que o governo ficou de olho nas redes e descobriu que vários grupos extremistas e seguidores de teorias da conspiração suspeitavam que havia algo errado rolando. Eles estavam certos. Meu irmãozinho, Javier, para de supetão quando deixamos a camuflagem da mata de cedros e saímos para um campo verdejante. Uma espaçonave absurdamente grande, que mais parece um louva-a-deus de inox e cristal, surge diante de nós.

"Petra...?" Ele agarra meu pulso.

Do lado oposto do campo há uma réplica exata da nossa nave. Assim, de longe, parece ter metade do tamanho do titã à nossa frente. Como vejo só essas duas naves, sei que a terceira já decolou. Papai diz que perderam contato com a Terra depois de uma última mensagem indicando que estavam perto de Alpha Centauri.

"Tá tudo bem." Dou um empurrãozinho para que Javier siga em frente, mesmo que minha vontade também seja de correr de volta para a floresta.

Penso em Lita, nos meus professores e colegas de sala, e me pergunto o que estão fazendo agora. Não quero imaginar todo mundo com medo a ponto de tentar se esconder de algo que não pode ser evitado.

Em vez disso, imagino Lita e tia Berta deitadas sob a manta vermelha e preta de franjas, bebendo café com um "toque secreto" enquanto veem o nagual serpente voltando para casa.

"Berta! Não é hora de ser avarenta." Lita vira a garrafa de vidro cor de âmbar, vertendo o líquido também cor de âmbar na caneca de café.

"Tem razão", responde tia Berta. "A gente não vai ter um próximo Natal pra guardar isso aqui", diz ela, e Lita serve mais bebida na caneca dela.

Elas fazem um brinde, dão um golão e apoiam as costas na nogueira de mais de cem anos de tia Berta.

Essa é a história delas que vou guardar na memória.

Antes de os meus pais serem escolhidos, várias pessoas começaram a saquear os lugares. Quando perguntei a mamãe porque se davam ao trabalho, já que logo as coisas nem existiriam mais, os olhos dela marejaram. "As pessoas estão com medo. Algumas vão fazer coisas que achavam que nunca seriam capazes de fazer. A gente não tem o direito de julgar ninguém."

Ainda não entendo como alguns estão calmos e outros se revoltando. Acho que devia ficar feliz por meus pais terem sido escolhidos para irem a Sagan, o planeta novo. Mas sinto que recebi o último copo d'água da Terra e estou tomando tudo sozinha enquanto as outras pessoas observam.

Fito o cometa e faço uma careta. *Odeio você.*

Como formiguinhas em uma marcha ordenada na direção do formigueiro, eu e minha família andamos em silêncio pelo gramado, junto com vários cientistas e outra família com um adolescente loiro. Quando nos aproximamos, em vez da estação de lançamento padrão feita de concreto que eu esperava encontrar, vemos apenas grama recém-cortada.

"Vocês nem vão perceber a passagem do tempo quando a gente estiver a bordo", mamãe diz baixinho. "Não tem por que ficarem nervosos." Mas, quando ergo o rosto, vejo ela apertar os olhos com força e balançar a cabeça como se, de alguma forma, aquilo fosse fazer tudo isso sumir. "E quando a gente chegar em Sagan", continua minha mãe, "vamos começar do zero, como em uma fazenda. Vai ter mais gente da idade de vocês."

Isso não me anima muito. Não quero fazer amigos *nunca mais*. Tive até que soltar minha tartaruga Rápido nos fundos da casa de Lita. Talvez ele sobreviva ao impacto do cometa enfurnado na toquinha dele e viva sua vida sem mim.

"Que idiotice", murmuro. "Talvez eu devesse contar pra eles sobre a minha vista pra não deixarem a gente embarcar."

Mamãe e papai se entreolham. Ela me pega pelo braço e me puxa de lado. Sorri quando a outra família passa por nós.

"Que história é essa, Petra?"

Sinto lágrimas nos olhos.

"E a Lita? É como se vocês não estivessem nem aí pra ela."

Mamãe fecha os olhos.

"Você não tem nem noção de como tá sendo difícil." Ela suspira fundo e depois olha para mim. "Sinto muito que isso esteja deixando você triste, mas agora não é hora de falar desse assunto."

"Quando vai ser a hora?", pergunto, alto demais. "Daqui a centenas de anos, quando ela já estiver morta?"

O garoto loiro, agora à nossa frente, olha para trás. O pai chama a atenção dele, que se vira e continua andando.

"Petra, a gente não sabe exatamente o que vai acontecer." Mamãe olha de soslaio para a outra família. Pega em sua trança e torce a ponta dela na mão.

"Eu acho que você tá mentindo."

Mamãe olha para papai e pousa a mão no meu braço.

"Neste momento, Petra, o mundo não gira em volta do seu umbigo. Já parou pra pensar em como as outras pessoas estão se sentindo?"

Quase falo que o mundo talvez nem volte a girar, mas meu braço começa a balançar. Quando vejo, mamãe está tremendo.

Ela aponta para a direção de onde a gente veio.

"Viu aquelas pessoas esperando do lado de fora do portão?"

Desvio o olhar. Não quero lembrar da mulher tirando a aliança e empurrando o bebezinho dela nos braços de um guarda armado. "Por favor, por favor", dizia ela sem parar quando passamos de carro pelo portão. Assim como previsto, aquela família e centenas de outras deram um jeito de descobrir que o governo está escondendo alguma coisa.

"Elas dariam qualquer coisa pra embarcar com a gente." Mamãe se inclina para a frente, seus olhos fixos nos meus. "Quer mesmo ir embora?"

Penso naquela mãe com o bebê e em como seria nunca mais ver papai, mamãe ou Javier.

"Não", respondo.

Uma mulher e uma menina se aproximam de mãos dadas. Do topo do capuz do moletom da garotinha sai um chifre prateado em espiral. Quando passam, ela vira a cabeça sem nem disfarçar e me encara, desconfiada.

"Suma, *para*", sussurra a mãe, e a menina desvia o olhar.

Mamãe se vira na direção das duas, e sei que ela as viu prestando atenção em nós.

"Então será que você pode guardar suas opiniões só pra você por enquanto?", conclui ela.

E então segue em frente, passando por papai e Javier a passos largos. Papai ergue as sobrancelhas para mim e balança a cabeça. Com isso, sei que ele não vai mais tolerar gracinhas. Javier corre até mim, tropeçando em uma pedra no caminho. Tromba comigo, e o coloco de pé de novo. Damos as mãos.

"Tá tudo bem", diz meu irmão, exatamente como falei para ele agora há pouco. Dessa vez, é ele quem me dá um empurrãozinho.

Respiro fundo quando nos aproximamos da rampa de entrada da nave em forma de louva-a-deus. A superfície frontal, do tamanho de um campo de futebol, se eleva acima de nós. Janelas ao longo da seção dianteira fazem parecer que a embarcação está com a boca aberta, expondo longas presas entre o topo da cabeça e a parte de baixo da mandíbula. Duas patas traseiras se estendem na direção do solo, ancorando a espaçonave no lugar.

À distância, pontinhos minúsculos adentram a barriga da outra nave insetoide, programada para partir pouco depois do nosso embarque.

Javier aponta para dois compartimentos ovais com aparência de asas na parte traseira da embarcação.

"A gente vai ficar ali?", pergunta ele, e papai assente. "É maior que a minha escola inteira", sussurra Javier.

"É mesmo." O sorriso falso de mamãe parece estar tentando convencê-lo de que estamos indo para a Disney de novo. "Pouquíssimas naves são capazes de carregar tanta gente pra tão longe."

"E a gente vai dormir?", pergunta ele.

"Vai ser só um cochilinho", diz mamãe.

O "cochilinho", e o que ele vai nos dar, é a única parte positiva disso tudo. Mas, ao contrário das sonequinhas de meia hora de Javier, o sono em questão vai durar trezentos e oitenta anos.

Não sei como não juntei as peças e descobri o que realmente estava acontecendo na semana anterior à nossa partida, quando *sem querer* entreouvi a conversa dos meus pais.

Estavam falando baixinho na sala. Significava que, mesmo que soubessem que a gente estava dormindo, não queriam correr nenhum risco. Arranquei a cabeça de Josefina, minha boneca quase em tamanho real, e acomodei seus cabelos pretos sobre o meu travesseiro. Fazia uns cinco anos que não brincava com aquela boneca, mas a deixava à mão para situações como aquela.

De fininho, saí do quarto e passei pela porta do quarto de Javier. O brilho do aquário dele banhava o corredor com luz suficiente para que eu enxergasse o caminho.

Um sussurro, alto o bastante para fazer Josefina criar vida com o susto, veio do quarto dele.

"Aonde você tá indo, Petra?"

A porta dele rangeu quando me esgueirei para dentro.

"Pra lugar nenhum. Só ia pegar um copo d'água."

Ele deu um pulinho pro lado na cama para abrir espaço para mim. Em vez do pijama, estava vestindo o moletom da Gen-Gyro-Gang que não tirava fazia três dias. Depois que os geneticistas chineses recriaram Pete Peludo e os holofotes do mundo se voltaram para o mamutezinho clonado, todas as crianças passaram a ter um moletom da ggg com Pete no meio, um bebê hipacrossauro de um lado e um pássaro dodô do outro. Javier estendeu a mão e me entregou a cópia dele de *Sonhadores*, um livro de papel de verdade que era do meu pai quando ele era criança. Aquela coisa era velhíssima, escrita muito antes da invenção dos librexes e dos geradores de história.

"Agora não, Javier." Devolvi o livro favorito dele à prateleira acima da cama.

"Ahhhh", resmungou meu irmão.

Por um segundo, mamãe e papai pararam de falar, e coloquei o indicador sobre os lábios.

"A gente devia estar dormindo."

Me inclinei para dar um beijo de boa-noite nele, mas no processo bati o dedinho do pé com força na quina da cama. Cobri a boca com a mão e caí no colchão ao lado dele.

"Foi mal", sussurrou ele.

Gemi de dor.

"Não foi culpa sua. Eu não vi." Massageei o dedinho. "Esses meus olhos idiotas..."

Javier estendeu a mão para segurar a minha.

"Não precisa se preocupar, Petra. Eu vou ser seus olhos."

Senti um nó na garganta, e aconcheguei o corpo dele contra o meu. Peguei a mão de Javier e passei o dedo sobre sua marca de nascença em forma de constelação, um punhado de sardas bem na curva entre o dedão e o indicador, a mensagem silenciosa que só ele e eu conhecemos. Me acomodei no travesseiro, com a cabeça bem perto da dele, e ficamos olhando o sapo-anão-africano de Javier nadar de um lado para o outro no fundo do aquário. Com as pernas compridas e membranas entre os dedos, ele parecia um *tomatillo* com palitos de dente espetados no lugar dos membros.

"Você tá dando muita comida pra esse sapo."

"Eu batizei ele de Gordo, então tudo bem", disse ele.

Dei uma risadinha e continuei esfregando a marca de nascença até a respiração do meu irmão ficar mais profunda. Da capa do livro *Sonhadores*, a mãe da história olhava de forma atenciosa para nós, com os olhos e os lábios em uma expressão gentil, como a de Lita.

Saí de trás de Javier e desci da cama. O corredor estava na penumbra, então decidi que seria mais seguro ir de fininho até a sala para ouvir a conversa. Fui tateando o caminho para não trombar com nada, e então rastejei para trás do sofá.

"É meio mórbido", dizia mamãe. "Cento e quarenta e seis pessoas, exatamente o número de monitores em cada espaçonave. É tudo de que os humanos precisam pra continuar com diversidade genética suficiente caso o resto da população da Terra morra."

Por diversão, eles sempre propunham situações científicas hipotéticas um para o outro. Achei que era o caso, só mais uma conversa de nerds em uma noite de lazer.

"Minha impressão é de que os monitores estão fazendo um grande sacrifício pelo resto de nós", mamãe continuou.

"Eles foram escolhidos pra essa missão por uma razão, assim como a gente", disse papai.

"Mas a gente vai até o fim do percurso."

"Eles continuam sendo passageiros", retorquiu papai. "E a gente não sabe exatamente o que nos espera. Não tem como saber se a vida deles vai ser melhor ou pior que a nossa."

O papo começou a soar como algo que não era uma conversa hipotética. O relógio da cozinha bateu as dez horas da noite.

"Ligar tela", disse papai, abrindo o noticiário das dez programado especificamente para eles.

Olhei por cima do encosto do sofá.

"Hoje à noite, nos juntamos ao Fórum Mundial da Paz, onde um movimento internacional está crescendo." A apresentadora ergueu as sobrancelhas, mas a testa dela não formou uma ruga sequer. "Este... novo e interessante movimento vem recebendo muitos elogios de um lado e críticas ainda maiores do outro."

Um homem de nariz pontudo e com o cabelo cortado bem rente às têmporas começou a falar. Sua voz suave não combinava com os traços acentuados que ele tinha.

"Este foi um século de muitos desafios. Logo, encararemos outros. Imagine um mundo onde os humanos sejam capazes de entrar em consenso. Com união e coletividade, podemos evitar conflitos. Sem conflitos, não há guerras. Sem o custo das guerras, não há mais fome. Sem diferenças de cultura, aparência, conhecimento..."

Enfiei mais um pouco a cabeça entre as almofadas para enxergar melhor. Atrás do apresentador, havia uma fileira de homens e mulheres uniformizados com cabelo descolorido e penteado para trás com gel, abraçando a cintura uns dos outros. Com sorrisos idênticos e nem um traço de maquiagem no rosto.

"São a inconsistência e a desigualdade que nos levam ao incômodo e à infelicidade. Esse esforço coletivo garante a sobrevivência", disse o homem.

"Sim", disse papai para o cara que não podia ouvi-lo. "Mas a que custo?"

"E não é isso que a gente tá fazendo?", perguntou mamãe. "Sobrevivendo?"

Papai suspirou.

O homem deu um passo para trás para se alinhar com as outras pessoas.

"Junte-se a nós. Nosso Coletivo é mais forte como uma entidade única. Com sua confiança, podemos apagar o sofrimento e a dor do passado. Nós vamos..."

"... criar uma nova história", disseram em uníssono as outras pessoas iguais.

Papai desligou o áudio do aparelho.

"Acho que estão falando de uma forma totalmente diferente de sobrevivência. Vai me dizer que *isso* não é assustador?", disse ele, apontando para a tela.

Me sentei sobre os calcanhares. O mundo que aqueles esquisitos propunham não parecia tão ruim para mim. Sem guerra. Sem fome. Sem ter que pensar que roupa vestir para ir à escola todo dia.

Como se papai estivesse lendo minha mente, continuou:

"A parte assustadora não é exatamente o que eles querem. O que me preocupa é a forma que propõem para alcançar isso."

Eu geralmente não podia ficar acordada até tão tarde para assistir ao noticiário, então sabia que devia estar perdendo coisas interessantes aquele tempo todo. O que exatamente era tão assustador no que aquele cara estava propondo?

Vi papai balançando a cabeça.

"Igualdade é bom. Mas igualdade e equidade são duas coisas bem diferentes. Às vezes, as pessoas falam as coisas sem contemplar o que realmente significam... Esse dogma tá bem no limiar entre as duas coisas."

Fiz uma nota mental para pesquisar no dia seguinte o que *dogma* significava.

"Então você acha que ninguém vai sobreviver." Mamãe apontou para a tela.

"A gente não pode se preocupar com isso. Temos problemas maiores, tipo competir com outros países por espaçonaves."

"Garanto que pelo menos o Japão e a Nova Zelândia têm algumas que vão decolar nos próximos dias. A questão é se eles também têm ou não um assentamento secreto viável." Mamãe suspirou. "Talvez esse Coletivo esteja certo. A paz e a cooperação internacional já eram." Ouvi umas batidinhas e soube que papai estava dando tapas no joelho. "Vai ser responsabilidade nossa lembrar o que deu certo e facilitar as coisas pros nossos filhos e netos. Abraçar as diferenças e ainda assim achar um jeito de viver em paz."

Engatinhei de volta para o meu quarto e empurrei Josefina para o chão. Fiquei me perguntando se um daqueles monitores que meus pais tinham mencionado me ajudaria a limpar meu quarto. Para qual parte dos Estados Unidos aquela espaçonave iria nos levar por conta do novo projeto da mamãe e do papai? Como fazer para Javier parar de dar comida demais para o sapinho dele?

Foi só mais tarde que descobri que, naquela noite, ao contrário de mim e das pessoas no noticiário, meus pais já sabiam o que estava prestes a acontecer. Nós sequer estaríamos acordados para interagir com os monitores ou bagunçar os quartos. A gente não estava indo para lugar algum na Terra. A "missão" dos meus pais é em um planeta fora do nosso sistema solar, um lugar chamado Sagan. Os monitores, escolhidos para cuidar de nós enquanto dormimos, não vão nem estar vivos para testemunhar nossa chegada. Mas, com sorte, os tatara-tatara-tataranetos deles estarão lá quando a gente acordar.

E o sapo gordinho de Javier está comendo à vontade em um laguinho.

Aparentemente, o cara que inventou o En Cognito (também conhecido como Conhecimento Baixável) comprou o lugar dele na terceira nave ao dar acesso gratuito ao sistema para todos os passageiros que estão indo embora da Terra. Assim, enquanto a gente estiver inconsciente durante a jornada, vou assistir às aulas de botânica e geologia que meus pais escolheram para mim. Mas como estou com quase treze anos, também tenho direito a selecionar uma eletiva. Ela sozinha provavelmente custa mais do que nossa casa e a de Lita juntas. Centenas de anos... e vidas e mais vidas de aulas de folclore e mitologia vão estar bem registradas na minha mente quando a gente chegar em Sagan. Mal consigo imaginar o tanto de histórias que vou saber.

Estou tão ocupada pensando em como Lita ficaria orgulhosa de mim que mal percebo mamãe gesticulando para papai enquanto entramos na nave. Ele segura Javier pela mão, e mamãe agarra meu cotovelo ao mesmo tempo.

"Agora sim", sussurra ela.

De repente, entendo o que estão fazendo e sinto vontade de chorar. Sei o que não estão falando em voz alta; que não podem correr o risco de que eu estrague tudo. Os organizadores não querem ninguém com um "defeito genético", como o da minha vista, no novo planeta.

Tem pelo menos sete pessoas esperando na rampa de entrada, todas jovens e vestidas com macacões cinza-escuro idênticos. A pele deles, porém, forma um arco-íris que vai de branco a negro retinto. Correm os olhos pela multidão e, um a um, se aproximam de alguém do grupo com o qual a gente chegou.

Um jovem de óculos redondos de armação fina se aproxima de nós, vindo da rampa da espaçonave. Ele olha para o tablet que tem na mão e sorri para mamãe.

"Dra. Pena?"

"Sim", responde mamãe. "Mas é Peña, com ñ", corrige ela. "Tipo o som de 'nh' em 'lasanha'."

Ele sorri.

"Perdão. Peña." Ele digita algo no tablet, que apita. Depois se vira para meu pai. "E... Dr. Peña?"

Papai confirma com a cabeça.

O homem dá um tapinha em sua holohaste e fala com a boca próxima da extremidade: "Peña: dois adultos e dois menores. Prazer em conhecer vocês. Meu nome é Ben. Sou o monitor da nave que vai cuidar das crianças". Ele gesticula para que a gente siga atrás dele. "Peço desculpas pela correria, nosso cronograma está um pouquinho apertado." Ele olha com certa apreensão na direção do portão de contenção atrás das árvores.

Olho por cima do ombro também, mas não consigo ver nada além da floresta pela qual viemos.

Os outros monitores já estão começando a desaparecer pela entrada da nave com os demais passageiros.

"Aqui vamos nós", diz mamãe para si mesma, mas também como aviso de que vai me puxar junto.

Uma fita de iluminação roxa circunda a entrada, exatamente como no comercial da Plêiades Ltda., mas além da passagem está tudo escuro, exceto por um brilho azul bem fraquinho. Todos os outros emblemas da empresa que indicavam que a espaçonave fora feita para ser de luxo foram apagados. Corro os olhos de um lado para o outro do recinto para ter uma visão mais geral dos arredores, como o oftalmologista me dissera para fazer. Minha vista ainda funciona bem quando a luz é abundante, mas na penumbra preciso tatear o caminho até quando estou em casa, caso contrário corro o risco de tropeçar nos brinquedos de Javier e cair de cabeça no chão. Tenho uma coisa que chama retinite pigmentosa, e é como ver o mundo através de um tubo de papel higiênico. Deve piorar com a idade.

Me viro para ter um último relance do céu e trombo com algo.

"Perdão", digo, antes de perceber que é só o batente de uma porta. Javier e eu abrimos um sorrisinho.

Mamãe coloca o indicador sobre os lábios e balança a cabeça em um aviso.

Fecho os olhos e inspiro, respirando pela última vez sob o céu da Terra.

Continuamos pela rampa até entrarmos no porão da nave. Um transportador repousa nas sombras como um percevejo, esperando o momento de entrar em ação daqui a quatrocentos anos.

O espaço está cheio de fileiras e mais fileiras de tambores de metal, como se fosse um armazém. Ben nos leva até o elevador, cuja porta acabou de fechar depois da entrada das duas famílias com as quais chegamos. Enquanto a gente espera, Ben aponta para uma porta de aço cercada por uma luz azul pulsante, a maçaneta protegida por uma caixa transparente trancada.

"Estoques de comida e canudos de filtragem de água, tudo preparado e selado para a chegada de vocês em Sagan." Depois ele indica um canto escuro do porão, olhando para mamãe e papai. "Os laboratórios vão ser aqui", afirma. Papai ergue as sobrancelhas, e Ben sorri. "Sei que não parece grande coisa agora, mas não se preocupem. Vai estar tudo montado direitinho e esperando por vocês quando chegarem." Depois, ele mostra a rampa de entrada pela qual acabamos de passar. "E essa parte vai ser transformada na doca dos transportadores."

O elevador solta um apito, e a porta se abre. As paredes externas são feitas de vidro curvo, mas um tubo circular de metal escuro envolve as superfícies transparentes. Ben aperta o número seis e então as portas de vidro se fecham.

Subimos por um sufocante e escuro túnel vertical. Javier abraça a perna de papai.

Ben sorri para Javier.

"O pior já passou", diz ele. "A distância do porão até o andar principal é metade da altura da espaçonave."

Assim que ele diz isso, o elevador apita de novo, indicando o primeiro andar. A proteção de metal desaparece. Janelas em um dos lados do elevador dão para o corpo cavernoso da nave.

Tenho a mesma sensação meio atordoante de quando entrei pelo túnel no estádio olímpico de Dallas na minha primeira excursão escolar.

Javier solta a perna de papai e corre para dar uma espiada no interior da embarcação.

"Caraca!", exclama ele com as mãos espalmadas no vidro.

Percebo que estou sem fôlego. À minha frente, há um átrio maior que seis campos de futebol juntos.

Plim! O elevador apita, anunciando o segundo andar.

Do lado oposto, como em um estádio, centenas de suítes privativas dão para um campo verde vários andares abaixo. É um parque imenso que cobre quase o piso inferior inteiro. Pistas de caminhada, como veios em uma folha, serpenteiam pelo gramado. Há bancos e mesas espalhados, rentes às trilhas; de onde a gente está, pelo menos quinze metros acima, parece uma maquete. Lamparinas cintilam como vagalumes, iluminando os caminhos.

No segundo nível logo acima do parque, o perímetro todo é margeado pelo que parece uma pista de atletismo dividida em oito por linhas brancas. Enfileirados à parede próxima a ela, há equipamentos de musculação e retângulos azul-turquesa que indicam piscinas de treino individual.

À distância, humanos que parecem apenas pontinhos sobem e descem pelos tubos transparentes nos cantos da espaçonave. O elevador em que estamos apita, indicando o terceiro andar.

"Meu quarto fica bem ali." Ben aponta para uma porta do outro lado da nave, perto das janelas das suítes voltadas para o parque. Depois, indica um espaço dois pisos abaixo. "Bem em cima do teatro", acrescenta, apontando para o andar principal. Há um anfiteatro externo com um palco e uma holotela maior do que as do cinema. Por um segundo, me pergunto quem decide que filmes vão passar.

"O refeitório", continua Ben, apontando para o andar principal.

Logo atrás do parque, vemos um enorme espaço aberto que poderia ser a praça de alimentação de qualquer shopping. Mesas e cadeiras saem diretamente das paredes. Há cubículos com comida seca racionada do chão ao teto, suficiente para todos os monitores por centenas de anos. É aflitivo pensar de onde vão tirar o líquido para reidratar as refeições, pois não é possível que a nave tenha um compartimento grande o bastante para armazenar água para trezentos e oitenta anos. Uma parede de fornos de magno-ondas é o único sinal de algo remotamente similar a uma cozinha normal.

Plim! O elevador anuncia o quarto andar.

Todo o fascínio que estou sentindo desaparece assim que me lembro do porquê de estarmos aqui. Na verdade, só vou poder usar essa estrutura pouco antes do pouso. Meu frio na barriga é substituído pela lembrança incômoda das coisas que estou sacrificando em troca disso, como a cozinha de Lita e o cheiro terroso de palha de milho na água e de pimenta verde.

Encaro a lanchonete lá embaixo, certa de que não deve ter massa de milho e pimenta verde nos estoques. Lita nunca ficaria bem aqui. Vejo as mãos dela, escuras e cheias de rugas, embrulhando massa em palha de milho.

Pisco várias vezes, tentando espantar as lágrimas antes que escorram pelo meu rosto. Não posso ser a única aqui sentindo que tudo isso é um grande erro. Deus vai dar um jeito, empurrando o cometa Halley... ou o nagual... ou o que quer que seja, um pouquinho para o lado, de volta à trajetória original.

Plim! O elevador apita, anunciando o quinto andar.

Olho para baixo, esperando que ninguém perceba meus olhos marejados. O teto abobadado, pelo menos trinta metros acima de nós, é equipado com duas telas gigantescas. Nuvens rodopiantes voam pelo que parece um céu de verdade. Conjuntos imensos de led projetam luz de espectro completo, como as lâmpadas na estufa de mamãe.

Ben para ao meu lado e também olha para cima.

"Em duas horas, a projeção vai mudar pra um céu noturno, então vai parecer que ainda estamos em casa."

Acompanho os dedos dele quando apontam para o parque de novo.

"Lá tem até plantas de verdade", diz ele.

"É lindo", sussurro.

Mamãe beija minha bochecha, e sei que não estamos mais brigadas.

"Veja o que tem ali no meio", sussurra ela no meu ouvido.

Analiso lentamente o centro do parque. Vejo uma parede circular de pedra que parece um enfeite medieval. No meio do anel rochoso, cresce uma arvorezinha.

"Uma árvore de Natal?", arrisca Javier.

Mamãe dá uma risadinha.

"É a Hipérion."

Viro na direção dela, e trombamos os narizes. Dou uma risadinha. Ela deve estar maluca. Minha percepção de profundidade não pode ser *tão* ruim assim. Não é possível que aquela coisinha seja a árvore mais alta do mundo. A localização da Hipérion é protegida, mas qualquer pessoa com uma mãe botânica, como eu, conheceria essa árvore famosa. Mamãe até já a viu pessoalmente uma vez. Disse que abraçou o tronco e chorou.

Olho para minha mãe. Ela está fitando a árvore com adoração, o rosto inteiro tomado pelo primeiro sorriso genuíno que vejo em dias.

"Bom, não é a Hipérion exatamente, mas consegui adquirir uma mudinha dela." Sua voz vacila. "A gente tá deixando tantas coisas lindas pra trás... Trazer uma descendente de algo com tanta força e resiliência foi a coisa que mais fez sentido pra mim." Ela suspira. "Ainda vai ser uma bebê comparada à árvore-mãe quando a gente chegar. Estão usando nutrientes liberados gradativamente pra controlar o crescimento dela e manter as outras plantas vivas." Mamãe menciona de forma casual o revolucionário aditivo para o solo que ela mesma criou, depois dá uma risadinha nervosa. "Sem pressão."

Plim! O elevador anuncia o sexto andar.

"Parabéns, a propósito." Ben sorri. "Uma invenção impressionante!"

Mamãe assente sem muito estardalhaço. A porta se abre e então saímos.

Os demais passageiros já desapareceram por um dos corredores labirínticos. Seguimos Ben por um túnel que margeia a borda mais externa da espaçonave. O chão tem uma leve inclinação para cima e a iluminação é fraca, então seguro firme no corrimão. Estamos perto do topo da passagem, o que significa que estamos nos aproximando da ponta da asa direita do louva-a-deus.

"Eu conheço a Dra. Nguyen", continua Ben. "A responsável pelo banco de sementes e pelo cultivo das plantas durante a primeira parte da nossa viagem."

O sorriso de mamãe morre um pouco, e papai dá um tapinha nas costas dela.

"Ela é minha amiga", diz mamãe. "Quando encontrar com ela, diga que agradeci. E..."

O silêncio que se segue é desconfortável.

"Claro", diz Ben. "Vou passar seu recado pra ela."

Espio pelas portas abertas dos dois lados. Vejo pessoas vestidas com macacões como o de Ben paradas diante de painéis, os dedos deslizando por holotelas.

"Chegamos à câmara de estase dos adolescentes", diz Ben, apontando para uma porta aberta à nossa direita.

O cômodo tem um corredor vazio no meio cercado dos dois lados pelo que parecem pelo menos trinta caixões brancos com tampas de vidro. Quase todas já estão fechadas, cheias de um fluido fluorescente.

Solto a mão de mamãe e hesito, parando à porta.

Uma mulher com o cabelo preso em um coque apertado e um tablet na mão está de pé diante de uma das cápsulas. A família com o garoto loiro está diante dela. A monitora olha para mim, a testa franzindo como se eu fosse uma mosca que acabou de pousar no painel de controle. Depois ela toca no tablet com a holohaste e a porta da sala se fecha com um estampido.

Ben se inclina na minha direção.

"É a monitora líder. Ela leva o trabalho muito a sério."

Fico grata de termos ficado com Ben e não com aquela moça.

"Dr. e Dra. Peña, vocês vão ficar na área estibordo, perto da proa da espaçonave. Seus filhos vão ser armazenados próximo à popa, na área bombordo. À frente, vocês..."

Papai se detém.

"Espera aí, ninguém disse que a gente ia se separar."

Ben se vira na direção de papai, tropeçando nas palavras.

"Mas é o... é o protocolo." Ele baixa a voz. "Sinto muito mesmo, Dr. Peña. As cápsulas dos senhores ficam do outro lado da espaçonave." Ele olha na direção da sala onde vimos a monitora líder. "Temos ordens de separar e armazenar as pessoas por idade pra garantir uma observação mais eficiente."

Separar e armazenar? Assim parece que somos ovos em uma cartela. O ar exageradamente esterilizado queima minhas narinas e meus olhos.

Meus pais se entreolham. Mamãe parece tão preocupada quanto papai, mas aperta o braço dele.

"Vai ficar tudo bem, querido", diz ela.

Papai dá um beijinho na testa dela. Olho para Javier, que está com a testa meio franzida, igualzinho ao papai. Puxo ele pelo braço, é minha vez de beijar sua testa.

"Vai ficar tudo bem, meu punzinho", sussurro, imitando a voz de mamãe.

Javier sorri e se apoia em mim.

Ben parece aliviado quando papai gesticula para que ele siga em frente. Ele entra por uma porta aberta, depois se vira para mim e Javier.

"Chegamos. Área infantojuvenil, para quem tem de seis a doze anos."

A luz na área "infantojuvenil" está ainda mais baixa do que no resto da nave. Há três fileiras de seis cápsulas de estase ocupando o cômodo, e elas meio que parecem exatamente... ovos em uma cartela. Só sete das cápsulas não estão ocupadas ainda. Vultos escuros flutuam no centro do líquido brilhante. Lembro da água esverdeada do manguezal perto da casa de infância de Lita em Tulum, o lugar mais pacífico do mundo. Mas lá eu sempre me perguntava se as sombras escuras à espreita logo abaixo da superfície de vez em quando mordiam um dedão aqui ou ali.

Javier me abraça pela cintura.

Ben se inclina para que os olhos dele fiquem no mesmo nível dos de Javier.

"Sei que parece assustador. Mas vou cuidar de vocês dois enquanto estiver por aqui." Ben gira a maçaneta de uma das cápsulas vazias. Com um estalo de vácuo, a tampa se abre. "Viu? É tipo um daqueles escâneres diagnósticos que os médicos usam."

"Quem vai colocar vocês em uma cápsula?", Javier pergunta para Ben, apontando para o equipamento.

Mamãe envolve a cabeça de Javier com o braço, cobrindo a boca dele com a mão.

"Peço desculpas", diz ela. "Ele não entende."

Ben se inclina de novo diante de Javier.

"Nosso trabalho é o mais legal do mundo. A gente vai viver a vida inteira nesta nave." Depois, ele abre os braços. "Viajando pelo espaço. Viu como minha casa nova é incrível?"

Javier confirma com a cabeça.

Ele está certo. Acho que é melhor do que morrer na Terra. Mesmo assim, o parque de Ben não vai ter cheiro de flores do deserto depois da chuva. A tela imensa lá em cima pode até simular o céu diurno e o noturno, mas nunca vai ser tomada pelo brilho de relâmpagos ou retumbar de trovões. A vista que ele tem da escuridão do espaço não se compara aos laranjas e vermelhos dos montes Sangre de Cristo lá perto de onde a gente morava.

"Eu até ajudei algumas pessoas na primeira espaçonave a dormirem antes da decolagem. Construtores, fazendeiros... várias crianças. Quando a nave de vocês pousar em Sagan, eles vão estar prontos pra receber...", ele dá uma batidinha na cabeça de Javier, "... o que a nossa nave científica tá levando."

Penso na outra nave que vimos no caminho e me pergunto quantas crianças estão viajando com os pais, como nós.

Ben entrega uma sacola plástica para mamãe e puxa uma cortininha. Enquanto ela ajuda Javier a se trocar, Ben faz um sinal para que papai se aproxime da cápsula. Baixa a voz, e o tom dele muda como se ele já tivesse dito essas exatas palavras centenas de vezes só hoje:

"O conhecimento baixável do En Cognito coloca os órgãos e o cérebro em estado dormente de forma imediata. O gel preserva os tecidos indefinidamente, removendo células senescentes e excrementos. Não apenas providencia os nutrientes e o oxigênio de que o corpo vai precisar durante um período tão longo em estase como também fornece lidocaína pra adormecer as terminações nervosas, fazendo com que a temperatura mais baixa do gel seja confortável quando for a hora de despertar."

Papai respira fundo.

"Entendi. Muito obrigado pela explicação."

Ben logo muda de assunto, e sua voz volta à entonação normal.

"Inclusive", olha para o tablet, "a programação do En Cognito do Javier e da Petra estão aqui comigo. Currículo padrão com ênfase em botânica e geologia na área de ciências."

"Isso mesmo", diz papai, fazendo um joinha pra mim.

Reviro os olhos. Pelo menos não vou ter que "ouvir" as aulas de verdade, já que o dispositivo do En Cognito que nos coloca para dormir também é programado para transmitir os assuntos direto para o cérebro. Quando a gente chegar em Sagan, vou ser tão especialista quanto mamãe em biologia e papai em geologia. Claro que essa não é a parte boa. Com todo o conteúdo de folclore e mitologia somado às histórias de Lita, vou poder ter uma chance mínima de tentar convencer papai e mamãe de que eu devia ser mesmo é contadora de histórias. Mas, como Lita disse, vou precisar me apropriar dessas narrativas.

Javier sai de trás da cortininha usando shorts pretos, como se estivesse indo à praia. Enquanto mamãe entrega para Ben a sacola plástica com as roupas e o livro favorito de Javier, papai pega meu irmão no colo e o aperta em um abraço forte.

Mamãe passa a mão nas costas dele, encarando a cápsula aberta.

"Eu quero ir pra casa", choraminga Javier. "A gente pode ir pra casa, por favor?"

Mamãe pega meu irmãozinho dos braços de papai.

"Vai ser só um cochilinho."

A respiração de Javier vai ficando cada vez mais acelerada conforme ele tenta reprimir o choro. Mamãe o coloca com gentileza na cápsula, os braços ainda ao redor do corpinho dele.

Quero que a última lembrança do meu irmão antes de mergulhar em séculos de sono seja algo bom. Ajoelho ao lado da cápsula e encosto a minha bochecha na dele. Fecho os olhos, me imaginando de mãos dadas com Lita, a fumaça de *piñon* flutuando no céu do Novo México. Seguro a mão de Javier como Lita segurou a minha. Passo o polegar sobre a marca de nascença em forma de constelação na mão esquerda dele. Meu irmão abre um sorrisinho. Decido contar a ele a história que Lita me contou na última noite que passei com ela, a que mais me acalmou. Com a voz suave e paciente como a dela, começo a falar.

"Sabia que as estrelas são as orações das *abuelas,* das mamães e das irmãs...", começo, e Javier funga no meu ouvido, "... pras crianças que elas amam? Todas as estrelas são cheinhas de esperança." Me sento e aponto para cima. *"¿Y cuántas estrellas hay en el cielo?"*

"Quantas estrelas tem no céu?", repete ele, abrindo um dos olhos para encarar o teto como se estivesse imaginando o céu noturno. "Não sei."

Chego mais perto e sussurro na orelha dele:

"¿Cincuenta?"

"Só cinquenta?" Ele sorri, provavelmente imaginando um trilhão de astros.

"Ou será que é *sin... cuenta*?" Sorrio, e faço cafuné nele como Lita costumava fazer.

"Estrelas sem conta... Infinitas", sussurra ele, entendendo o trocadilho em espanhol.

Me pergunto se contei a história como Lita contava, se o fato de eu estar segurando a mão dele é tão calmante como quando ela segurava a minha. Não consigo lembrar o resto. Ela terminava de um jeito que parecia... reconfortante. O que dizia mesmo?

"Todas as estrelas lá fora, ao nosso redor, são nossos ancestrais. Eles sussurram mensagens nos nossos ouvidos."

Javier se senta, arregalando os olhos.

"As estrelas são nossos parentes mortos?"

"Não, Javier... Eu quis dizer que..."

"Tipo, fantasmas? No espaço?" Javier agarra a lateral da cápsula e tenta sair. "Mamãe, por favor... Eu não quero ir."

As coisas não saíram como eu imaginava.

"Não foi isso que eu quis dizer", tento corrigir, mas é tarde demais.

Javier está à beira de um acesso de choro.

Ben interrompe.

"Dra. Peña, por favor. Precisamos prosseguir."

Mamãe faz carinho na cabeça de Javier para que ele se acalme, como costuma fazer quando ele tem um pesadelo.

"Eu sei, eu sei." Ela o deita de novo, depois se vira para mim. O canto dos olhos dela, semicerrados, está franzido. "Sério, Petra, não é hora de contar histórias."

As palavras dela me acertam como um soco no estômago.

O queixo de Javier começa a tremer.

"Quero voltar pra casa."

Talvez meus pais estejam certos e eu deva mesmo estudar plantas e pedras como eles. Talvez querer contar histórias seja "viver em um mundo de fantasia" ou "com a cabeça nas nuvens".

"A gente *está* indo pra casa, Javier", tento compensar, me apegando à esperança de que seja verdade. "A gente vai correr e brincar lá em Sagan como fazia aqui na Terra."

Javier concorda com a cabeça, mas a tentativa de sorriso dele parece mais dolorida do que convincente.

Papai dá um tapinha nas minhas costas.

Me forço a sorrir de volta, mas acho que já causei muito estrago. Qual é o segredo de Lita? Nunca vou ser tão boa quanto ela.

"Prontos?", sussurra Ben para minha mãe.

Ela assente, tensa, mas está com os olhos cheios de lágrimas.

O monitor aperta um botão e cintos de contenção envolvem o corpo de Javier, prendendo meu irmão no lugar.

Sinto o peso da mão de papai no meu ombro. Ele dá uma apertadinha, o jeito dele de me dizer que vai ficar tudo bem.

"Mamãe, por favor", implora Javier. Ele começa a se debater, mas os cintos não permitem mais que alguns centímetros de movimento.

Ben veste luvas plásticas e abre uma caixa de metal. Em letras grandes ao longo da lateral, está escrito: *En Cognito Conhecimento Baixável – Pediátrico*. Vejo esferas prateadas e brilhantes dentro da caixa. Ben ergue uma das "cogs" e a acomoda no que parece um cone de sorvete em miniatura. Aperta um botão na base e a cog começa a brilhar em roxo.

Uma lágrima escorre pela bochecha de mamãe, a voz dela mais alta do que a de Javier.

"Tá tudo bem, meu amorzinho. Prometo que você vai ficar bem. Seja corajoso!"

O corpo de Javier treme, e lágrimas escorrem pelo seu rosto. Aperto a mão do meu irmão com mais força, o polegar ainda em cima da marca de nascença.

"Estamos quase lá", diz Ben, calmo. Usando o cone de sorvete, deixa a cog roxa escorregar pela parte de trás da nuca de Javier, depois a posiciona no lugar certo. "Só mais uns segundos."

Os olhos de Javier se fecham de supetão.

Me inclino e as pálpebras dele se abrem devagarzinho, os olhos se fixando nos meus por um instante. Chego mais perto ainda.

"Te vejo quando você acordar", sussurro no ouvido de Javier.

Ele funga, depois resmunga:

"Quando a gente acordar..."

E, no instante seguinte, desfalece e para de respirar.

Solto a mão inerte dele e fico de pé, me largando contra o peito de papai. Mamãe envolve nós dois em um abraço. Uso a camiseta de papai para enxugar as lágrimas, esperando que ninguém além dele perceba.

"*Cápsula de estase sete sendo preenchida*", diz uma suave voz feminina artificial.

Não consigo olhar. Sei que as outras crianças nas cápsulas estão repousando pacificamente, mas nenhuma delas é meu irmão. Javier estava conversando comigo há poucos segundos.

Continuo com a cabeça enterrada na camisa de papai quando os estalos da cápsula de Javier sendo trancada ecoam pelo cômodo.

"Sinto muito por apressar o processo, mas...", diz Ben.

Papai atravessa a sala ao meu lado até chegarmos a uma das últimas cápsulas vazias.

"A gente entende", diz ele.

Enxugo os olhos na roupa de papai de novo e ergo o rosto.

Ben se aproxima devagar e para diante de mim. Tomba a cabeça para o lado, confuso.

Mamãe pigarreia, me fitando de olhos arregalados. Qual é o problema? Às pressas, olho para baixo, tentando disfarçar. Bem à minha frente, Ben está me estendendo um saco plástico igual ao que deu para Javier. Eu não tinha visto.

"Suas roupas", diz ele.

Minhas mãos tremem quando as estendo para pegar a sacola.

"Obrigada."

Ele fita meus pais. Será que percebeu? Ninguém fala nada.

"Petra?" Ben olha direto nos meus olhos. "Você não estava me vendo?"

Mordo o lábio e baixo a cabeça. Olho de soslaio para papai, e ele abre um sorriso fraco antes de disfarçar. Isso é ridículo. Mas eu arruinei tudo. Abaixo a sacola e encaro Ben com uma expressão de desespero.

Sinto mamãe estender a mão diante de mim, como se para me proteger, mas Ben pega a sacola plástica no chão e a entrega de novo para mim.

"Vamos, Petra, hora de se trocar", diz ele, assentindo para meus pais.

Mamãe solta um soluço de choro.

"Obrigada", diz ela.

Não consigo ignorar Ben olhando pela janela, na direção da floresta.

"Precisamos nos apressar."

Ando até o espaço fechado pela cortininha e abro a sacola. Entre as peças de roupa, há uma touca branca perolada parecida com uma de natação. Me imagino cobrindo os cabelos desgrenhados com ela e sei que vou ficar parecendo um grande cotonete marrom.

Tento não pensar nisso. Quem se importa com a minha aparência, a esta altura?

Tiro a roupa que estou usando e visto os shorts. Eles dão uma entalada nas coxas. Com um puxão final, imagino se não vou acordar parecendo um daqueles bichinhos de bexiga, com vergões onde a roupa termina. Corro para colocar a touca antes que minha mãe venha tentar ajudar.

Tiro do bolso da calça o pingente que Lita me deu e o aperto entre os dedos. O sol de prata cutuca minha palma. Sinto o chão de metal frio contra as solas do pé quando saio de trás da cortina.

Estou com a mão tremendo quando estendo o pingente de obsidiana na direção de Ben.

"Não posso perder isso." Tenho a sensação de que meu corpo está atado por pontos que estão começando a se soltar dentro de mim.

Ben se aproxima e pega o pingente. Com cuidado, deposita minha conexão mágica com Lita dentro de uma bolsinha plástica.

"Vai estar bem aqui quando você acordar", diz ele, sorrindo.

Não consigo respirar direito. Mamãe me envolve com os braços, a respiração ofegante no meu ouvido. Depois, beija minha bochecha.

"Eu te amo tanto..."

Retribuo o abraço, mas estou com um nó tão grande na garganta que não consigo responder que amo ela mais ainda. Vamos até a cápsula onde papai e Ben estão me esperando.

"Prometo", Ben diz para os meus pais, olhando pela janela de novo, "que vou fazer todo o possível pra que eles cheguem ao destino em segurança."

Tenho vontade de agradecer, mas isso só chamaria mais atenção ao quão esquisito é pensar que ele vai passar a vida cuidando de mim. Papai me ajuda a entrar na cápsula, beijando minha testa. Deito a cabeça para trás, esticando o corpo para garantir que nenhuma parte dele fique me pinicando ou incomodando. Estou tremendo como Javier, e é algo que não consigo evitar.

Mamãe coloca a mão na minha testa, e papai para ao lado da cápsula para segurar a minha.

Ben veste um novo par de luvas e tira outra cog da caixa. Coloca a esfera no instalador e aperta o botão. Ela brilha em roxo.

"Botânica. Geologia. O currículo padrão. Acho que está tudo aqui."

"E minha eletiva?", pergunto.

Ben franze a testa.

"Eletiva?"

De repente, sinto o frio se intensificar.

"Mamãe?"

Ela se vira para Ben.

"O acordo que a gente fez é que Petra ia receber uma eletiva de mitologia, já que ela já tem quase treze anos."

Ben mexe no tablet, depois balança a cabeça.

"Sinto muito, não consta nada disso aqui", diz ele. "A monitora líder fechou pessoalmente cada um dos currículos."

Penso na mulher mal-humorada de coque apertado. Por que deixaria minha eletiva de fora? Sinto calafrios. Preciso daquelas narrativas. Sem elas, como vou ser uma grande contadora de histórias? As únicas palavras que falo saem trêmulas:

"Por favor..."

Ben abre um sorriso fraco.

"Eu também gosto de histórias." Ele aponta com a cabeça para uma mesa no canto da sala. "Aquilo é a coisa mais preciosa pra mim aqui nesta nave."

Não consigo enxergar direito, mas tenho a impressão de que é uma pilha de librexes. Cada um é capaz de conter milhares de holotextos.

"Vou falar com a monitora líder pra ver o que a gente pode..."

"Ben!", interrompe papai, correndo na direção da janela.

Ben coloca o instalador de cogs de lado. Arregala os olhos enquanto caminha devagar na direção de papai.

"Achei que a gente ainda tinha mais tempo."

Papai suspira fundo e apoia a cabeça no vidro.

"O que tá acontecendo?", pergunta mamãe, enfim se afastando de mim.

Me sento na cápsula, mas não consigo enxergar o que eles estão vendo. Me levanto e avanço na direção da janela. Papai tenta bloquear minha visão, mas consigo ver uma multidão de pontinhos escuros correndo da floresta na direção da espaçonave. Muitos carregam objetos. A única coisa em que consigo pensar é que devem ser ferramentas que encontraram no barracão da estação da guarda florestal.

Um estrondo alto ecoa perto da nossa janela. Mamãe para ao meu lado e segura minha mão de novo.

Uma voz robótica suave sai pelos alto-falantes.

"Fechando portas principais."

"Como assim?" A mão de mamãe está suando. "Já?"

"Precisamos acelerar ainda mais agora." Ben aponta para uma cadeira acolchoada presa à parede. "Só tem um banco de segurança por sala neste setor."

Papai me leva de volta à cápsula. Meus pais correm para me colocar dentro dela, os olhos tomados pelo desespero.

Ben se apressa, seus movimentos são desajeitados enquanto ele volta a ativar a cog. A luz roxa, que estava quase se apagando, brilha com força de novo.

Assim como aconteceu com Javier, cintos prendem minha cabeça, minha cintura e meus pés, me segurando no lugar.

"Pronta?", pergunta Ben.

Respiro fundo, mas não respondo. Para evitar que meus lábios tremam, mordo o lado de dentro da bochecha. Com o conhecimento baixável, eu ia ter histórias diferentes. Isso não vai mais acontecer. Vou acordar tão normal quanto sempre fui. Uma lágrima escorre pela minha bochecha.

Ben desliza a cog pelo meu pescoço até a ponta da minha coluna, cuidando para que a esfera encaixe bem na base do meu crânio.

Foco em inspirar e expirar devagar e penso na coisa mais reconfortante que consigo. *As orações das abuelas e mães. Estrellas sin cuenta.*

"As cogs do En Cognito são biocompatíveis", diz Ben. "Ela não vai sentir nada."

Mas sinto. Ela cutuca minha pele como uma pedra afiada. Preciso ficar imóvel para que isso acabe logo. Engulo em seco e espero o sistema funcionar, me colocando para dormir.

Ben afasta a mão. Agulhas de pressão afundam na camada superior da minha pele. De repente, não consigo mais respirar, falar ou piscar. Parte da cog está funcionando.

Mas tem alguma coisa errada. Eu deveria estar dormindo. Com os olhos abertos, ainda consigo ver. Ainda consigo ouvir.

Tento gritar. Nada sai da minha boca.

Ben corre os dedos pela tela da cápsula. O sistema responde "Cápsula doze sendo preenchida". Sinto a pele formigando e ardendo como se formigas estivessem me ferroando, e o gel gelado se espalha ao redor do meu corpo e dentro das orelhas.

A substância cobre minha língua e desce pela garganta. Segundos depois de ela entrar em contato com cada região do meu corpo, não sinto mais nada nelas.

O gel chega aos cantos dos meus olhos, e um brilho verde cobre minha visão.

As palavras de Ben estão meio abafadas, mas ainda consigo ouvir tudo. Isso não pode estar acontecendo. Preferiria estar lá fora com as pessoas atacando a nave do que presa aqui. A única coisa em que consigo pensar é nas orações de Lita por mim.

Estrellas sin cuenta...

“Por que ela tá me encarando desse jeito?”, pergunta mamãe com a voz trêmula.

Estrellas sin cuenta...

“É uma reação normal. Ela já está dormindo.”

Estrellas sin cuenta...

Bem se inclina e, com as mãos enluvadas, fecha minhas pálpebras.

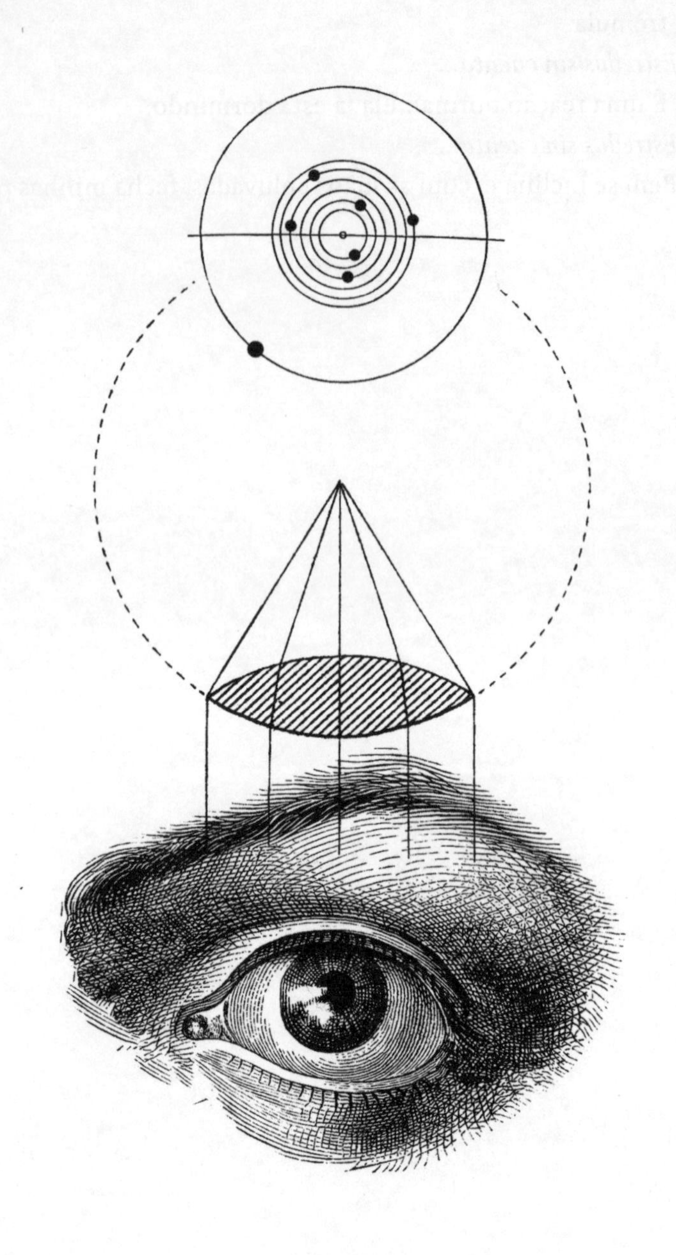

Uma vez, tive um pesadelo em que estava acordada, mas não conseguia me mexer. Mamãe disse que era uma coisa chamada paralisia do sono. Lita chamava isso de *"subírsele el muerto"*, ou "ter uma pessoa morta em cima de você".

Lita estava certa.

Se eu ao menos conseguisse mexer a mão e bater na cápsula, Ben saberia que a cog não funcionou. Tento me mexer, mas nada acontece. É como se tivesse mesmo uma pessoa morta em cima de mim.

"Dr. e Dra. Peña, sinto muito por apressar ainda mais o processo", diz Ben. "Vou levar vocês dois até o monitor designado. Não temos assentos de emergência de sobra... Vocês precisam entrar em estase."

Pela forma como as palavras de mamãe saem entrecortadas e abafadas, sei que ela está aninhada no peito de papai.

"Eles vão ficar bem", diz ele.

Os passos dos dois ecoam para longe junto com os soluços baixos de mamãe.

Espera! Não me deixem aqui!

Se eu não conseguir dormir... vou ficar presa assim. Precisa existir algum tipo de dispositivo que impeça esse tipo de coisa.

Escuto outra explosão. Por que prestariam atenção em mim agora que a nave está sendo atacada?

Minha mente me diz que já estou chorando, mas com a cog do En Cognito e todo esse gel, sei que meus olhos não conseguem produzir lágrimas.

Impotente, imagino que estou aconchegada com Lita, tomando chocolate quente com canela sob o céu de Santa Fé. Sinto a mão quente dela me fazendo cafuné enquanto canta baixinho um *arrullo*.

Arrorró mi niña,
arrorró mi sol,
arrorró pedazo
de mi corazón

A canção de ninar sopra baixinho nos meus ouvidos como se Lita estivesse bem aqui comigo.

Os passos apressados de Ben retornam, trazendo outro conjunto de passadas consigo. Ouço os ruídos dele trabalhando enquanto se desloca pelo cômodo.

"Você é a última, Suma."

Penso na garotinha com o moletom com chifre de unicórnio no capuz.

"Eu sei." As palavras da menina vacilam. "A mamãe disse que a gente precisa se apressar."

"Precisa mesmo", diz Ben. "Sinto muito por ela não poder estar aqui. É uma emergência." No instante em que diz isso, outro barulho ecoa.

"Só pra você saber, eu não tô com medo", diz Suma.

"Sei que não. Mas só pra *você* saber, tudo bem ter medo. Digo, caso você estivesse com medo."

"Bom, pra sua informação, eu sou alérgica a sulfa, então se tiver sulfa nesse gel aí, pode ser que eu exploda. Mas tudo bem ter medo. Digo, caso você estivesse com medo." A voz da menina está trêmula, mas é claro que ela está se esforçando ao máximo.

Ben ri. Suma tem jeito de alguém que, em outras circunstâncias, poderia ser minha amiga.

Depois de um momento de silêncio, Ben pergunta:

"Pronta? Vamos fazer uma contagem regressiva de dez a zero."

"Dez." Suma está respirando tão rápido que parece que vai vomitar. "N-nove."

"Tá tudo bem, Suma. Você já tá quase dormindo..."

A hiperventilação da garotinha cessa de forma abrupta.

"*Cápsula de estase onze sendo preenchida.*"

O som do gel enchendo a cápsula soa bem ao meu lado. É isso! Ben vai descobrir que estou acordada! Mas em vez de minha cápsula ser aberta com gentileza, ela vibra com um solavanco.

"*Preparar para decolagem*", diz o computador do sistema. "*T menos noventa segundos.*"

Passos altos ressoam do corredor.

"Conseguimos, Ben. Todos que conseguiram embarcar já estão em estase", diz uma mulher. Sei que deve ser a monitora líder.

Por um instante, fico aliviada. A gente conseguiu. Mas depois lembro de todas aquelas outras pessoas atrás de nós na trilha.

"E a terceira nave?", pergunta Ben.

"Teremos sorte se noventa segundos forem suficientes pra nossa deixar esse planetinha velho. A estação de guarda foi tomada. Estão armados."

"Ligar tela", ordena a voz trêmula de Ben. "Mostrar a nave três."

"Não temos tempo pra isso", responde a monitora líder.

"Meu irmão caçula está na...", implora Ben.

Misturado a mais estampidos altos, o som de solavancos e passos acelerados vem do corredor.

"*T menos sessenta segundos.*"

"Preciso ir." As palavras da monitora líder se perdem quando ela sai.

A porta se fecha, e a comoção que entrava por ela morre.

"Ai, meu Deus. Ai, meu Deus", murmura Ben. "Confirmar fechamento das cápsulas infantojuvenis."

Um apito alto se sobrepõe a todos os outros barulhos.

"*Confirmado. Cápsulas seladas para decolagem. T menos quarenta segundos.*" Um zumbido como o de uma máquina de lavar vai ficando cada vez mais alto até dar a impressão de que meus ouvidos vão explodir. "*T menos trinta segundos.*" Um chiado de ar aumenta cada vez mais.

Ruídos profundos agora reverberam pela nave como se alguém estivesse martelando o casco de uma das plataformas de saída dos transportadores.

Devem ser eles. Imagino como as pessoas deixadas para trás devem estar desesperadas.

"Confirmar trava da base das cápsulas", diz Ben.

Outro apito.

"*Confirmado. Bases travadas para decolagem e entrada em modo voo.*"

Penso nas cápsulas destruídas e vazias. Se tivessem atacado nossa espaçonave uma hora antes, nossas cápsulas estariam vazias também.

Se ao menos eu pudesse mover um dedo, talvez ainda houvesse como Ben me ajudar. Ele perceberia que tem alguma coisa errada. Me tiraria daqui e só me colocaria para dormir depois que a gente já tivesse deixado a Terra em segurança.

Ouço as palavras abafadas dele bem ao lado da minha cabeça.

"Sinais vitais suprimidos. Função cerebral intacta."

Meu cérebro manda minha boca gritar "*Não! Me ajuda!*", mas nada acontece.

"*Afirmativo*", diz a voz suave. "*T menos vinte segundos. Monitores, preparem-se para decolagem imediata.*"

O som de cintos sendo apertados e travados vem do canto da sala. Minha chance já era.

Ben está sussurrando tão baixo que não consigo identificar as palavras. Será que está rezando? A nave estremece como dentes batendo, e sei que estamos deixando o solo e entrando em flutuação antigravitacional.

Nossa decolagem é seguida por um rangido que lembra um milhão de unhas arranhando uma lousa.

Imagino os atacantes surgindo da floresta como ratos assustados, arranhando as laterais da nave para conseguir entrar. Se pudesse, deixaria todo mundo embarcar. Lembro daquela mãe com o bebezinho no meio da multidão.

A nave inteira solta um grunhido eletrônico. Ele vai aumentando uma oitava por vez.

"*T menos dez segundos.*"

Sinto a pulsação profunda dentro dos ouvidos.

"*Nove, oito, sete, seis, cinco, quatro...*"

Sinto o sacolejo inconfundível dos propulsores se ativando.

"*Três, dois...*"

Não tem como ter certeza, mas tenho a impressão de que meu corpo amortecido balança tão forte que bato no interior da cápsula.

Um rugido que parece o de um leão da montanha engole a voz do computador. Ouço por um tempão os estalidos de metal contra metal, como talheres sendo chacoalhados dentro de uma gaveta; depois ele para e se reduz até um ronronar estável.

"*Campo gravitacional ativado*", diz a voz da nave, o que significa que ultrapassamos a exosfera da Terra.

Escuto Ben soltar o cinto. O caos dos últimos cinco minutos é substituído por um zumbido melancólico. Ben murmura algo, e ouço passos indo de um lado para o outro do cômodo.

Pouco depois, a monitora líder volta.

"Estamos em trajetória", anuncia ela para Ben. "Agora é só... esperar."

Ben pigarreia.

"Alguma notícia sobre a terceira espaçonave?"

"Sinto muito. Muito mesmo. Sei que Isaac estava..." Ela vacila. "Ben, todos nós tínhamos amigos." Por um instante, ouço apenas o silêncio. Depois, a voz dela muda. "Sem a nave final..." Ela suspira. "Há rumores de que nossa missão vai sofrer mudanças."

Por um instante, não consigo escutar nada. Depois, a voz de Ben corta o ar, incisiva. "Como assim?", diz ele. "Do que você está falando?"

"Sem os políticos, o presidente... Ben, essa é uma oportunidade de recomeçar. Entrar em consenso." A monitora líder pigarreia. "De agora em diante, podemos criar uma nova história."

Passo o que deve ser um dia inteiro ouvindo Ben andar de um lado para o outro. Murmurando consigo mesmo. Chorando. Mexendo nas coisas. Roncando. E estou acordada para ouvir tudo isso. Será que vão abrir minha cápsula daqui a centenas de anos e encontrar uma garota aos balbucios, com baba verde escorrendo do canto da boca? Se eu ficar acordada esse tempo todo, será que meu corpo vai continuar envelhecendo? Ou será que vou só endoidecer tanto que mal vou reconhecer meus pais?

As palavras da monitora líder me assombram: *entrar em consenso, criar uma nova história*. Sei exatamente onde as escutei e como elas assustaram meus pais. Mas o que mais me amedronta é o que papai disse.

Não tem a ver com o que eles querem, e sim com o que estão dispostos a fazer para alcançar esse objetivo. E agora, algumas dessas pessoas deram um jeito de entrar na nave.

Perto do que imagino ser a hora de Ben ir dormir, escuto o barulhinho indistinto de um librex sendo aberto. "*Por favor, selecione um holotexto*", diz o sistema.

"Acho melhor começar do início", diz Ben com a voz suave. "A primeira história registrada de que se tem notícia. *Epopeia de Gilgamesh.*" Os pés da cadeira dele raspam o chão. "Algumas pessoas discutem sobre o valor desse conto sumério, mas acho que todas as histórias têm valor. Leitores e ouvintes é que deviam decidir quais histórias são importantes ou não para eles."

Me pergunto por que Ben está aqui agora. Digo, estamos todos só deitados nas cápsulas. Se ele já acabou as tarefas do dia, por que não passa o tempo livre com os outros monitores? Acho que pode ter algo por trás disso. Talvez ele esteja evitando os colegas por algum motivo.

Tento imaginar como Ben está se sentindo. Ainda tenho meus pais e Javier. E se Javier estivesse na outra nave? No mesmo instante, prometo para mim mesma que, quando a gente chegar em Sagan, nunca vou deixar ninguém me separar dele de novo.

Ben lê em voz alta a história do grande guerreiro rei Gilgamesh, filho de deuses. Não consigo enxergar, mas sei que Ben ligou a função de reencenação e que o holotexto está projetando imagens das cenas de batalha. Tento imaginar as silhuetas fantasmagóricas de Enkidu, um homem que parece um touro, e de Gilgamesh o empurrando contra nossas cápsulas enquanto trocam golpes pela sala de estase, até Gilgamesh enfim vencer. Depois, enquanto ele e Enkidu viram amigos e embarcam em uma jornada, minha mente é transportada para fora da cápsula e vejo florestas, oceanos e enormes desertos pelos quais eles viajam.

"Enkidu, meu amigo, tive um terceiro sonho, e ele foi profundamente perturbador. O céu rugia e a terra ribombava; tudo ficou mortalmente imóvel, e a escuridão pairava ao redor. Um relâmpago estalou e botou fogo no solo, e por onde ele se espalhava, fazia chover morte."

Juro que consigo enxergar o lampejo de raios cintilando atrás das pálpebras fechadas. As palavras de Ben ficam dramáticas e profundas. Imagino o homem agitando os braços em gestos teatrais.

O monitor continua lendo sobre o fim trágico de Enkidu e a dor de Gilgamesh perdendo o melhor amigo. Ele vacila nas últimas palavras.

"Uma tristeza profunda se infiltra em meu âmago."

Queria poder dar um abraço no homem. Meus olhos não são capazes de produzir lágrimas, mas meu coração chora com o dele.

Ben suspira.

"Acho que esse é um bom ponto pra parar." Escuto o clique do holotexto sendo desativado.

Me pergunto por que Ben leu o texto em voz alta sabendo que não podemos ouvir nada enquanto estivermos em estase. Talvez ele precise ouvir uma boa história tanto quanto eu. Talvez esteja com medo e precise de algo que o faça se sentir corajoso. Queria que ele tivesse lido *Sonhadores*.

Nos parecemos com as pessoas no livro de Javier. Assustadas. Esperançosas. E talvez sejamos como a mulher e a criança no cerne da história também. Quando chegarmos em Sagan, vamos ficar chocados com a estranheza do planeta, mas ao mesmo tempo fascinados por sua beleza.

"E...", começa Ben, "é meia-noite no fuso da Terra. Ou seja, é seu aniversário, Petra."

Será? Se for meu aniversário, significa que dois dias inteiros se passaram. Serpente de Fogo já se juntou à mãe, Terra. Não voltamos, então sei o que isso significa. Já era. O que quer que tenha sobrado da Terra é inabitável.

Nunca mais vou me aconchegar no corpo de Lita, passar a mão na parte macia de dentro do braço dela e escutar um de seus *cuentos* enquanto as galinhas cacarejam ao fundo. Nunca vou fitar as pedras vermelhas, douradas e marrons que levaram dois bilhões de anos para serem formadas. Lita, os montes Sangre de Cristo... tudo já era.

Queria mais do que nunca que o sono pudesse apenas me levar para longe.

"Tenho um presente pra você, Petra. Não consegui fazer seu currículo ser aprovado, mas como você *tecnicamente* já tem idade para mais downloads e eu consigo manter isso fora dos registros..." Percebo o som dos passos de Ben se aproximando da prateleira cheia de librexes. "Vou te dar o básico que tenho. Histórias gregas, romanas, chinesas, nórdicas, polinésias, sumérias." Ele para e respira fundo. "Maias, incas, coreanas, do oeste e do norte do continente africano. E aqui tem mais algumas..."

Um sorriso desperta em meu pensamento. Ele tem mais histórias do que o que eu havia imaginado. Ben teria sido um ótimo professor. Se a porcaria da minha cog não tivesse dado problema...

"O que mais tenho aqui? Ah, esse é um clássico. *Mitologia nórdica*, por Neil Gaiman. É uma versão melhorada do material histórico... Pode me agradecer depois. Bom, na verdade você não vai poder fazer isso. Mas acho que vai saber quem foi o culpado."

O coitado do Ben não tem como saber que seus esforços não valeram de nada. Enquanto eu estiver acordada, só vou escutar as histórias que ele ler em voz alta. Mas se fizer isso uma vez por noite, vou poder ao menos acrescentar essas narrativas ao meu arsenal, junto com as de Lita.

"A obra completa de Gaiman." Um apito. "Douglas Adams." Outro apito. "Le Guin. Butler." Apito. Apito. "Quer saber? Acho que não vou filtrar nada. Você é capaz de lidar com as coisas mais maduras, e se tem uma coisa que você tem, essa coisa é tempo. Vonnegut. Eldrich. Morrison." Apito. Apito. Apito. Pelo menos outros vinte ressoam pela cápsula.

"Queria poder conhecer sua versão do futuro, menina. Aposto que vai ser uma pessoa cheia de opiniões." Ele ri. "O lado bom é que não vou estar lá pros seus pais me matarem." Um apito solitário ressoa. "Como que quase esqueci R. L. Stine? Todo mundo merece umas historinhas de arrepiar. Acho que é o suficiente por ora", diz Ben. "Feliz aniversário, Petra! E... enter."

Sinto algo vibrar dentro da minha cabeça. É a primeira sensação física que tive desde entrar em contato com o gel anestésico.

Uma voz com sotaque britânico começa a falar de repente de dentro de um ponto profundo da minha mente, e me sobressalto. "*Antes do princípio, não havia nada...*"

O som se sobrepõe a todo o resto de imediato. Não tem nada a ver com a escola, que ensina coisas que preciso me esforçar para lembrar. É como se o autor, Neil Gaiman, estivesse dentro da minha cabeça, falando diretamente com meu cérebro.

Ben! Obrigada! Vou ter que ficar acordada por éons, e Ben acabou de garantir que eu possa escutar suas histórias favoritas. Talvez eu esteja mesmo transtornada quando a gente chegar em Sagan, mas vou ser a melhor contadora de histórias de toda a humanidade.

"*Nem Terra, nem paraíso, nem estrela, nem céu: existia apenas o mundo feito de névoa...*", continua Neil Gaiman na minha cabeça, mas a sensação é mais a de estar tendo um sonho bem profundo. O zumbido aumenta.

Calor. Na minha nuca.

O que quer que Ben tenha feito... Sinto que estou ficando mais sonolenta. Será que a cog enfim está funcionando? Se pudesse, daria um suspiro de alívio.

É isso.

Quando eu acordar de novo, vamos estar em Sagan.

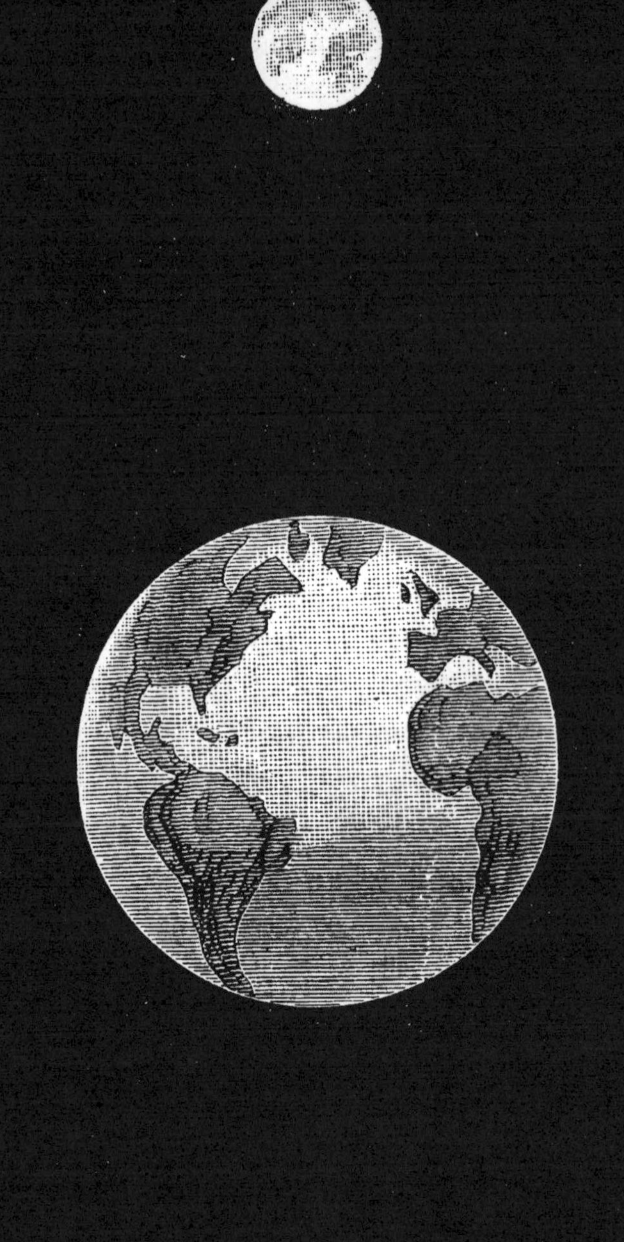

Os ruídos vão voltando devagar no começo: eles se embaralham e vêm de todas as direções no cômodo. Minha mente está meio atordoada, mas definitivamente ouvi alguma coisa. Se estou acordada... será que a gente chegou?

A sensação é de que não passou tempo algum, mas mal posso esperar para abraçar meus pais. Mal posso esperar para segurar Javier no colo e ler para ele.

A nave ainda emana um zumbido baixo que indica que está navegando pelo espaço.

A voz de Ben está trêmula.

“Por favor, funcione...”

Ben? Se ele ainda está aqui... ainda não chegamos em Sagan. Os fios imaginários que seguram meu coração no lugar começam a arrebentar. Ainda não estamos nem perto do nosso novo lar.

Ouço os dedos de Ben deslizando por um painel de controle. Acho que é o da minha cápsula.

“Por favor, funcione”, repete ele, dessa vez com a voz mais rouca e desesperada.

Alguém bate na porta do cômodo, como um martelo contra um tambor de metal.

"Não, não, não, não... Ainda não!" A voz de Ben vacila como no dia em que o conheci, quando ele descobriu que a nave onde o irmão estava tinha sido atacada. "Isso precisa funcionar..."

Mais pancadas.

Não consigo ouvir direito as palavras de Ben, que parece estar de coração partido.

"Um mundo sem histórias é um mundo perdido."

As portas abrem com um chiado.

"Ben! Você foi avisado."

O estampido de algo metálico caindo sobre minha cápsula ecoa em meus ouvidos.

"Não adianta lutar, velhote!" resmunga uma voz furiosa. "Segurem os braços dele!"

Velhote?

Ouço pancadas e palavrões pelo quarto, e então um barulho mais alto de algo caindo. Ben geme. A escaramuça para.

Alguém suspira.

"Ele vai precisar ser expurgado."

Expurgado?

"O que ele estava fazendo aqui?" Um bipe vindo do painel de controle da minha cápsula quase me deixa surda. "Viu isso? Petra Peña ainda tem arquivos de disciplinas eletivas no sistema dela. Livros da Terra, música, mitologia..."

"Delete tudo", diz uma voz feminina. "E garanta que não sobre nada do passado. A missão do Coletivo não pode ser ameaçada por uma criança."

"Uma nova história", diz a outra pessoa.

"Uma nova história", repete a voz feminina.

Coletivo. Uma nova história. São eles. Mas o que estão fazendo? Se isso for real e estiverem mesmo apagando nossas memórias... Mesmo com todos os riscos, essa não era uma das coisas que meus pais ou os outros passageiros imaginavam que poderia acontecer.

Já que posso ter uma última memória antes de apagarem tudo, precisa ser uma perfeita e especial.

Sob o céu estrelado do deserto, Lita enrola uma manta ao redor dos ombros. Me entrega uma caneca de chocolate quente.

"Fecha os olhos, *changuita*", ela diz, e eu obedeço. O cheiro achocolatado enche meu nariz. "Só um golinho", ela incentiva. Sei que a bebida tem cafeína ou alguma outra coisa que mamãe não me deixa consumir. "Defina sua intenção, vai. Proclame pro universo o que você vai ser", continua Lita.

Dou um gole. A bebida não é tão doce quanto chocolate ao leite, e grãozinhos sólidos cobrem meus dentes.

"Dizer o que eu quero ser agora, já?" pergunto.

"Não. No futuro." Ela pousa a mão na minha bochecha. "Daqui a uns anos."

Quando eu for adulta e tiver a idade da mamãe, vou sempre dizer o que realmente estou sentindo. Vou usar longos vestidos floridos, como Lita. Vou deixar meu cabelo crescer e ficar rebelde o quanto eu quiser.

"Eu sou..." Mordo o lábio. "Eu vou ser..."

Um som distante flutua na minha mente, e fico sonolenta.

"*Reativando cápsula doze.*"

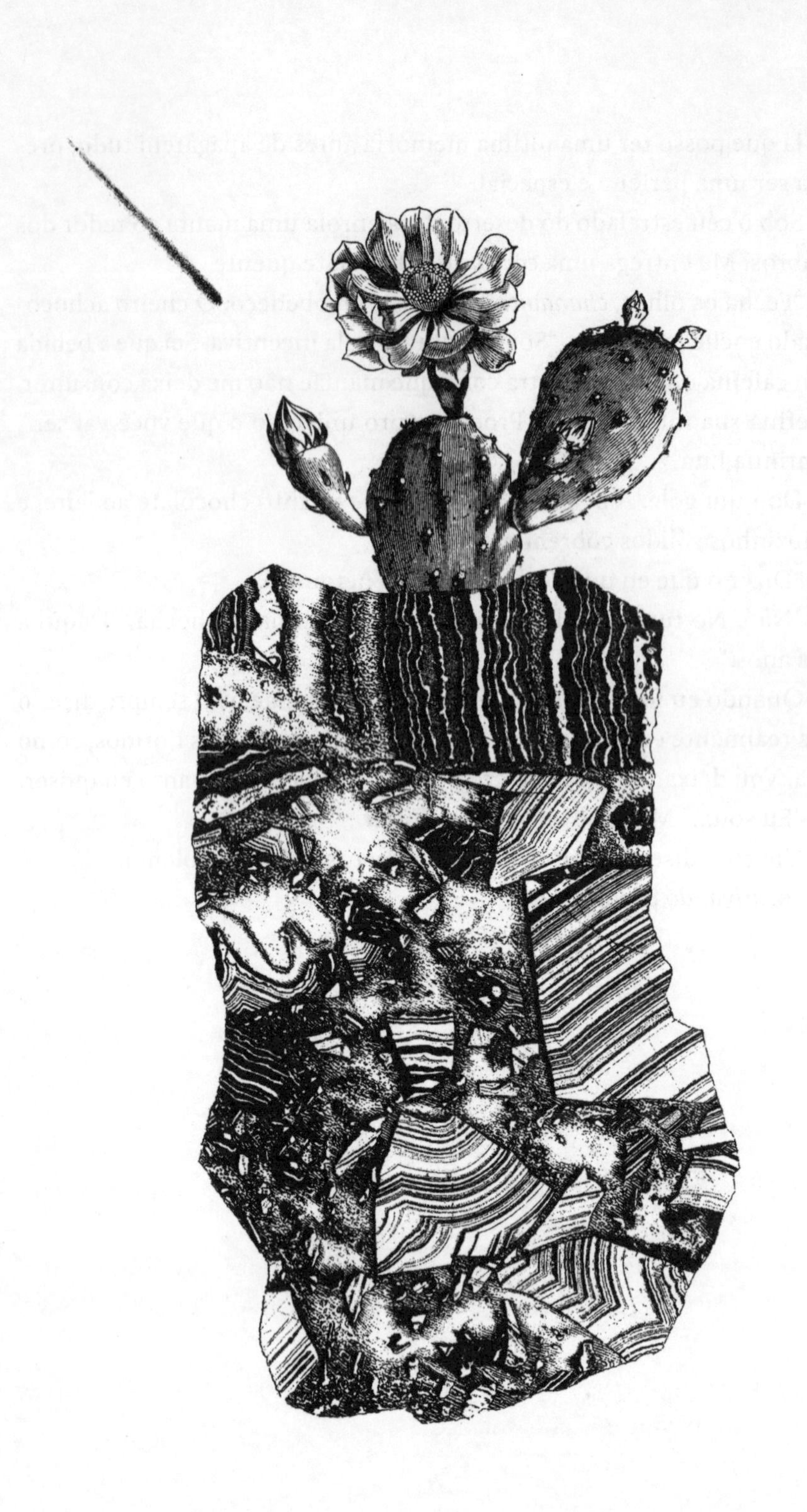

A ÚLTIMA CONTADORA DE HISTÓRIAS

DONNA BARBA HIGUERA

No verão em que fiz doze anos, papai e eu pegamos um serviço de transporte de Santa Fé até o Parque Estadual de Rockhound, que era tudo que as pessoas esperam de um parque estadual, e também a versão de papai do paraíso.

Ele coloca um capacete na minha cabeça.

"Sério?" Ergo as sobrancelhas. "Por que a gente precisa usar isso? Não vão cair pedras do céu."

"Porque prometi pra sua mãe."

"Mas ela não tá aqui", sussurro.

Ele me entrega um par de luvas de couro.

"Não sou bobo de contrariar uma mamãe urso", ele sussurra de volta, sorrindo enquanto ergue o tubo de protetor solar.

Reviro os olhos de novo.

"Ela só quer que a gente fique em segurança." Ele começa a borrifar o protetor em cada pedacinho de nossa pele exposta, como se mamãe estivesse bem ao nosso lado.

Os esforços constantes dela para me manter segura fazem com que me sinta embalada a vácuo. Mas aqui com papai é como se alguém tivesse rasgado a embalagem.

Pegamos nossos martelos de geólogo e um pequeno balde. Sigo papai até uma ravina sombreada. Ele se aproxima da encosta e tomba a cabeça para um lado, depois para o outro.

"É essa aqui."

Ele olha para mim, e encolho os ombros.

"*Hummm*, geologia."

Ele dá uma piscadela.

"Prometo que um dia você não vai ver isso só como ciência." Ele ergue o martelo. "É capaz até de ficar... *louca de pedra* por geologia."

Comprimo os lábios e me viro para esconder o sorriso. Não avançamos nem meio quilômetro desde a entrada do parque, mas me sento no chão ao lado dele, pego a garrafa e bebo a água como se tivesse caminhado o dia inteiro. Papai usa o martelo para explorar uma área de dez por dez centímetros. Ele para e varre com o dedo uma região mais escura, escavando com cuidado os arredores dela até a pedra se soltar.

Limpa a poeira da superfície da pedra e sorri. Examina o mineral como se fosse uma relíquia sagrada.

Boto a garrafa d'água de lado e passo a mão enluvada sobre anos de acúmulos geológicos.

"E essa aqui?" Ergo uma pedra branca.

Mesmo coberta de poeira, a superfície tem um brilho especial e meio cintilante.

"Quartzo", diz ele. "Mas não perca o foco. A gente tá atrás de jaspe." Ele tira umas dez pedrinhas redondas do bolso da camisa e as deposita em uma fileira na terra. Ergue uma de um vermelho profundo que acabou de extrair da encosta. "Quando essa aqui for polida, vai ficar ótima com as outras."

Encaro a miscelânea de contas.

"Elas não são nada parecidas."

"É porque cada pedaço de jaspe tem o próprio espírito. A pedra é que vai nos dizer quem ela é, e não o contrário."

"Mas não vai combinar com o resto."

Ele a pega de novo e a ergue contra o sol. Um veio amarelado atravessa a pedrinha carmim. O vermelho é de um tom similar ao da outra pedra que ele acabou de depositar no balde.

"A ideia não é elas serem idênticas; a ideia é que se complementem. Diferenças fazem o todo ser bonito."

O som de pneus no chão de terra ecoa na ravina. Nós dois olhamos na direção do barulho e vemos uma caminhonete avançar a toda pela estrada de cascalho.

"Achei que a placa dizia que é proibido entrar com carro aqui," digo.

"E dizia mesmo." Papai semicerra os olhos. "Quase ninguém vem mais até essa área do parque. Acho que os colecionadores inventam as próprias regras agora."

Dois homens usando coletes camuflados novinhos e calças com a mesma estampa saem do carro, um por cada porta.

Papai os cumprimenta com a cabeça, mas estão muito ocupados rindo de algo que não conseguimos ouvir.

Eles abrem a porta de trás do carro e tiram cinco baldes de vinte litros.

Papai balança a cabeça e se inclina na minha direção.

"Baita caçadores de pedra", diz pelo canto da boca, e abro um sorrisinho.

O homem mais alto, que está com um boné antigo de beisebol, anda direto até a encosta mais próxima. Não analisa o lugar nem inclina a cabeça de um lado para o outro, procurando o melhor lugar para escavar. Em vez disso, pega um escâner eletrônico e varre a superfície da colina com o equipamento, que logo apita.

"Tem alguma coisa ali!"

Ele se afasta enquanto o outro cara, mais baixo e robusto, ergue algo que lembra a furadeira elétrica de papai. Ele aperta um botão, e a ferramenta ganha vida com um zumbido. O homem caminha até o ponto indicado pelo escâner e começa a escavar a superfície com a furadeira. Depois de alguns segundos, chega aos depósitos e berra: "Turquesa!"

Papai suspira.

"No passado, havia leis que regulamentavam a exploração dos lugares."

"E agora?"

"Pfff. Agora? Ninguém dá mais a mínima pra essas pedras."

"Se ninguém dá a mínima, por que a gente precisa vir até aqui pelas trilhas? Por que não pegamos um carro, um escâner e equipamentos mecânicos de escavação pra pegar o que a gente quiser?"

Ele ergue as sobrancelhas.

"Porque não somos assim."

Ele me puxa em um abraço lateral e pega um punhado de terra da encosta. Abre a mão, e então a poeira escorre por entre seus dedos abertos; parte cai no chão, parte é soprada pelo vento. Uma pedrinha cinzenta minúscula é a única coisa que resta na mão dele.

"A gente tem que sentir a terra. Sentir quando ela vai dar um presente. E pegar só um pouco do que precisamos." Ele lembra Lita com os papos dela sobre comida.

"Mas, papai, eles encontraram turquesa! É uma pedra valiosa!"

"E quem diz o valor de uma pedra?" Ele me entrega a pedrinha cinzenta. "Quando meu projeto chegar ao fim, o que a gente tiver juntado vai valer mais pra mim do que o diamante Hope."

Suspiro.

"Queria que a gente pudesse ficar mais tempo procurando."

"Não se preocupa, Petra. Vamos voltar." Papai bate com os nós dos dedos no topo do meu capacete. "E quando encontrarmos turquesa, vai ser com respeito."

Em menos de uma hora, os homens já estão carregando a caminhonete com os baldes cheios de minerais variados. Papai balança a cabeça depois que eles vão embora. Continuamos procurando as pedrinhas que vão se juntar às demais contas de papai. Quando o sol afunda no horizonte, ele já encontrou sete dos oito minerais que as regras do parque estipulam como quantidade máxima.

O suor escorre pela minha testa e para dentro dos meus óculos de segurança, que embaçam. Estou quase dando o dia por encerrado quando vejo uma coisinha amarela coberta de terra. Uso a ferramenta para escavar os arredores, depois puxo o item para cima e espano a terra com a mão enluvada. Revelo um pedaço de jaspe âmbar com um veio estreito de um vermelho profundo. Orgulhosa, ergo a pedra para papai, que sorri. Coloco a pedrinha no balde junto com as outras. Ela se destaca como um farol, mas de alguma forma também se mistura perfeitamente ao todo.

Sem falar nada, papai se senta na beira da encosta que estávamos escavando. Dá um tapinha no chão ao lado dele. Me acomodo ali, e ele me envolve com um dos braços. Enquanto vemos o sol se pôr, ele dá alguns suspiros. Estamos sujos e exaustos, mas acho que é o melhor dia do qual me lembro.

Começa a chover, e o cheiro de terra molhada enche o ar.

"Ei, papai..."

"Diga."

"Toc, toc."

"Tá, vou cair nessa. Quem é?"

"Petra."

Ele suspira.

"Petra o quê?"

Inspiro de forma exagerada, inalando o cheiro da chuva no deserto.

"Petri-cor."*

Papai se joga de costas no chão, resmungando.

* Petricor, palavra de origem grega que dá nome ao cheiro de chuva na terra seca. (Nota da editora.)

A cog faz a mesma mensagem se repetir sem parar dentro da minha cabeça: "*Meu nome é Zeta-1, especialista em botânica e geologia. Estou aqui para servir ao Coletivo.*"

Sinto a cog do En Cognito ser retirada do lugar como se estivessem arrancando uma brasa em chamas da minha nuca.

Minha mente está atordoada, como se eu tivesse cochilado por tempo demais no meio do dia. Quanto tempo faz que estou aqui? Não importa, porque essa mensagem que tenta me dizer que sou sei-lá-o-que não vai funcionar.

Meu nome é Petra Peña. A gente partiu da Terra no dia 28 de julho de 2061. O tal "Coletivo" estava tentando apagar todos os nossos programas En Cognito. Ben estava tentando me salvar junto com minhas memórias.

Vultos perambulam de um lado para o outro do cômodo. Há muitos deles. O lugar não parece calmo como quando só Ben ficava ali.

O que vou encontrar quando acordar? Ben já deve ter partido há muito tempo. Mas ainda lembro do que acho que foram os momentos finais dele. *Expurgado. Uma nova história.*

"Terminar de drenar a cápsula doze", diz uma voz firme.

Se estão drenando as cápsulas, é certeza que chegamos.

Ouço um borbulhar vindo de um ponto próximo ao meu pé.

Ai, meu Deus! Espera. Eu não tô pronta.

Não era isso que eu queria? Enfim estar em Sagan com a minha família?

“Empolgante, né?”

“Coloca ela na mesa.”

As coisas não eram para ser assim. Papai e mamãe deviam estar aqui.

Será que o que aconteceu aqui foi como um dos motins que rolavam nos navios do passado? Ou algo mais assustador? Estou com mais medo do que quando encontrei uma cascavel no galinheiro de Lita.

A cabeça da cascavel aparece atrás de um dos poleiros. A cabeça cheia de penas de Adobo irrompe de trás da caixa que contém seu ninho.

Tenho a sensação de estar sendo erguida. Sou colocada com um ruído úmido sobre uma superfície esponjosa.

O zumbido ensurdecedor do guizo da cobra preenche meus ouvidos. Não consigo me mover. Nem vi Lita se aproximar com a enxada.

“Coloquem ela de lado. Estamos prontos pra reiniciar a função dos órgãos.”

Minha vontade é de gritar para que parem com isso.

“Acionar impulsos elétricos.”

A imagem de Frankenstein surge na minha mente. *Não! Não acionem impulsos elétricos!*

A dor rasga meu peito. Meu coração pula uma batida.

Tusso e engasgo.

“Funções vitais intactas.”

O oxigênio invade meus pulmões.

As coisas estão acontecendo rápido demais. Minha garganta arde como suco de limão derramado sobre um machucado. Quero minha mãe. Tento abrir os olhos para encontrar Javier, mas não consigo.

O zumbido agudo de ar sendo sugado pelo vácuo enche meus ouvidos. Pontinhos de ardor como agulhas de cactos surgem no meu rosto em faixas verticais.

Alguém arqueja.

“O que é isso?”

"Uma doença da Terra. Será que é melhor colocar a garota em quarentena?"

Quem responde é uma voz feminina, suave e oscilante como o sopro do vento.

"Gostaria que vocês não falassem essa palavra na frente deles."

"Peço perdão, chanceler."

Penso no Coletivo que vi no jornal. *Apagar a dor do passado.* Até onde eles chegaram?

Mas os cientistas e médicos na nossa espaçonave, como mamãe e papai, não vão tolerar essa assimilação. Vão se lembrar. Precisam se lembrar.

"Sardas." Um dedo corre pela ponte do meu nariz. "Efeitos do sol deles sobre a pele", explica a chanceler. "Sem filtros de epiderme, esse tipo de anomalia física acontece às vezes."

Sinto água morna fluindo pelas bochechas. Depois, algo sugando o líquido. Um ar gelado atinge meu rosto.

O vácuo suga o gel de dentro dos meus ouvidos, e de repente o abafado que me impedia de ouvir direito cede. Apitos baixinhos soam como sirenes.

A voz robótica dentro da minha cabeça repete as palavras, mas dessa vez não passa de um eco distante. "*Meu nome é Zeta-1, especialista em botânica e geologia. Estou aqui para servir ao Coletivo.*"

Há quantos séculos isso tá tocando em looping na minha mente?

Repito a verdade. *Meu nome é Petra Peña. A gente partiu da Terra no dia 28 de julho de 2061.*

Se essa mensagem foi inserida na minha cog e ainda está na minha mente, mas continuo lembrando quem sou... o que Ben tentou fazer, o que quer que tenha sido, talvez tenha funcionado. Talvez as histórias que baixou na minha cabeça estejam aqui em algum lugar.

"Reiniciando os impulsos elétricos de Zeta-2", diz alguém perto de uma cápsula bem ao lado da minha. "Coloquem Zeta-2 de lado."

A voz suave da chanceler parece estar vindo de bem perto.

"Pode me dizer quem você é?"

Alguém tosse.

"Meu nome é Zeta-2..." Reconheço a voz como sendo de Suma. Ela tosse de novo.

"Qual é sua função, Zeta-2?"

"Sou especialista... Tô..." Ela está com dificuldade de falar. "Tô... Tô com frio", gagueja Suma.

"Ela tem algum defeito?", pergunta um homem.

Minhas pálpebras fechadas filtram a luz de uma fonte próxima.

Respiro devagar. Sei que não deveria chamar a atenção para mim mesma, mas forço meus olhos a abrir. Eles queimam, como se sem querer tivesse esfregado o rosto com os dedos depois de tirar as sementes de uma pimenta dedo-de-moça. Uma luz brilhante atinge meus globos oculares, e lágrimas escorrem pelas minhas bochechas. As coisas estão meio embaçadas, mas um grupo de cinco pessoas circunda Suma. Com as costas para mim, estão cobertos da cabeça aos pés com o que parecem trajes completos de proteção. Olho para onde a janela fica, esperando ver ou o céu ou o espaço, mas ela está bloqueada por um tapume de metal. O cômodo que deveria conter três fileiras de cápsulas alinhadas, como os espaços em uma cartela de ovo, está quase vazio. Analiso o cômodo à procura de Javier. Vultos borrados de ao menos oito pessoas perambulam pelo lugar, mas nenhuma parece baixinha o suficiente para ser meu irmão.

Eles erguem Suma da cápsula com as mãos enluvadas. O corpo dela é acomodado com um barulho úmido na mesa entre nossas cápsulas. O excesso de gel escorre pelo chão.

Suma abre os olhos com preguiça, depois se encolhe e os arregala de medo.

"Mamãe?" A voz dela vacila. "Ben...?"

"Decepcionante", diz a chanceler com a voz gélida. Derruba a cog de Suma em uma tigela com um estalido metálico.

"Expurgamos ela, chanceler?"

Não sei como ajudar Suma. Tem gente demais aqui, não consigo lutar contra todo mundo. De repente sinto meu estômago de novo, e algo parece estar voltando pela minha garganta. *Não vomita. Não vomita.*

A chanceler ergue uma nova esfera preta.

"Expurgar não é necessário. Coloque a garota de volta na cápsula. Com o pacote atualizado", ela se inclina sobre a tela da cápsula de Suma. "Suma Agarwal será Zeta-2 pelo resto da vida."

Eles erguem Suma da mesa e a colocam de volta na cápsula. Ela se debate devagar nos braços deles como um peixe moribundo.

A chanceler se curva acima dela, com o quadril duro como o de um bicho-pau.

"Que pena. A reprogramação vai levar um tempo precioso. Poderíamos usar as habilidades dela para a primeira missão." Ela coloca a cog atualizada no instalador e aperta o botão de ativação. Depois, escorrega a esfera, que pisca em roxo, até a nuca de Suma. Finalmente, ela se vira para os outros. "Dessa vez, vamos garantir que não sobre nada do passado."

Nossos pais vão acabar com esse pessoal... Assim espero.

Mal vejo o pulsar fraco da esfera quando ela se mescla à coluna de Suma. A garota se retorce, choraminga e fica imóvel. Sem falarem nada ou se preocuparem em acionar os cintos, começam a encher a cápsula dela com gel de estase. Suma afunda.

Meu coração está batendo tão forte no meu peito que sei que eles vão conseguir ouvir.

Um deles se vira, e fecho meus olhos de supetão.

Não posso deixar que me devolvam para a cápsula! Como é mesmo a frase? *Meu nome é Zeta-1...*

De novo, sinto água escorrendo pelo meu peito e pela minha barriga, depois pelas minhas pernas. Meu corpo é erguido e sou colocada em outra superfície, mais macia dessa vez. Eles me enrolam em uma manta.

"Escaneando o cérebro."

Um zumbido faz meu crânio vibrar. Apitos baixinhos se alternam entre os dois lados da minha cabeça.

Estou aterrorizada com a ideia de abrir os olhos de novo. O que deixou Suma tão aterrorizada? O que poderia ser tão assustador? São apenas pessoas.

"Cápsula doze... Setor infantojuvenil. Identifique sua função", diz a chanceler, tão perto que consigo sentir o bafo doce e floral dela.

Não conseguiria responder nem se quisesse. Mal consigo inspirar, que dirá falar.

Preciso fazer algo para mostrar que não sou uma "decepção" como Suma. A chanceler pousa a mão no meu rosto.

"Abra os olhos, Zeta-1."

Abro uma fresta dos olhos e me forço a não arquejar.

Vasos sanguíneos e tendões correm como planavias sob a pele translúcida da chanceler. Ela passa as mãos de tez clara e enfermiça na minha testa. *Não reaja.*

Engulo em seco. A pessoa diante de mim mal parece humana. É mais como o camarão-fantasma que vi uma vez no aquário de Albuquerque. Assim como o crustáceo, ela é ao mesmo tempo bonita... e aterrorizante, com as veias pulsando vermelhas e azuis sob a pele. As bochechas, um pouco mais escuras, são bem altas, deixando um vale sombreado logo acima do maxilar. E os lábios, lilases como florzinhas, são volumosos demais.

Os olhos dela são tão claros que dá para ver a rede de capilares logo atrás da íris. Ela sorri.

Água morna pinga da minha testa na minha boca. Olho para onde deveria estar a cápsula de Javier. Como quase todos os outros, ele não está ali.

As palavras de papai me impactam como se ele estivesse bem aqui ao meu lado. *"A parte assustadora não é exatamente o que eles querem. O que me preocupa é a forma que propõem para alcançar isso."*

Suma flutua no gel verde e brilhante dentro de uma cápsula perto da porta. Como as coisas chegaram a esse ponto?

Não sei o que o Coletivo é, mas preciso convencer essa gente por tempo o bastante de que sou o que querem que eu seja. *Zeta-1, especialista em botânica e geologia. Estou aqui para servir ao Coletivo.*

Tudo vai ficar bem depois que eu encontrar meus pais e Javier. E essas pessoas, quem quer que elas sejam, não podem me fazer esquecer de uma coisa.

Meu nome é Petra Peña. A gente partiu da Terra no dia 28 de julho de 2061. Agora é 2432, e chegamos em Sagan.

Vou fazer o que for preciso para encontrar minha família.

Mamãe desfaz o último nó do meu cabelo.

"O nome que você me deu é literalmente a raiz grega da palavra *pedra*", digo.

Mamãe sorri.

"Na verdade, a ideia foi do seu pai. Mas achei que era um nome muito bonito." Pelo espelho, vejo ela balançar a cabeça, sorrindo. "Ele só me contou o que significava depois que concordei."

"*Pedra*", digo. "Meu nome significa 'uma pedra suja e velha'".

"Seu nome é lindo, Petra. Como você."

Mechas de cabelo se soltam da trança que pende sobre o peito dela. Sob o sol, os olhos verdes de minha mãe brilham mais que o normal, uma camada de dourado logo acima do tom principal. Sardas pintalgam a ponte de seu nariz. Nunca vou ser tão bonita como ela; mas, pelo jeito como olha para mim, ela me acha linda, sim.

"Além disso", continua mamãe, "seu nome combina com você. Você é forte", completa ela. Olho para cima e vejo que seus olhos estão marejados. "Não sei do que exatamente, mas você vai ser a fundação de algo maravilhoso algum dia."

Reviro os olhos.

"Você não me deixa fazer o que eu quero." Não menciono em voz alta o que sei que passa pela cabeça de todo mundo. Minha vista.

Como posso ser a "fundação" de algo se ela não me deixa nem tentar? Ou se sempre está me direcionando para a botânica e não para as coisas que amo? Sei que eu poderia ser uma contadora de histórias. Os geradores de narrativas estão estragando tudo. Consigo identificar de cara se um livro foi escrito por uma pessoa de verdade ou por um programa sem vida. E tudo que quero é que as histórias pareçam reais.

Cruzo os braços.

Mamãe termina minha trança e prende a ponta com uma xuxinha. "Você não precisa gostar de mim o tempo todo, Petra." Ela se levanta e beija minha testa. "Minha função é manter você em segurança pra que possa ter a melhor vida possível."

A voz da mulher soa baixinha no meu ouvido.

"Identifique sua função."

Rolo para o lado e tusso uma meleca verde. Sei que estou prestes a me denunciar.

"Meu nome... Meu nome é Zeta-1." Minha voz sai rouca. "Especialista em botânica e geologia. Estou aqui para servir e obedecer ao Coletivo."

Ai, meu Deus! Falei tudo errado. Não tinha o "obedecer", só o "servir".

Uma veia meio desbotada sob a pele transparente da mulher se move quando ela franze a testa.

"Eleve a garota, Crick", diz a chanceler.

O homem, Crick, me puxa pelas axilas para que eu me sente. Coloca a mão gelada no meu queixo, virando meu rosto de um lado para o outro.

"Fascinante", diz ele.

Assim como a mulher, ele tem uma vívida veia azul correndo sobre a sobrancelha esquerda, como se tivesse exagerado na sombra. A mulher também tem a parte inferior de seu rosto banhada pela sombra das bochechas encovadas. Ele tem os lábios carnudos, não por um truque de maquiagem ou por procedimentos estéticos como os que as pessoas faziam na Terra. Tranças enroladas em coques cobrem seu couro cabeludo. Observo a mulher perto dele, que tem mais ou menos os mesmos traços.

O que aconteceu com as pessoas ao longo dos últimos trezentos e oitenta anos? Penso nas aulas de biologia e na senhora Cantor nos ensinando sobre mariposas da Inglaterra, que tinham desenvolvido uma nova coloração cinzenta para se camuflar dos pássaros em meio às cinzas das chaminés. Elas tinham evoluído muito rápido. Mesmo assim, eram insetos bonitos.

Mas não é o caso aqui. Penso no comentário da tal chanceler sobre o "filtro de epiderme"; será que fizeram isso com eles mesmos? Só para ficarem parecidos uns com os outros o máximo possível?

Engulo em seco, fazendo uma careta por causa da sensação de estar engolindo carvões em brasa. Crick leva um copinho pequeno até meus lábios. Sem saber o que fazer, dou um gole, mas guardo o líquido na bochecha. Um pouquinho escapa, e sinto a dor ceder no mesmo instante. Engulo o resto da substância e estremeço quando uma onda quente se espalha pelo meu corpo. Parece um pouco o chocolate quente de Lita, só que muito mais forte.

Não sei como pessoas que tiveram a memória apagada deveriam andar ou falar, então fico sentada em silêncio, os braços retesados ao lado do corpo.

Uma garotinha a duas cápsulas de distância também tosse e se engasga com os resíduos gelatinosos expelidos do pulmão.

"Isso mesmo. Cuspa tudo." Um homem dá tapinhas gentis nas costas dela. "Qual é seu nome?"

Em uma vozinha fina, a garota responde:

"Meu nome é Zeta-4, especialista em assuntos nanotecnológicos e cirúrgicos. Estou aqui para servir ao Coletivo."

Ela sequer se move quando o homem quase encosta o nariz translúcido no dela, olhando bem fundo em seus olhos.

Zeta-4 parece ter a idade de Javier. Fica sentada sem se mexer enquanto o homem flexiona a mão dela para cima e para baixo na articulação do punho.

"Os dedos pequenos fazem com que ela seja perfeita."

Crick se vira de costas para mim e pega um corposcópio do suporte de metal. Assim como meu pediatra fazia, ativa o aparelho, que passa a piscar em um rosa forte. Depois, ele se inclina diante de mim e, começando pelos meus pés, arrasta o aparelho para cima, varrendo toda minha pele. De vez em quando, afasta o corposcópio para ler algo no visor.

Quando passa o aparelho pela altura do meu umbigo, quase dou um tapa na mão dele, mas lembro que preciso ficar de bico fechado e interpretar um papel.

Crick aperta a ponta do bastão, falando na ponta dele como se fosse uma holohaste.

"Batimentos cardíacos dentro da amplitude normal." E continua subindo.

Ai, meu Deus! Meus olhos...

O aparelho está muito para baixo, fora do meu campo de visão, mas sinto ele passando por meu pescoço, depois pelo meu queixo, pela minha boca...

Quando o corposcópio alcança a ponte do meu nariz, ele vibra, e a luz rosa fica estável. Acabou.

Crick se inclina para a frente, me encarando. Está tão próximo, e a luz do cômodo é tão brilhante, que até mesmo eu sou capaz de ver os capilares sanguíneos se espalhando como teias de aranha pelas íris claras do homem.

"Chanceler? Acho que a senhora gostaria de ver isso", diz ele.

Fico perfeitamente imóvel, incapaz até de respirar direito. Mal consigo me mexer, e acho que agora entendo o que é estar em choque.

Ela encara o aparelho.

"Hum, defeituosa." Aperta e extremidade da haste.

"Doença ocular. Diagnóstico: retinite pigmentosa", diz o corposcópio em um tom desprovido de emoção.

"Os olhos dela não parecem diferentes dos das outras pessoas", diz Crick.

A chanceler suspira.

"Muitas das falhas físicas deles não são muito visíveis."

Aperto o maxilar. Entendo que meus pais sejam um tanto superprotetores, mas não sou defeituosa.

Crick escaneia meus olhos de novo e balança a cabeça.

Não consigo acreditar que cheguei tão longe, atravessando tantos séculos, para que tudo acabe aqui. Mas a gente sabia das regras, e ainda assim trouxemos a *minha* doença para o mundo novo *deles*. Meus pais juraram que estavam dizendo a verdade e assinaram meu prontuário médico falso. Os outros monitores deram um fim em Ben por muito menos. Inspiro e expiro devagar e escondo as mãos trêmulas embaixo das pernas.

Mas não sou uma aberração. Já que vão me expurgar, vou falar umas poucas e boas para eles antes de partir. Alivio o maxilar e abro a boca...

Mas a chanceler se vira para Crick.

"É algo de pouca importância. Não estamos interessados nos olhos dela, e sim no cérebro."

Viro a cabeça de supetão na direção dela.

"Mesmo assim, os olhos são fisicamente... únicos", diz Crick, cheio de sarcasmo na voz.

Olha quem fala!

"Mas o Coletivo já fez muitos progressos nesse sentido, não fez, Crick?"

Os ombros de Crick murcham.

"Sim, chanceler."

"Só para garantir que estamos alinhados", sussurra ela baixinho no ouvido dele, que assente de forma quase imperceptível. "Acredito que já avançamos o bastante para absorver essa única variação física, não acha?" Ela se vira, me encarando nos olhos. "Eles são antigos demais; precisamos tentar ignorar sua aparência. Graças a nós e ao programa deles, as mentes dessas pessoas têm certo valor, e é nisso que estamos interessados."

"É claro", diz Crick, colocando o corposcópio de lado.

Encaro a chanceler, sem me mover. Talvez eles não sejam tão do mal assim?

Tecnicamente, não foi essa gente que expurgou Ben. Os culpados foram aqueles que vieram antes deles. E *este* Coletivo não está me julgando com base nos meus olhos, como as pessoas na Terra faziam. Já se passaram quase quatrocentos anos, afinal de contas. Talvez tenham mudado.

De qualquer forma, Suma está flutuando ao meu lado em sua cápsula, com o cérebro sendo resetado. Como papai disse, o que importa é até onde eles vão. Neste instante, não me interessa o que querem que a gente esqueça. Só preciso continuar fingindo até encontrar meus pais e meu irmão.

Crick me cobre com uma manta pesada. Ela se expande, e no mesmo instante mais líquido aquecido começa a fluir de dentro dela, removendo o restante da sensação grudenta da minha pele. Depois que se livra do gel, a camada interna da manta sopra ar quente por todo meu corpo, abafando os ruídos no cômodo.

Assim como fui ensinada, analiso o espaço com atenção. Deveria haver dezoito cápsulas aqui. Porém só tem mais quatro, incluindo a minha, a da garotinha que estão chamando de Zeta-4, aquela em que Suma está imersa e mais uma.

Suma, conhecida como Zeta-2, está de novo em estase lá no canto. O último a ser acordado, Zeta-3, está sendo erguido para se sentar. Assim que se endireita, vejo que é magro e alto demais para ser Javier.

"Abra os olhos, Zeta-3."

Comparo minha pele marrom cheia de sardinhas à do garoto, Zeta-3. A dele quase brilha em contraste com as próprias sardas. Me recuso a aceitar que querem chamar todos nós de "Zeta". Então, ao menos dentro da minha mente, decido que vou inventar nomes para me referir a cada um de nós.

Quando tiram a touca do menino, uma cabeleira avermelhada surge. *Rubio*, "loiro" em espanhol. Esse vai ser o nome dele.

A chanceler coloca um apetrecho na língua de Rubio e espia sua garganta.

"Pode remover."

"Abra a boca, Zeta-3", diz Crick.

Rubio obedece. Minha respiração acelera quando uma assistente de máscara e luvas cirúrgicas se aproxima dele. Ouço um ruído de algo girando e o zumbido de um laser, e em seguida sinto um cheiro de queimado. É parecido demais com o fedor que empesteou a cozinha quando papai queimou as linguiças com ovos mexidos no fim de semana anterior à nossa descoberta sobre o cometa.

A ponta do instrumento de Crick para de girar. Dois nódulos cor-de-rosa meio chamuscados caem em um pote cheio de fluido.

Sinto a garganta apertar.

Crick ergue o reservatório com curiosidade, depois o coloca em uma bandeja junto com nossas amostras de sangue. Graças a Deus já tirei minhas amígdalas.

Mas Javier não as tirou. Mesmo que isso signifique ser reprogramada, assim como fizeram com Suma, não vou deixar que essa gente trate meu irmão assim, como uma cobaia de laboratório.

O ar quente para de soprar no meu corpo. Crick vem e me ajuda a me sentar. As unhas dele repuxam os cabelinhos novos na minha testa quando começa a tirar minha touca de borracha. Minhas madeixas explodem em uma nuvem de cachos rebeldes.

Crick arregala os olhos como se pudesse ser atacado pelo meu cabelo.

Por sorte, o corpo magricelo de Rubio decide que é o momento de tombar em meio ao exame médico. Ele cai para o lado, ainda melequento, e mergulha de novo na cápsula.

"Preciso de ajuda com o Zeta-3, por favor!", grita a assistente.

"Essa é uma reação normal", responde Crick. "Eles ficaram em estase por quase cinco unidades."

Faço uma matemática rápida. Se chegamos, então cada uma das "unidades" corresponde a mais de setenta anos.

"O que eu faço?", pergunta ela, meio em pânico.

"Deixe os Zetas dormirem", diz a chanceler, fria.

Sério?

"Com um pouco mais de descanso, vão estar prontos para começar", continua a mulher, já colocando um comprimido azul na boca de Rubio. Ela leva um copo verde aos lábios do garoto. O fluido, também verde, contrasta com o vermelho do cabelo dele, me fazendo pensar em uma guirlanda de Natal. "Beba."

Rubio engole o comprimido com a solução verde. Volta a se deitar e começa a respirar pesado de imediato.

Eles repetem o processo com a menina loira.

Crick caminha na minha direção. Abro a boca como as outras crianças, esperando que pensem que meu tremor é um efeito colateral de ter acabado de sair da estase.

O homem joga o comprimido na minha língua. Fecho a boca, armazenando o remédio no interior da bochecha. Dou um golinho tímido no líquido verde. Não é imaginação: de repente, me sinto mais calma e paro de tremer. Talvez tenham descoberto um jeito de controlar nossas emoções, mas digo a mim mesma que, nesse caso, é melhor ficar aterrorizada e alerta do que aceitar outras bebidas. Volto a me deitar na cápsula um pouco rápido demais, esperando que o ronco falso não seja muito exagerado. A drágea vai inchando dentro da minha boca. Me viro de lado às pressas para mascarar a bochecha volumosa de esquilo.

"Vamos fechar o cômodo e deixar eles descansarem", diz a chanceler, saindo.

Quase todas as outras pessoas saem atrás dela, exceto Crick e uma outra mulher.

"Dia empolgante, né?", sussurra ela. "Eles não são incríveis?"

A maçaroca começa a crescer devagar dentro da minha boca, ameaçando descer pela garganta.

Crick estala a língua. Tenho quase certeza de que o ruído significa para ele a mesma coisa que para Lita.

Ele suspira.

"Espero que tenham um bom desempenho". Ele anda na direção da porta. "Só tivemos especialistas decentes depois da remoção dos Épsilon, uma unidade atrás. Vamos torcer pra que esses tenham conhecimento e complacência impecáveis."

Ele apaga as luzes. Vindo do corredor que leva ao cômodo vizinho, onde há mais adolescentes em estase, um fraco brilho verde ilumina o chão. Mais cápsulas! A conversa que entreouvi me deixou confusa, mas não posso desperdiçar meu tempo agora tentando determinar o que as palavras bizarras deles significam. Preciso ver se Javier foi transferido para a sala ao lado. Quando ouço a porta se fechando, me inclino na direção do tubo de sucção da cápsula e abro a boca. O comprimido inchado desce pelo buraco junto com o restante do gel de estase. Cuspo na bacia ao lado como se estivesse na cadeira do dentista e limpo a boca com a mão.

Minhas pernas vacilam enquanto avanço na ponta dos pés na direção do brilho verde que vem do corredor estreito. Sei que não tem muito que eu possa fazer até removerem Javier da estase em segurança. Só preciso ver o rostinho dele.

Me viro para garantir que não tem ninguém acordado ou me observando, depois continuo na direção da outra sala. Ao contrário da nossa, ela parece vazia, exceto por um volume em um canto dos fundos, de onde vem o fraco brilho esverdeado. Mas, assim como no nosso cômodo, no lugar onde antes ficava a janela há um painel de metal impedindo a visão das estrelas — e talvez minha primeira visão de Sagan. Está escuro demais, e meus olhos têm dificuldades para se adaptar. A vibração diminui, e os fracos apitos de controle seguem um ritmo constante. Avanço devagar na direção do brilho verde para não tropeçar em algo fora da minha vista.

Sem o marulhar constante do gel de estase sendo reciclado, o silêncio é tamanho que daria para ouvir um nanochip caindo no chão. Quando chego ao canto da sala, em vez das cápsulas cheias de gel verde brilhante que eu achava ter visto, me deparo apenas com um equipamento acoplado a um monitor, que emite luz da estação de leitura atmosférica da espaçonave.

Não é Javier.

Agora sem medo de trombar com alguma coisa, dou a volta no quarto vazio, me perguntando onde podem ter colocado meu irmão. Vou precisar esperar até ele ser acordado ou até encontrar meus pais.

Volto devagar para a minha sala, e trombo em cheio com algo.

Soltou um gritinho e me viro.

"Posso ajudar, Zeta-1?" Crick se aproxima, a luz azul do corredor o iluminando como se ele fosse um peixe que brilha no escuro.

O golinho da bebida que tomei não está mais fazendo enfeito. Cruzo os braços trêmulos atrás das costas, incapaz de falar.

"Você deveria estar dormindo", continua ele.

"Banheiro", solto por sob a respiração ofegante.

Ele sorri.

"Venha comigo", responde, me levando de volta pelo corredor na direção do cômodo onde está minha cápsula. "Acho que não pensamos nisso. É claro que não tinha como vocês saberem."

Ele aperta um botão no corredor entre as duas salas, e uma porta desliza para o lado e revela um cômodo pequeno, onde há quatro vasos sanitários alinhados lado a lado, como uma fileira de mesas em uma sala de aula.

"Ah, não", solto antes que eu possa me impedir. Será que literalmente limparam da nossa mente as memórias constrangedoras também?

"Perdão, Zeta-1?"

"Só pigarreei", respondo.

Entro meio às pressas, fechando a porta principal de correr para deixar Crick do lado de fora.

Crick espera, assoviando. Não uma canção alegre ou uma música para estimular meu xixi. Só as três mesmas notas planas sendo repetidas sem parar.

Fecho os olhos, tentando imaginar um riacho. Depois de um minuto ou mais sem nada acontecer, aperto a descarga. Me levanto e olho ao redor, procurando uma pia. O que vejo, porém, são dois buracos fundos em formato de luva feitos do mesmo material da manta que me deu banho, ambos embutidos na bancada. Insiro um dos braços no da direita e, assim como a manta, sinto água morna massageando minhas mãos, e depois um ar quente.

Abro a porta. Crick está me aguardando para me levar de volta ao quarto.

"Quer outro remédio para dormir ou um pouco de tônico?"

"Não!", respondo sem pestanejar.

Ele espera na porta até eu voltar à minha cápsula antes de ir embora. Os roncos de Rubio parecem os ruídos de uma planavia congestionada.

Penso em tudo que há entre mamãe e eu, papai e Javier.

Quando eu era pequena e passava a noite na casa de Lita, corria para a cama quentinha dela sempre que começava a trovejar ou quando eu tinha um pesadelo, e ela me contava uma história para me acalmar.

A camisola de algodão dela cheirava a flores, e seu hálito tinha um toque de café e canela. Mas a cama dentro da cápsula é gelada e tem cheiro de desinfetante. Fecho os olhos e finjo que o travesseiro é o peito dela.

Me encolho envolta por seus braços, e ouço a voz dela sussurrando no meu ouvido:

"*Em los tiempos viejos,* havia duas terras em guerra. Um dos reis tinha uma filha, Iztaccíhuatl, a dama alva, que usava um longo vestido branco e uma flor de chama-da-floresta nos cabelos pretos." Lita suspira como se a filha na história, Iztaccíhuatl, fosse sua velha amiga. "Iztaccíhuatl", prossegue ela, me cutucando com o cotovelo, "ou Izta, como gosto de chamar a moça, era prometida em casamento ao arrogante filho do sumo-sacerdote sedento de poder, mas acabou se apaixonando por um jovem e corajoso líder tribal conhecido como Popocatépetl. E Popocatépetl se apaixonou por Izta."

Eu já conhecia a lenda antes de Lita me contar a "versão dela" do *cuento*. Havia um quadro de veludo negro com imagens de Popoca e Izta na parede do restaurante mexicano preferido de papai, e eu tinha procurado a história deles na internet.

"Quando o pai de Izta enviou Popoca para a guerra, o sumo-sacerdote, conspirando para que o próprio filho se casasse com Izta, mentiu e contou à moça que Popoca havia morrido em uma batalha." Lita balança a cabeça. "Com a notícia, Izta caiu em um profundo sono de tristeza."

Reviro os olhos. Já sei que na verdade Izta morre na história. Me sento e fito Lita com um olhar de "fala sério".

"*Jura*? Ela simplesmente caiu no sono?"

Lita faz xiiiu.

"Quando Popoca voltou, encontrou Izta sob seu feitiço de tristeza e sono profundo."

"Falando sério agora, ela não morre na versão real?"

Lita olha para mim *daquele jeito*. A história é *dela* e ela vai contá-la como bem entender.

"Enquanto Izta dormia, Popoca a carregou até o cume de uma montanha nevada. Criou uma cama para cada um deles e acendeu uma tocha. Popoca fez um travesseiro de neve para Izta e a cercou com flores vermelhas de um pé de chama-da-floresta."

Também pesquisei no Google no dia seguinte e descobri que Popocatépetl é, na verdade, um vulcão, e o nome na língua náuatle significa, literalmente, "montanha fumegante".

Lita estreita os olhos em uma ameaça narrativa.

"O fogo e a lava dele metem medo naqueles que ousam chegar muito perto de sua amada. Furioso pelo fato de que ter ido para a batalha custara a ele seu eterno amor, Popoca jurou ficar com Izta, deitado ao lado dela, onde ele também dorme, protegendo a amada até que as terras em conflito possam acertar suas diferenças sem o custo da guerra." Lita encara o céu estrelado pela claraboia. "E desde então eles repousam um ao lado do outro, esperando a Terra ficar em paz para acordarem e se casarem. *Esto es verdad, y no miento. Como me lo contaron, lo cuento.*"

Mesmo sabendo que a história não é real, algo sobre Popoca ser tão dedicado a Izta a ponto de passar a vida no cume de uma montanha, esperando por ela, sempre me conforta.

Lita não escondia de ninguém que achava que os líderes do mundo deviam engolir o orgulho e acertar as coisas na base da conversa. Mas no fim, mesmo com o cometa vindo, foi cada um por si. Eles não tiveram muito tempo, mas nem tentaram juntar recursos para construir um abrigo ou talvez outra espaçonave. Cada um se preocupou apenas com o próprio umbigo. E Izta e Popoca nunca vão se casar.

Vejo Popoca e Izta no topo da montanha; Izta em seu vestido branco, o vento soprando seus longos cabelos negros, uma única flor de chama-da-floresta acomodada atrás da orelha da moça.

Popoca segura a mão dela e sorri. Mas eles esperam e esperam e...

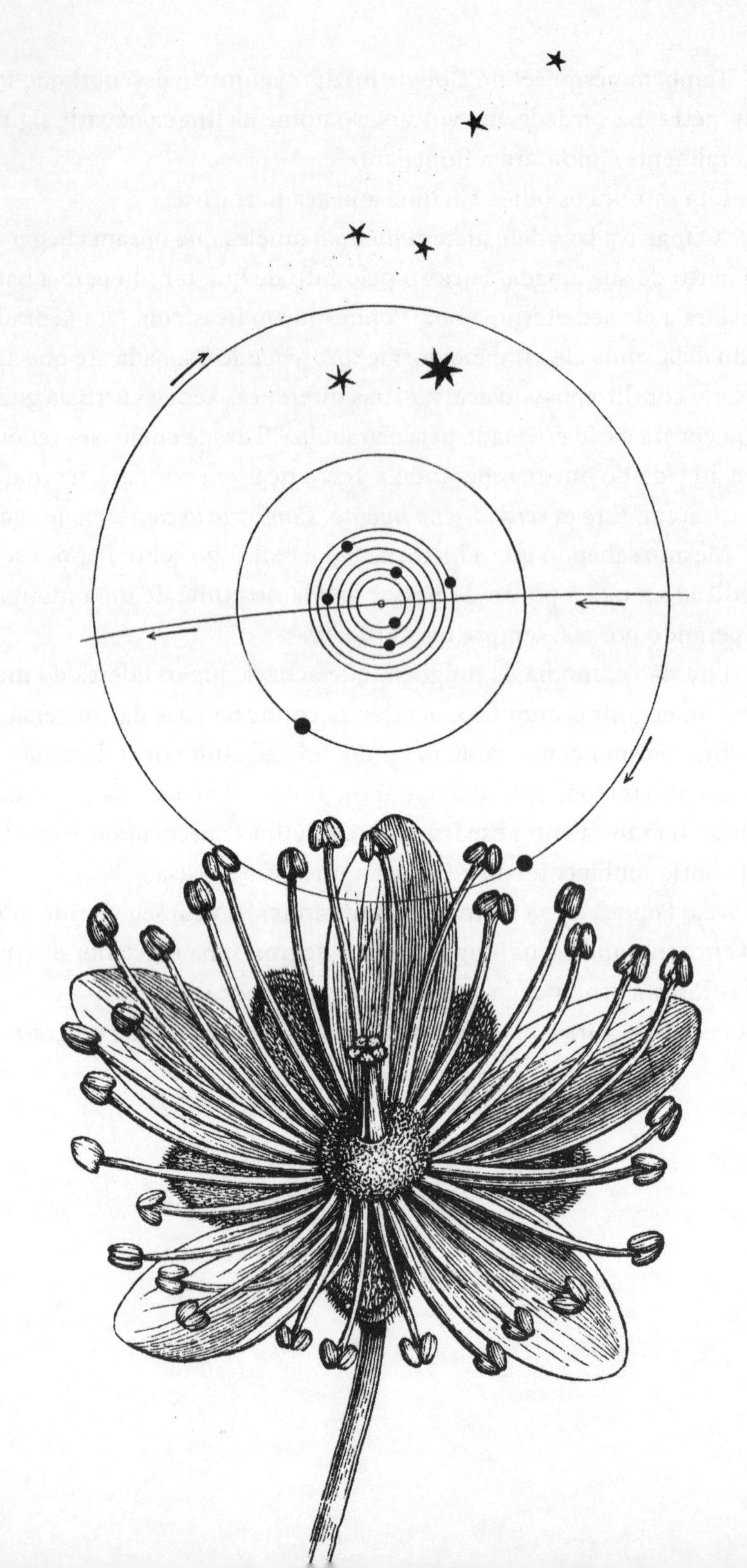

Bocejo e esfrego o rosto para acordar. Me sento. Zeta-4 e Rubio já estão vestidos e parados de prontidão diante da porta.

Saio da cápsula aos tropeços.

A menina loirinha está logo atrás de Rubio. Há um espaço entre eles. Uma cuidadosa trança francesa começa atrás da orelha esquerda de Zeta-4 e desce por suas costas, torcida em um coque do outro lado — um penteado muito parecido com o da chanceler. A lavagem cerebral parece incluir até mesmo o cabelo das crianças. Me apresso para prender e trançar o meu, tentando copiar o que Zeta-4 fez.

Tanto Zeta-4 quanto Rubio parecem muito mais novos que eu, e me pergunto se é por isso que a cog pediátrica não funcionou comigo. Talvez por causa desse defeito, eu não tenha recebido algum tipo de rotina pré-programada. Aparentemente, dormir não faz parte dessa rotina.

Tufos de cabelo que me escapam se arrepiam como uma juba de leão cheia de estática; o coque desmonta duas vezes, deixando a trança pendurada sobre meu peito.

Minhas mãos tremem enquanto calço os sapatos. Não acredito que estou estragando a chance de encontrar meus pais.

Me coloco entre os outros dois no instante em que a porta do nosso quarto se abre. Uma lufada de ar com cheiro de desinfetante sopra meu rosto. Olho para Suma, que flutua pacificamente em sua cápsula, tendo suas memórias da Terra e da mãe roubadas bem diante dos meus olhos.

Encaro um ponto fixo à frente, esperando que alguém entre a qualquer instante. Enquanto tento estabilizar a respiração, algo macio roça nos meus dedos. Me encolho e, quando olho para baixo, vejo um garoto mais novo que Javier, e transparente como um camarão-fantasma, me fitando. O sorriso dele faz seu rosto parecer ainda mais redondo; essa miniversão de humano translúcido, porém, tem os olhos violeta e a mesma delicada pele clara dos adultos. Ele abre ainda mais o sorriso. É quase... fofinho. Sei que minha visão não é muito boa, mas o menininho deve ser ainda melhor que eu em andar de fininho por aí sem ser notado. Como não percebi ele chegando?

Ele se aproxima da minha mão, esfregando o dedo no meu braço.

"Voxy!", exclama a chanceler, e nós dois nos sobressaltamos. "O que você está fazendo?", pergunta ela, aparecendo à porta.

O garoto, Voxy, tomba a cabeça para o lado.

"Essas marcas na pele dela... O que são?"

Ela se inclina um pouco para a frente, pairando acima dele.

"Você não devia estar aqui."

Voxy se afasta de mim.

"Eu queria ver os Zetas, Nyla", diz ele. Nyla ergue a sobrancelha e estala a língua, e o garotinho encara o chão. "Quer dizer, chanceler."

"Bom, agora já viu." Ela faz um gesto com a mão, agitando os dedos longos.

Voxy ergue a cabeça, e nossos olhares se encontram. Ele sorri, e eu retribuo antes de perceber o que estou fazendo.

A chanceler se vira para me encarar, e rapidamente fixo o olhar adiante.

Ela abre o que mamãe chama de sorriso de redes sociais.

"Zetas, eu sou a chanceler." O cheiro de figo doce do hálito dela está tão próximo que preenche minhas narinas. "Mal vejo a hora de descobrir como vocês podem contribuir com o Coletivo. Temos muito trabalho e pouco tempo."

A chanceler se vira para a fila, olhando por cima das nossas cabeças. "Vão permanecer juntos, como uma unidade, até receber suas missões", prossegue ela, depois se vira e sai da sala na direção do corredor. "Venham", chama a mulher, como se a gente fosse um bando de animaizinhos de estimação.

Passamos para o cômodo infantojuvenil adjacente, pela porta onde vi a monitora líder rabugenta ao lado da cápsula do menino loiro no dia em que embarcamos. Continuamos caminhando. Espaços que deveriam conter outros passageiros em estase agora estão ocupados com paredes de nichos hexagonais dentro dos quais há camas, e estão conectados como as células de uma colmeia.

A chanceler entra no corredor que leva até o parque colossal. Vejo as grandes janelas adiante e me lembro de Javier exclamando "Caraca!" e espalmando as mãos no vidro na primeira vez que viu aquilo. Penso nas pistas e piscinas, no teatro e no refeitório do outro lado. Em como tudo era mágico. Que sorte do "Coletivo" de viver em uma nave com tantas coisas legais.

Mas em vez disso, a sequoia de mamãe, Hipérion, observa o Coletivo como Izta e Popoca observavam seu povo, esperando a chegada da paz.

Meu coração acelera quando nos aproximamos da curva que leva às janelas. A sequoia de mamãe e a mata que a cerca ficam logo adiante. Viramos a esquina.

Me encolho e fecho os olhos por causa da iluminação intensa. Diminuo o passo e encaro o chão, sentindo a garganta seca. A cavidade central do imenso espaço está tão branca e ofuscante que pisco com força, pensando que devo estar no lugar errado. Não há parque. Não há moitas nem árvores. O palco e o teatro já eram. As pistas e a academia viraram paredes claras.

Tudo o que resta são extensões de metal branco, tedioso e opaco. Os painéis no teto não mostram mais o céu da Terra; não passam de telões. O carpete de grama verde, com as trilhas e a árvore de mamãe, foi substituído por um chão de vidro iridescente iluminado por baixo. O refeitório, antes com seus cubículos cheios de comida e uma parede de magno-ondas, não tem mais nada. Além de algumas mesas e pilares brancos, o espaço central está nu. Parece duas vezes maior sem as coisas que tinha antes. Sinto um nó na garganta.

No que parece outra vida, eu tinha a certeza de que, depois que os adultos acordassem, a gente correria e brincaria e nadaria e assistiria a filmes até o assentamento em Sagan estar pronto para nós. Sinto minhas pernas adormecerem e paraliso.

Rubio tromba com as minhas costas.

"Zeta-1?" Ele bate no meu ombro, e dou três passos acelerados para alcançar a chanceler de novo.

Lá embaixo, vejo uma multidão de membros do Coletivo, todos parecidos com camarões-fantasma, andando de um lado para o outro do salão vazio.

A palavra *Harmonia* começa a piscar em verde no céu antes branco. Tenho certeza de que estou imaginando coisas, mas logo depois ela é substituída por *Unanimidade*, brilhando em roxo.

A chanceler Nyla nos leva até um dos elevadores de vidro. Entra nele antes de nós e depois se vira para nos encarar. Enquanto descemos, olho além dela para a área do outro lado da espaçonave, onde sei que meus pais estão adormecidos em suas cápsulas. Tudo o que quero é ir até eles e Javier, onde quer que ele esteja, e no momento isso parece impossível. Para não chorar, foco na respiração, tal qual a gente aprendia na ioga das aulas de educação física.

Eles acabaram com todas as coisas pelas quais as pessoas trabalharam tão duro. Com podem ter destruído algo tão maravilhoso? Eles não usufruiriam de tudo aquilo também?

Saímos do elevador, e um homem com um coque duplo feito de tranças acomodadas no topo da cabeça aponta para nós, como se fôssemos algum tipo de item exibido em um museu de história natural. Além dele, o espaço está cheio de outras pessoas muito parecidas com a chanceler Nyla, Crick e Voxy: todas de tranças loiras na cabeça, um desbotado mapa de veias espalhadas sob a pele, ossos da têmpora iguaizinhos aos deles, lábios volumosos idênticos.

Penso nas várias cores de pele diferentes dos cientistas, passageiros e monitores que embarcaram no primeiro dia. Olho para meu próprio braço cheio de sardinhas. O que essas pessoas fizeram com elas mesmas?

O primeiro homem dá uma mordida delicada em um pão de um marrom esverdeado e toma um golinho de um líquido claro. Graças às aulas de ciência e à obsessão de dona Cantor com a preparação da viagem, sei tudo sobre urina purificada. Espero que não tenham descoberto um jeito de...

Estou tão concentrada em encarar os arredores que não percebo um menino um pouco mais velho que eu parado ao lado da chanceler Nyla. Ele me estende uma bandeja. O formato do rosto dele me lembra um colega da escola, Cole Stead. Assim como Cole, ele mal faz contato visual, e provavelmente só sabe que existo porque estou ocupando o espaço diante dele na fila do almoço. Vários quadrados amarronzados e copos de fluido amarelo iguais aos do primeiro homem estão dispostos com cuidado na bandeja. Rubio e Zeta-4 já estão mastigando o que parece uma barra de ameixa seca e tomando a bebida.

O garoto faz um gesto com a bandeja na minha direção. Tudo isso me diz que não é uma boa ideia aceitar, mas estou com a sensação real de que não como há quatrocentos anos.

Nyla olha para mim.

"Algum problema, Zeta-1?"

Penso em Suma, e em como não vou ser capaz de encontrar minha família se for colocada em estase de novo. Rubio e Zeta-4 parecem bem, então pego um cubo de biopão da bandeja e o jogo na boca sem pestanejar. Se couve, feno, ameixa e vinagre pudessem cruzar e ter um filhote, aposto que teria gosto de biopão. Nyla me encara, e me pergunto se ela tem alguma habilidade secreta para detectar mentiras.

"*Nham*", resmungo.

Ela concorda com a cabeça.

"Vamos sempre nos encontrar aqui para nossas quatro rações diárias."

Mastigo tanto que a coisa vira uma pasta. O Garoto do Biopão que se parece com Cole suspira e vira a bandeja para o outro lado, dispondo os copos diante de mim. Pego um deles, cheio do misterioso líquido amarelo, e o encaro. Espero que não seja como o "tônico" verde da noite anterior. O Garoto do Biopão se afasta.

Nyla se vira para olhar para mim de novo.

Antes que possa me safar na base da argumentação, levo o copo aos lábios. Bebo tudo em um gole só. Graças a Deus. Tem apenas um levíssimo gosto de suco de maçã diluído, e não sinto nenhuma mudança em minhas emoções. Em alguns segundos, a mistura de alimento com bebida se expande no meu estômago, e a sensação é de que comi o suficiente para o dia inteiro.

Arroto, e um cheiro de alfafa e desinfetante empesteia o ar ao meu redor. Sopro o bafo na direção de Nyla. O elevador à nossa frente se abre e Crick sai dele, dirigindo um carrinho de forma remota.

Seis bandejas transparentes com bebidas vermelhas, azuis, verdes e douradas estão alinhadas como as penas multicoloridas de um quetzal em cima do carrinho de Crick. Pessoas aplaudem e soltam interjeições de surpresa, como se Crick estivesse entregando a cada uma delas um planador de luxo em vez de suco colorido.

Ele faz o carrinho avançar na direção do que era o refeitório, e vamos atrás até chegar a um salão menor anexado ao abobadado espaço principal.

Crick dá para cada um de nós uma bandeja com o que ele chama de tônico.

"O trabalho de vocês é manter o Coletivo tranquilo", diz ele.

Olho para a multidão. Essa gente não lembra em nada os convidados de uma festa. Além da surpresa momentânea quando viram o carrinho de bebida, ninguém parece particularmente empolgado ou irritado. Sequer estão fingindo ser felizes como papai antes das festas do trabalho. Esse povo apenas... está aqui. Me pergunto que tipo de festa é essa.

A chanceler se coloca entre Crick e mim. Pega um copo cheio de fluido verde-esmeralda da minha bandeja e o leva à boca. Fecha os olhos, bebe tudo de uma vez só e franze os lábios, o líquido formando uma risca fina e escura neles.

Ela sorri e caminha até o centro do salão. O espaço mergulha em silêncio, exceto pelo estalido dos sapatos dela no chão. A mulher se vira, sorrindo, parecendo uma raposa.

Um eco distante da voz de Lita preenche minha mente.

"Você deve sempre se lembrar da história da raposa e do corvo. É bom confiar nos outros. Mas há alguns, como a raposa, que fazem promessas pra ganhar sua confiança. São trapaceiros e não vão levar suas intenções a sério. Você deve ser capaz de sentir quando alguém tiver intenções desonestas."

"Como vou saber isso?", pergunto.

Lita me dá um beijinho no rosto.

"Escute a história e aprenda com os erros do corvo, porque ele não viu a cara de desprezo da raposa, só ouviu suas palavras enganadoras."

Lita semicerra os olhos como uma raposa.

"En el tiempo de nuestros antepasados, los animales hablaban. 'Pobre Corvo,' disse a Raposa. 'Você parece ter demasiado *queso* para carregar. Talvez seu fardo não fique tão pesado se deixar parte do queijo pra trás'."

"Tenho ótimas notícias", anuncia a chanceler. "Os biodrones confirmaram que a atmosfera de Sagan tem oxigênio suficiente."

Um clamor de comemoração se espalha pelo enorme espaço.

"As fontes de água apresentaram apenas uma salinidade suave", continua ela.

Crick arqueja.

"Deu certo", murmura ele baixinho, para ninguém em especial.

"O Corvo levou as palavras da Raposa em consideração. Claro, ele estava cansado. E a sugestão da Raposa pareceu muito mais fácil do que todo o trabalho duro que ele estava fazendo."

"Como a sobrevivência do futuro Coletivo é o mais importante", diz Nyla, "a avaliação atmosférica vai exigir... um voluntário. Precisamos de um acompanhante que vá explorar o planeta junto com a unidade Zeta."

"E, com isso, o Corvo largou o queijo, e a Raposa comeu tudinho. *Y se acabó lo que se daba."*

"Como vocês todos sabem", continua a chanceler, "a unidade Zeta se juntou a nós." Ela gesticula na direção de Rubio, Zeta-4 e eu.

Aperto com força as bordas da bandeja quando todos os olhos do salão se voltam na minha direção. Sinto o sangue gelar, mas tento agir naturalmente, seja lá o que isso signifique agora.

"Os drones foram incapazes de alcançar as plantas subaquáticas. Assim, o Coletivo precisará recolher amostras de forma manual. O risco é alto, então a unidade Zeta vai coletar essa e outras espécimes de que precisamos."

Os copos vibram na bandeja em minhas mãos. Não sei se estou aterrorizada com o "risco" de ser a primeira a pisar na superfície do planeta ou empolgada porque vamos deixar a espaçonave. Mas a parte que mais adoro é como ela *nos* voluntariou para a parte perigosa.

Um homem de olhos arregalados e respiração irregular se aproxima. Pega um copo cheio de fluido vermelho-rubi da minha bandeja. As mãos dele tremem. Ele leva a bebida até a boca e, em um lugar escondido dos demais, toma tudo em um gole só. Limpa a boca com as costas da mão, deixando um rastro avermelhado na pele. Depois sorri, inundado por uma alegria instantânea. Pega um outro copo, dessa vez com líquido verde, e bebe todo o conteúdo para lavar os resquícios do vermelho.

Ele então se vira para trás, conversando casualmente com Crick em voz baixa.

"Ouvi dizer que talvez eu tenha sido um dos escolhidos para acompanhar os Zetas até a superfície amanhã."

Acho que encontrei o Corvo.

O sorriso de Crick morre.

"Sim, Len." Ele pousa a mão no ombro de Len. "Nyla está decidida." Faz uma pausa. "Pelo bem do Coletivo, você deve acompanhar os Zetas."

"Claro." Len dá uma olhada rápida na mão de Crick em seu ombro e toma outra bebida. A voz dele parece trêmula. "Estou feliz por fazer minha parte." Depois, ele pousa o copo com um pouquinho de força demais na mesa, derramando parte do tônico. "Pelo bem do Coletivo."

Crick limpa uma gotinha verde do rosto e olha ao redor para conferir se algum de nós viu.

Nyla ergue o copo.

"Desejo que todos aproveitem a noite! Nosso futuro próximo será de muito trabalho duro, mas vamos fazer nossa causa avançar." Ela hesita, olhando na nossa direção. "E, com isso, vamos corrigir os erros cometidos por nossos predecessores."

Aperto o maxilar. Sei que com "predecessores" ela está se referindo a meus pais e aos outros passageiros.

A chanceler Nyla faz um gesto para um homem do outro lado do salão. Ele assente e corre os dedos por uma tela. A luz do espaço diminui, assim como minha visão. Sinto uma vibração no ar. Estrelas holográficas surgem ao nosso redor. Coloco a bandeja rapidamente sobre uma mesa. Mesmo que eles saibam sobre meus olhos, a última coisa que preciso é trombar no escuro com alguém que não consigo ver, derrubando um arco-íris de tônico no chão. Apoio as costas em um pilar, esperando que ninguém perceba.

O ar começa a zumbir baixinho, depois ouço um guincho. Reconheço o mórbido som como os registros feitos pela nasa das ondas de rádio emitidas pelos planetas. Nyla fecha os olhos e inspira fundo, como se estivesse ouvindo os barulhos de onda das meditações New Age que tia Berta costumava escutar. O som se propaga pelo meu corpo. Misturados ao movimento rodopiante das estrelas holográficas, vejo lampejos de rostos pálidos com lábios manchados de vermelho, como se fossem vampiros anêmicos.

Uma mulher perto de mim abre um sorriso abobado, ao lado de uma pilha de copos vazios em uma bandeja.

Nyla para ao lado de Crick, atrás do pilar. Os barulhos de planetas são tão altos que mal consigo ouvir o que os dois dizem, então chego mais perto, torcendo para que o macacão cinzento me camufle o bastante para que ninguém preste atenção em mim.

"Sobre Len... Chanceler, e se a atmosfera não for adequada a nós?", pergunta Crick, em um tom mais alto que o barulho.

"O ar é adequado. A água pode ser processada", diz ela, com zero emoção.

Ele dá um suspiro minúsculo, acompanhado de um balançar da cabeça quase imperceptível. Está percebendo a mesma coisa que eu.

"Sim, mas digo... E se houver *mais alguma coisa* perigosa?", pergunta ele. "Como parâmetros que não podemos mensurar, por exemplo? Algo que possa ser... diferente para Len. Para nós. Agora, diferente de antes."

Ela se vira e o encara com um olhar sério. Uma estrela paira sobre seu rosto, as veias sob a pele brilhando em azul.

"Todas as decisões tomadas há muito tempo pelo Coletivo levaram em conta o nosso bem. O que somos hoje é o que eles desejavam. União exige sacrifício. E todo sacrifício cobra um preço."

Crick assente como se já soubesse de tudo isso e só precisasse de um lembrete. Tenho certeza de que estão falando das modificações que fizeram em sua própria biologia. Lita sempre dizia que mexer com a natureza podia custar caro.

"Não temos como saber com certeza até que um de nós faça o teste", continua ela, com calma. "Mas se o planeta for incompatível com o Coletivo, vamos embora."

Crick se vira para ela de supetão.

"Embora?"

"Um dos outros planetas viáveis que encontramos fica a duas unidades daqui", diz ela, desviando o olhar.

Se demoramos cinco unidades para viajar por trezentos e oitenta anos... Fico sem fôlego. Duas unidades significa o tempo de duas gerações inteiras.

Crick também desvia o olhar, como se estivesse fazendo os mesmos cálculos que eu.

"Mas isso quer dizer..."

As pessoas ao nosso redor bebem os tônicos e brincam com as estrelas que pairam ao redor delas, sem a menor ideia das decisões que estão sendo tomadas sobre suas vidas.

"Sacrifício." A voz da chanceler fica mais austera. "É isso que significa. Temos o dever para com o Coletivo de encontrar um lar permanente, onde possamos sobreviver sem ameaças de nada e sem que possam nos ferir. Devemos isso àqueles que vieram antes de nós e àqueles que virão depois, mesmo que isso signifique passar a vida nesta espaçonave procurando por esse lugar."

Minha cabeça gira. Apoio o rosto contra o pilar gelado. Um satélite passa devagar do lado oposto do salão. Algumas pessoas o seguem, curiosas.

Crick se volta para o espetáculo holográfico.

"É claro, chanceler."

O que isso significa para nós? Que Zeta-4, Rubio e eu vamos servir a essas pessoas pelo resto da vida, trancadas nesta espaçonave? Que nossos pais vão continuar enfiados em algum lugar, escondidos nas cápsulas de estase por sei lá quanto tempo?

Mas isso tudo não é pior do que a possibilidade de haver um fator ambiental em Sagan que tenha potencial de matar todo mundo. Nyla pode não ter coração, mas está certa sobre garantir que o planeta seja viável. E parece que está disposta a fazer o que for necessário para proteger seu povo.

Não posso mais esperar. Preciso dar o fora daqui e encontrar minha mãe e meu pai.

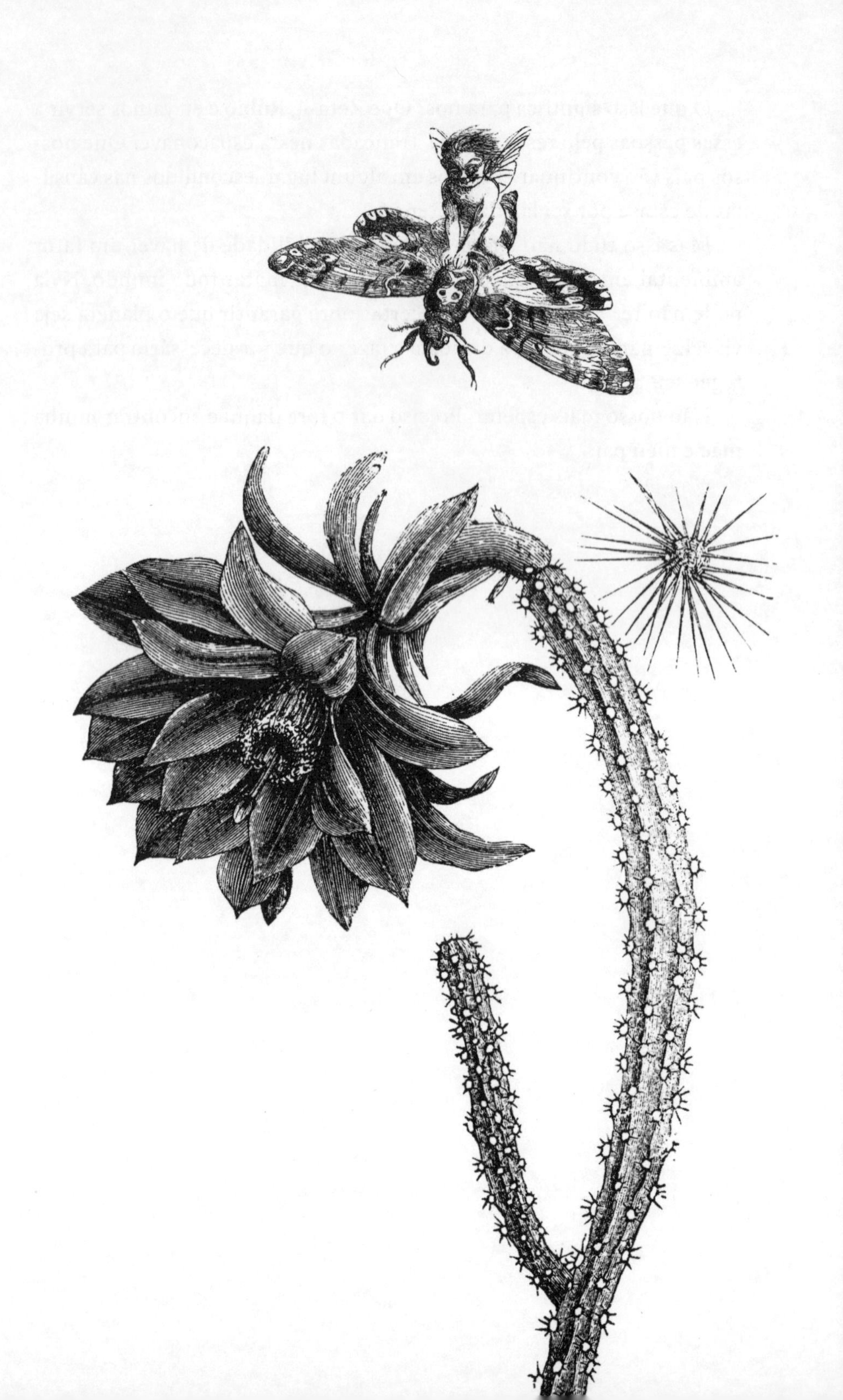

Papai e eu descarregamos o saco de turfa que mamãe pediu. Pegamos cada um de um lado, e papai finge que o saco pesa mais do que de fato pesa.

"Não sei como eu faria isso sem você", diz, de modo que eu me sentisse útil, mesmo que, aos nove anos, eu mal tenha tamanho para de fato ajudar em alguma coisa.

Levamos o saco até o portão dos fundos, onde encontramos mamãe e Javier dormindo sobre uma manta no gramado do quintal. O sol está afundando rápido no horizonte.

Rápido, a tartaruga, caminha devagar perto da casinha dela, rente à trilha que leva até o deserto.

Papai e eu soltamos o saco de musgo no chão. Mamãe se espreguiça e se senta.

"O Príncipe Encantado e sua escudeira voltam de sua batalha, ao pôr do sol, trazendo esfagno como prêmio."

"Ainda bem que a gente sobreviveu à nossa perigosa missão na loja de jardinagem."

"Olha, parece que o risco valeu a pena." Mamãe aponta para o jardim. "Esse é nosso campo de batalha medieval. Planejo morrer brandindo um ancinho ou uma enxada."

Papai ri.

"Petra, contamos com você pra arrastar nossos cadáveres até as floreiras pra servir de adubo."

"Que nojo!", grito.

Javier franze o rostinho, acordando, e resmunga.

"Deixa comigo." Papai pega Javier e o coloca sobre os ombros. Os pezinhos fofinhos do meu irmão ficam pendurados no peitoral de papai. "Vou dar um banho nele."

Mamãe pega o telefone e acende a lanterna.

"Quer se aventurar por aí comigo antes de ir dormir, Petra?"

Concordo com um gesto rápido da cabeça. Antes de Javier, éramos só nós três. E vivi anos suficientes antes da chegada dele para ainda me lembrar de como era.

"Que tal uma caça às fadas?" Ela dá uma piscadela e se levanta, e sou incapaz de não sorrir. Mamãe sabe como chamar minha atenção.

"Mas não tem fada no deserto. Só na floresta."

"Mas aqui *é* uma floresta. Só que é uma floresta desértica." Mamãe arqueja em surpresa. "Viu aquilo?"

Ela aponta a lanterna para a primeira árvore da trilha e anda na direção dela. O tronco está repleto de flores cor-de-rosa recém-desabrochadas.

"No salgueiro do deserto?", pergunto, indo atrás.

"Exatamente. Muito bem!" Ela sorri.

Tento imaginar que as pétalas são asinhas, mas tudo que vejo são grupos de flores.

"Não tô vendo nada."

Ela me ignora e aponta a lanterna para outro lado.

"Ah, deve ser isso... Uma fada-da-sálvia arisca."

Semicerro os olhos na direção das flores roxas no arbusto.

"Acho que vi alguma coisa."

"E os ingleses achando que a lavanda *deles* atrai flores... Nossa sálvia do deserto deixa a lavanda no chinelo!"

A luz do dia está esmorecendo enquanto o céu fica roxo, com uma faixa bem fina de laranja no horizonte. Mamãe aponta a lanterna adiante na trilha e leva um dos dedos aos lábios.

"Xiiiu..."

Entro na dela, sussurrando:

"Fada-do-cacto-gigante."

Enormes braços verdes e espinhosos se estendem na direção do céu.

"Deve ter uma cidade de fadas do tamanho de Albuquerque embaixo daquilo!", digo. E, com isso, minha imaginação voa. "Aposto que elas dão umas festas de arromba. Cada braço do cacto tem uma porta mágica de uma cor diferente." Aponto para o caule mais alto. "O maior brilha em dourado. As fadas que entram por ali precisam voar por um percurso cheio de obstáculos com bambolês de espinheiro que podem rasgar as asinhas frágeis delas. Aí precisam desviar de flores de camomila explosivas, que deixam elas com sono, e de favos de mel pingando, porque uma gota só já ia grudar tudo e impedir elas de voar. Mas depois..." Eu começo a sussurrar. "Depois vem o enigma." Estreito os olhos. "Estou em todos os arco-íris." Estendo os braços para o alto. "Estou no céu." Dobro os joelhos. "Estou no fundo dos oceanos." Agito os dedos. "E nas asas de uma gralha. Quem sou eu?"

Mamãe sorri, mas não está olhando para mim. Em vez disso, está procurando algo nos arredores.

Então, faço uma mesura.

"Isso mesmo, fadinha. Eu sou a cor azul. Pode entrar", continuo, sem prestar atenção ao deserto ao nosso redor. "Vestidos e ternos de fadas brilham como as asas de libélulas. As criaturinhas bebem de copos com formato de lírios. Enchem as taças em fontes de suco e néctar de cores diferentes." Fecho os olhos. "Árvores cheias de vagalumes cintilam com..."

Mamãe arqueja de novo, me interrompendo e apontando na direção oposta.

"O que é aquilo?"

Desvio os olhos da festa mágica das fadas dentro do braço mais alto do cacto. A lanterna de mamãe está iluminando uma moita bem real, cheia de florezinhas amarelas.

Suspiro.

"Creosoto."

"Muito bem!", diz ela. "Botânica não é legal?"

"*Aham*", murmuro, percebendo o truque em que caí.

Mas foi divertido enquanto durou.

Ela beija minha cabeça e aponta a lanterna de novo para nossa casa.

"E ali vive a mais adorável de todas as fadas. A fada Petra. E ela precisa tomar banho antes de ir pra cama." Mamãe dá uma piscadela quando me viro para ela. "Quem chegar por último é a mulher do padre."

Ela sai correndo e sigo logo atrás, morrendo de medo do escuro.

Nyla e Crick continuam conversando baixinho. Permaneço apoiada do outro lado do pilar. Crick está mais perto do que eu imaginava. Me afasto um pouco, mas não a ponto de não conseguir ver o orbe branco que agora preenche o espaço além dele. Reconheço a superfície cheia de furinhos. Sei que se o holograma for astronomicamente correto, atrás da lua vou encontrar...

Um homem com as tranças enroladas em um coque caprichado aponta e sorri.

"Maravilhoso!"

O holograma 3D gira como uma imensa bolinha de gude azul e verde. Alguns presentes arquejam ao ver o planeta em que apenas os mais novos de nós de fato pisaram. A imagem rodopia graciosa, bem à minha frente. Mesmo que não tenha mais nada a ver com a Terra de antes, a lembrança ainda me faz sorrir. É *naquele* planeta virtual que minha Lita vivia.

Sinto os olhos lacrimejarem, e um lamento profundo se perde em meio à música alta. Rubio passa reto pelo próprio planeta sem sequer olhar para ele.

Do lado oposto do céu projetado próximo ao teto abobadado, uma luz lampeja em um rastro. Me viro e vejo que todos os outros presentes também notaram e estão assistindo ao espetáculo. O cometa se aproxima devagar com sua cauda, voando entre as estrelas e as pessoas espalhadas pelo salão. Sinto o jantar voltar pela garganta. Repito a mim mesma que o holograma não é real. Não posso correr e empurrar o Halley para fora do curso. Não posso fazer *desacontecer* o que já aconteceu.

A chanceler faz um gesto com o braço, e então a serpente brilhante acelera em direção à Terra. Acerta a superfície dela bem no meio do Oceano Pacífico, entre o Havaí e as Ilhas Fiji. No mesmo instante, um volume imenso de escombros voa no ar. Arcos de luz disparam em todas as direções, como fogos de artifício explodindo pelo salão. Os membros do Coletivo, de lábios esverdeados por causa do tônico, exclamam *ooohs* e *aaahs*, como se tivessem casualmente assistido a um lance mais duro em uma partida de futebol, e não à destruição de um planeta.

Em velocidade acelerada, um anel de fogo se espalha a partir do Oceano Pacífico, a leste na direção dos Estados Unidos e a oeste na do Japão.

O cômodo inteiro se enche de material particulado. Os resíduos atravessam nossos corpos e chovem de novo na Terra.

Sinto um nó na garganta, imaginando Lita em algum lugar no meio daquela bagunça de fragmentos. Nunca desmaiei antes, mas sinto os lábios formigarem e tudo ao meu redor girar. Cambaleio até a mesa mais próxima e me largo em uma cadeira. Se alguém notar minha reação, é o fim.

A música fica mais baixa, e Nyla caminha até o centro do salão enquanto a luz se intensifica um pouco. A expressão dela está meio obscurecida pela poeira do nosso planeta voando em torno dela.

A chanceler aponta para onde a Terra girava pacificamente até alguns instantes antes.

"Hoje celebramos nossa chegada ao novo planeta. O que aconteceu com o mundo anterior não foi apenas uma tragédia; foi também uma oportunidade para deixar o passado para trás. Graças ao Coletivo, memória alguma de um mundo cheio de conflitos, fome ou guerra terá espaço em nosso futuro."

Meus pais queriam um futuro melhor também. Mas a opinião de papai sobre como as pessoas deviam chegar lá era exatamente oposta a isso tudo. "*Vai ser responsabilidade nossa lembrar o que deu certo e facilitar as coisas pros nossos filhos e netos. Abraçar as diferenças e ainda assim achar um jeito de viver em paz.*"

"Somos uma só unidade agora, sem vícios do passado. Não precisamos mais criar uma nova história, pois não há passado. O hoje é o Coletivo, e o novo planeta é a nossa origem. O Coletivo vai transformar nosso novo lar em algo muito melhor." Ela ergue a taça. "À nossa nova origem."

O espaço ribomba com todas as vozes do Coletivo.

"Uma nova origem!"

Fito o chão. Mesmo que meus pais e os outros passageiros acordem, os membros do Coletivo são muitos.

Deito a cabeça na mesa. As notas agudas da música retornam. Misturadas a elas, as conversas e risadas recomeçam.

"Zeta-1?"

Ergo a cabeça de supetão e limpo o suor de cima do lábio. Quando levanto os olhos, vejo Nyla.

"Devo estar me aclimatando à nova dieta, chanceler. Sinto muito", digo, incapaz de encarar a mulher. "Vou voltar pro serviço em um instante."

"Não vai ser necessário", diz ela. "Seus deveres esta noite já foram cumpridos. Pode se retirar para seu setor e descansar." Ela dá um tapinha no meu ombro, e estremeço. "Se tudo der certo em nossa missão de reconhecimento na superfície, você terá uma tarefa ainda mais importante quando retornar", continua ela. "Acho que você vai gostar de trabalhar em nosso complexo de laboratórios."

Penso no dia do embarque, no porão da espaçonave cheia de transportadores e suprimentos. Não havia laboratórios naquela época. Mas lembro de Ben explicando como ele e outros monitores montariam tudo depois que a gente pousasse para que os adultos pudessem trabalhar.

"Não vejo a hora", digo. "De servir ao Coletivo, digo."

Ela sorri, e me forço a sorrir de volta. Sei que enquanto ela tiver a certeza de que estou usando meus conhecimentos a serviço deles, vou estar em segurança.

"Pode ir agora", termina ela.

Não espero a chanceler repetir. Esta é a minha chance. Vou até o elevador, e no caminho passo por Zeta-4 carregando alegremente sua bandeja enquanto uma mulher troca uma taça vazia por outra cheia.

Entro e aperto o botão do sexto andar.

Penso nas palavras de Ben no primeiro dia: "*Sinto muito mesmo, Dr. Peña. As cápsulas dos senhores ficam do outro lado da espaçonave.*"

Conforme o elevador sobe, traço uma linha mental que conecta meu quarto com o lado oposto da nave. Mas, entre mim e o lugar onde meus pais devem estar, ficam os aposentos de metade do Coletivo.

Saio do elevador e olho para os dois lados. Solto o ar em um assovio. Se me pegarem... "*Estava meio desorientada, só isso*". Passo pela sala da minha cápsula e continuo caminhando na direção dos fundos da espaçonave, seguindo a rota espelhada pelo outro lado da nave até ficar sem fôlego. A disposição dos cômodos é igual, e logo encontro a sala bem diante da minha. Deste lado da embarcação, a porta abre com o mesmo barulhinho de ar sendo deslocado.

Mas, em vez das cápsulas dos nossos pais, a parede dos fundos do espaço tem várias camas em formato de fava de colmeia, todas cobertas por mantas feitas para pessoas camarão-fantasma de pele fininha. Há também uma troca de roupas do Coletivo no pé de cada colchão.

Cadê eles?

Continuo pelo corredor e encontro salas idênticas, também sem cápsulas de estase.

Ouço vozes vindas do fim da longa passagem. Paro por um momento, e o volume vai aumentando conforme elas se aproximam.

Me viro e corro na direção contrária até estar de volta no centro da popa da nave. Me apoio na parede e fecho os olhos com força, tentando decidir o que fazer. Posso ir na direção de quem quer que esteja vindo e convencer a pessoa de que me perdi. Ou posso encontrar uma forma de continuar procurando pelos meus pais. Abro os olhos, que demoram um momento para se ajustar à luminosidade. Procuro a porta mais próxima e vejo a familiar luz de um roxo azulado vazando pela fresta da passagem diante de mim. As vozes estão ficando mais altas.

Dou um passo à frente, abro a porta e entro.

Meus passos ecoam em uma plataforma metálica. Luz — o roxo azulado profundo do oceano e um lembrete da Plêiades Ltda. — ilumina uma escadaria em espiral que leva à escuridão lá embaixo. A porta se fecha assim que as vozes se aproximam pelo lado de fora. Seguro a respiração até elas passarem e sumirem.

Dou outro passo, e ele ecoa pelo que parece uma eternidade. Estou vagando dentro do meu pior pesadelo: um espaço de completa escuridão sem mamãe, papai ou Javier para me segurar pelo braço. Aperto com força o corrimão e começo a descer. Cada degrau em que piso se ilumina, uma luz roxo azulada sendo acionada. Conto os degraus para afastar a mente da minha fantasia de que há alguém logo atrás de mim. Mas não vejo sinal algum de chão lá embaixo.

"Cento e quarenta e dois", sussurro, "cento e quarenta e três." Continuo, tendo apenas minhas palavras sussurradas para me consolar. "Duzentos e dezessete, duzentos e dezoito..."

O eco dos meus passos começa a ficar mais distinto, até que de repente me vejo em um pequeno patamar diante de outra porta. Encosto o ouvido nela. Devagar, abro-a e entro.

Vejo que estou no portão central, por onde chegamos no dia do embarque. Começando por uma das laterais, analiso cuidadosamente o espaço. O transportador preto e brilhante que mais parece um besouro está acomodado no canto, perto da entrada, exatamente como há quatrocentos anos. Chego mais perto e vejo o complexo de laboratórios que Ben deve ter construído, sobre o qual Nyla falou mais cedo. Continuo correndo os olhos pelo centro do porão, onde os tambores de metal deveriam estar. Não encontro nenhum.

Em vez disso, a área está repleta de fileiras e mais fileiras de cápsulas de estase.

Sorrio, cobrindo a boca. Há centenas de cápsulas. Abraço meu corpo e percebo que estou começando a soluçar de emoção.

Encontrei. Agora, só preciso descobrir quais cápsulas são as dos meus pais e a de Javier.

Talvez eu possa roubar um extrator de cogs. Erguer a cabeça de mamãe e papai e colocar o aparelho perto da nuca deles. Eles vão começar a acordar, então vou ter que desbloquear suas vias áreas, mas as cápsulas de estase têm aparelhos anexos com essa função. A parte mais difícil vai ser erguer o corpo deles e limpar todo o gel enquanto ainda estiverem atordoados. Mas se conseguir fazer isso com um dos dois, vou ter ajuda com o outro e com Javier. Vi como removeram Rubio da estase. Não parece muito difícil.

Mesmo que o Coletivo tenha bagunçado a memória dos meus pais, é impossível que mamãe tenha esquecido nossa caça às fadas. Papai vai lembrar do "*Quem é? Petri-cor.*"

Quando eu ler para Javier seu livro preferido, o *Sonhadores*...

Luzes auxiliares se acendem perto do chão conforme corro por entre as fileiras de cápsulas. Só depois noto que nenhuma delas está brilhando.

A cada passo, meu estômago revira, várias — *cápsula vazia* — e várias — *cápsula vazia* — e várias vezes. Todas elas, dezenas... Todas as cápsulas estão vazias e apagadas.

Um botão laranja pisca ao lado de cada placa com o nome da pessoa da cápsula. Me inclino para ler. *Flinn*. Calculo mais ou menos qual fileira deveria conferir considerando que os nomes estejam em ordem alfabética. *Richter*. Depois, vou para a próxima: *Quinn... Putnam, Peterson.*

Respiro fundo. *Pequin*. E enfim, na fileira seguinte... *Peña*. Como todas as outras, a cápsula está vazia. Levando as mãos à barriga, me inclino sobre ela. O único sinal de qualquer coisa funcionando é o botão laranja pulsante. Algo dentro de mim me diz para ir embora. *Não aperta o botão. Se não apertar, não vai ser real*. Mas estou paralisada no lugar.

Fecho os olhos, respiro fundo várias vezes, estendo a mão e aperto o botão. A mesma voz gentil do sistema da nave ribomba pelo porão enquanto encaro a cápsula vazia.

"*Peña, Amy. Apagamento de memória: fracassado. Reprogramação: fracassada. Expurgo em 24 de julho de 2218.*"

Sinto os joelhos dobrarem e caio no chão. *Expurgo*? Agarro a borda da cápsula, respirando fundo. Não quero imaginar o que a palavra de fato significa. Mas eu sei. Aconteceu a mesma coisa com Ben.

Me apoio na cápsula de mamãe. A sensação é de que alguém me escavou por dentro, como se eu fosse uma abóbora. Logo vão vir me procurar, mas não me importo mais.

Tudo que mamãe prometeu — nossa vida, com todos nós juntos em Sagan — desaparece. Mamãe nunca mais vai escovar meu cabelo nem beijar minha testa. Nunca vai me levar em uma caça às fadas em Sagan, que com certeza tem ainda mais plantas e fadinhas imaginárias do que qualquer outro lugar na Terra. Mesmo que mamãe e eu estivéssemos procurando coisas diferentes, estaríamos juntas.

Passo a mão dentro da cápsula com a esperança de conseguir sentir alguma parte dela. Mas o aparelho onde minha mãe permaneceu adormecida por anos está vazio.

"Mamãe?", sussurro, e me deito no chão em posição fetal.

Tenho a impressão de ouvir um barulho vindo do canto do porão, mas ninguém aparece.

Depois de um tempo, volto a mim. Não sei por quanto tempo fiquei atordoada. Me arrasto até a próxima cápsula vazia.

"Por favor, por favor, por favor", sussurro. Aperto o botão.

"*Peña, Robert. Apagamento de memória: fracassado. Reprogramação: fracassada. Expurgo em 28 de outubro de 2277.*"

Abraço os pés da cápsula de papai. Parece que meu peito está sendo esmagado por um punho gigante. Sinto os olhos arderem, e preciso me esforçar para encher os pulmões de ar. Não é justo. Como podem ter feito isso com tanta gente? Meus pais só queriam que nossa família ficasse junta. Acho que ouço outro barulho, mas não estou nem aí.

As datas do expurgo dos meus pais... Demorou uma vida inteira entre um e outro. Sei que mamãe estava brincando quando falou aquilo no nosso quintal, mas eu achava que o fim deles seria assim: deitados lado a lado na floreira do jardim, juntos. Em vez disso, minha mente é tomada por outra imagem: ambos flutuando, sozinhos, na imensidão do espaço. Nada envelhecidos, e sim iguaizinhos ao dia em que deixamos a Terra. Congelados e sozinhos.

A pasta de biopão se revira no meu estômago. Uma quantidade de vômito maior do que ingeri cai no chão. Limpo a boca e apoio as costas na lateral da cápsula de papai.

Me forço a respirar e cambaleio até a cápsula seguinte.

Não quero olhar, mas preciso. Assim como no caso dos meus pais, o botão piscando em um laranja fraco ilumina a plaquinha com o nome. Mal dá para ler o *Peña, Javier*.

Olho para a cápsula. Está vazia.

Javier também. Todos se foram.

O guincho de uma porta de metal sendo aberta ecoa pelo ar, vindo da seção mais distante do amplo espaço.

"Quem tá aí?", pergunta uma voz rouca na escuridão.

Disparo pelo caminho por onde vim, tropeçando escada acima enquanto lágrimas quentes escorrem pelo meu rosto.

Quando volto ao meu quarto, as cápsulas foram substituídas por uma colmeia de camas em nichos hexagonais iluminados por dentro, como nos demais aposentos do Coletivo. Vultos com a forma de Rubio e Zeta-4 ocupam dois dos espaços. Subo no catre ao lado do de Zeta-4.

Lágrimas se acumulam na minha roupa de cama plástica. Por que fizeram isso com Javier? Ele era só uma criança.

Teria sido melhor se a reprogramação da minha cog tivesse dado certo.

Pelo menos eu estaria desconectada de tudo, como os outros. Não estaria aqui deitada, esperando para morrer como o resto da minha família. Se eu contar para a chanceler que me lembro de tudo, ela vai me expurgar ou tentar me reprogramar de novo. Qualquer uma das alternativas é melhor do que passar a vida imaginando o que aconteceu com mamãe, papai e Javier.

Zeta-4, ao meu lado, resmunga em seu sono. Sem a cog, ela e Rubio não estão mais recebendo downloads enquanto dormem.

Ela se sobressalta e bate na parede do nicho, fazendo toda nossa colmeia chacoalhar.

"Mas, mamãe, você prometeu que era só uma picadinha! Isso vai doer!"

Me sento de supetão e bato a cabeça no teto do nicho.

Todas as lembranças que Zeta-4 tem da Terra deveriam ter sumido. Mesmo em sonhos, como ela poderia se lembrar da mãe e de ir ao médico?

Desço da cama e passo a mão no braço da garota para despertá-la. Ela dá um gritinho e se encolhe.

Não posso permitir que ela permaneça nesse pesadelo de consultas médicas. Empurro o braço de Zeta-4 de novo, chacoalhando seu corpo para que ela acorde. A menina se levanta em um movimento só e se vira para mim.

"Zeta-1, o quê...?" A garota respira fundo várias vezes. Franze o cenho, e bate com o punho cerrado na testa como se estivesse tentando soltar algo emperrado lá dentro. "Que estranho..." O queixo dela treme. "Ela não era real." Então olha para mim, com lágrimas nos olhos. "Era?"

Sei que, lá no porão da espaçonave, também deve haver uma cápsula vazia com o nome da mãe dela. E, em algum lugar nas profundezas de sua mente, Zeta-4 está com saudades de uma mãe que nunca mais vai ver. As memórias que tenho da minha não estão só em sonhos, porém. Pelo menos Zeta-4 pode fingir que a dor não é real. Não tenho como voltar e dizer para mamãe que sinto muito por fazer ela sentir medo no caminho até a espaçonave.

"Volta a dormir", sussurro para Zeta-4. "A gente fala sobre isso amanhã."

E ela se deita de novo. Está com a respiração entrecortada, e sei que, mesmo que ela ache que os sentimentos são imaginários, ainda os está digerindo. Penso no que Lita teria feito para confortar a garota. Ou será que, se eu tentar, só vou piorar tudo, como aconteceu com Javier?

A voz de mamãe ecoa na minha cabeça. "*Sério, Petra, não é hora de contar histórias.*"

Queria não ter me negado a entrar na nave no último dia. E queria que essas palavras não tivessem sido a última coisa que mamãe me disse. O corpo de Zeta-4 está tremendo. Vale a pena tentar. Passo a mão no cabelo dela, tão fininho que mais parece uma penugem.

Minha voz vacila um pouco.

Arrorró mi niño,
arrorró mi sol,
arrorró pedazo
de mi corazón.

Me apresso a enxugar as lágrimas.

Zeta-4 rola de lado para olhar para mim.

"O que é isso, Zeta-1?"

Pigarreio.

"Chama *arrullo*. Uma música pra ajudar a gente a dormir. Não sou muito boa nisso."

"Arrujo", diz ela, pronunciando errado o termo em espanhol. "Gostei." Esfrega os olhos com as costas das mãos. "Zeta-1?"

"Fala."

"Por que você acha que meu sonho me fez chorar? Eu não devia chorar. Será que é melhor contar pra chanceler?"

"Não!" Coloco minha mão sobre a dela.

As palavras nas cápsulas de mamãe e papai surgem na minha mente.

"*Apagamento de memória: fracassado. Reprogramação: fracassada. Expurgo...*"

"Não conta pra ninguém sobre os seus sonhos. Você não pode compartilhar isso com o Coletivo."

"Tá, já que você tem tanta certeza...", diz ela.

"Tenho sim." Aperto a mão da garotinha. "Posso te contar uma coisa?"

Amanhã, depois que contar à chanceler que lembro quem sou, não vou mesmo me lembrar dessas histórias...

"O quê?", pergunta ela.

Rubio se vira em seu nicho, mas continua roncando.

"Se chama... *cuento*", digo. "É pra servir ao Coletivo. Mas, por enquanto, tem que ficar só entre nós."

"*Cuento...*", diz Zeta-4.

Começo como Lita fazia.

"*Érase que se era...*"

Ela franze as sobrancelhas.

"O que essas palavras significam?"

"É tipo um 'era uma vez'", digo, e o rosto dela fica impenetrável. Percebo que a garota não conhece a frase em nenhuma das línguas. "Todos os *cuentos* começam com algo pra dar um clima, e terminam com uma frase de encerramento", explico. Ela assente como se estivesse entendendo, mas acho que não está. "Era uma vez uma princesa chamada Blancaflor", começo.

Não é um conto de fadas normal. Nem sei como contar algumas partes na nossa língua, aliás. Lita dizia que, há muito tempo, quando era pequenininha, não tinha coragem de falar espanhol na frente de outras pessoas, nem de contar histórias onde alguém pudesse ouvir. Era uma época em que a língua e a cor da pele dela podiam causar confusão. Então, sob uma manta feita de céu estrelado e fumaça de madeira cheirosa, por pura força do hábito, ela sussurrava as histórias dela pra mim em uma mistura de espanhol e inglês. Suas próprias versões, passadas da avó para ela, e da avó da avó antes disso, cada versão um pouquinho diferente dependendo do que estava acontecendo no mundo na época.

Me lembro do que Lita disse sobre minhas histórias certa vez: "*Nunca tenha vergonha do lugar de onde você veio ou das histórias que seus ancestrais passaram pra você. Se aposse delas.*"

Agora, nunca mais vou ser uma verdadeira contadora de histórias como Lita. Mas, por Zeta-4, decido contar mais uma. E, por Lita, decido me apossar dela.

Imagino essa versão da história misturada ao rosto de doente e às palavras traiçoeiras da chanceler enquanto pedaços da Terra voavam pelo espaço. "*O que aconteceu com o mundo anterior não foi apenas uma tragédia. Foi também uma oportunidade para deixar o passado para trás.*"

Me sento de pernas cruzadas na abertura hexagonal aos pés do nicho onde fica a cama de Zeta-4.

"O pai de Blancaflor era um rei esquisito. Por causa do medo do mundo exterior, ele havia se transformado em um ogro. Tinha pele translúcida e uma voz que mais parecia o chiado de uma serpente."

Zeta-4 faz uma careta. Retribuo com outra, um pouco chocada pela reação desconfiada. Então sorrio. Ou não bloquearam essa parte do cérebro dela, ou algo na história a fez se lembrar de alguma coisa. Continuo:

"Mas Blancaflor era generosa, gentil e disposta a entender tudo que encontrava, com sua pele marrom meio avermelhada que lembrava os montes Sangre de Cristo."

Zeta-4 fecha os olhos e sorri. Sei que está enxergando tudo na mente, mesmo sem saber o que são os montes Sangre de Cristo.

Passo a mão no cabelo dela, que é fininho como uma penugem, antes de continuar.

"E seus cabelos eram uma penugem loira, como a de uma coruja das neves." *Penugem*. E, com isso, defino o novo nome de Zeta-4.

"Uma coruja", sussurra Penugem para si mesma, a testa franzida em uma reflexão confusa sobre um animal que ela nunca mais vai ver.

"Quando um príncipe vagou até o... reino da princesa, Blancaflor o salvou do domínio de seu horrível pai."

Conto para Penugem sobre as tarefas impossíveis que o rei mandou o príncipe realizar em troca de sua liberdade. E sobre como todas as vezes era Blancaflor que dava ao rapaz as ferramentas de que precisaria para completar o desafio. No fim, porém, o rei nunca ia libertar o príncipe. E, juntos, o príncipe e Blancaflor fugiram.

Talvez eu esteja indo longe demais...

"Enquanto o pai de Blancaflor ia atrás dela e do príncipe, todos em montarias aladas do rei, Blancaflor tirou o pente que deixava preso entre os cabelos e jogou o objeto no chão para criar as montanhas irregulares que surgiram na Terra."

"Terra?"

Lembro do planeta girando na festa da chanceler, verde e azul contra o mundo cinzento do Coletivo. Zero cores, a não ser nas bebidas. Sinto algo ferver dentro do peito.

"Isso."

"Terra", sussurra ela.

"Era onde Blancaflor e o príncipe viviam. Um planeta", continuo.

"Tenho a impressão de que já ouvi falar disso. Mas como esse *cuento* vai ajudar a gente a servir ao Coletivo?"

Prossigo sem responder.

"Blancaflor então derrubou um grampo dourado, que se transformou nas areias cálidas de desertos como o do Saara. Mas o terrível monarca continuou a ganhar velocidade. Blancaflor jogou para longe seu xale verde-água, criando as ondas azuis e a espuma branca do mar, como as do Pacífico."

Enquanto falo do oceano e suas ondas, Penugem franze a testa. Percebo que mal sei de onde ela é. Sigo contando a história.

"Enfim, Blancaflor entregou o príncipe em segurança pra própria família. O pai dele ficou grato por Blancaflor ter trazido o filho até ele..." *Se aposse delas.* "E o rei ficou tão impressionando com a esperteza *dela* que transformou Blancaflor em sua herdeira e governante sucessora do reino. Ela escolheu o príncipe como companheiro pelo conhecimento que ele tinha sobre o reino, que ela comandou com inteligência e gentileza. Blancaflor não só governou o reino do príncipe como também superou o próprio pai ogro e qualquer outro tirano ou governante cruel." Termino com *"Y colorín Colorado, este cuento se ha acabado."*

Penugem suspira.

"Você vai cantar um arrujo e me contar outro *cuento* amanhã?"

"Arrullo." Sorrio. "E só se você prometer que não vai falar disso pra ninguém."

Ela faz que sim com a cabeça.

Outra voz vem da cama ao lado.

"Também não vou contar."

Sinto meu rosto ruborizar. Me inclino na direção do nicho hexagonal e vejo Rubio acordado, com o cotovelo na colchão e a cabeça apoiada na mão. O que eu fiz?

"Foi incrível", continua ele. "Gostei da Blancaflor."

Penugem se larga no travesseiro e fecha os olhos.

"Eu também, Zeta-3."

Esfrego o cabelo fininho dela mais uma vez e volto para meu espaço na colmeia.

"Eu também", digo, muito mais satisfeita com minha nova versão de Blancaflor.

Este não pode ser o fim. Não pode ser assim que minha história acaba.

O quarto cai no silêncio, e os únicos sons são a respiração suave de Rubio e Penugem e o marulhar do gel da cápsula de Suma. Fecho os olhos, mas tudo em que consigo pensar são as cápsulas vazias da minha família e a voz casual dizendo que foram expurgados.

O que meus pais teriam me dito para fazer? E se Javier pudesse me ver agora?

Sei que iam querer que eu continuasse vivendo. Lutando. Não posso mais ficar nesta nave. Preciso descobrir um jeito de escapar.

Lita teria me dito para orar. Mas quando fecho os olhos e tento falar com essa tal de Deus, não escuto nada. E, de qualquer forma, não tenho nada para dizer para Ela no momento.

Em vez disso, me imagino sentada sob uma manta de estrelas com Lita; havia tantas espalhadas na escuridão que, estreitando os olhos, parecia que o céu inteiro se enchia de glitter.

Ou então me vejo deitada juntinho de Javier, o moletom macio da gg Gang contra o rosto enquanto passo o dedo sobre a marca de nascença dele em forma de constelação.

Depois estou com papai, o braço dele envolvendo meu corpo, e estamos cercados pelo cheirinho de chuva molhando o chão e as rochas do deserto.

Mamãe tira o cabelo dos meus olhos e aponta para um arbusto de sálvia do deserto; na minha imaginação, uma fadinha de asinhas roxas voeja na nossa direção.

Sei que não posso viver uma vida sem minhas memórias. Se esquecer tudo, vai ser como se minha família jamais tivesse existido. Lágrimas escorrem pelo meu rosto e pescoço até encharcarem meu cabelo.

Penugem e Rubio merecem recuperar as memórias das próprias famílias. O que eles e seus familiares desejavam? Será que seus pais tinham prometido aos filhos uma nova vida em Sagan, como os meus?

Rubio ronca alto no instante em que Crick entra carregando uma pilha de roupas dobradas. Coloca um macacão cinza aos pés de cada um de nossos nichos. Parte de mim está empolgada. São para usarmos em Sagan.

Se eu quiser escapar, preciso permanecer calma.

"Olá, Crick", digo.

"Olá, Zeta-1", responde ele. "Como está se sentindo? Devia estar dormindo."

"Estou melhor agora."

"Ótimo. Quando acordarem, vai ser um grande dia. Pode ser perigoso."

Sinto o coração apertar dentro do peito.

"Espero que o Coletivo fique empolgado ao ver tudo que somos capazes de fazer." Tento chegar o mais próximo possível da voz sibilada de chanceler Nyla. "Tenho orgulho de servir ao Coletivo sendo uma voluntária nesta missão."

Ele franze a testa.

Rolo de lado antes que o homem possa responder.

17

Bato com a cabeça no teto do nicho da cama quando uma voz suave fala pelo sistema de comunicação da nave, me acordando de repente.

"Zetas, se preparem para serem escoltados até o transportador."

No reflexo da porta de metal, vejo Penugem e Rubio já com o zíper do macacão fechado até o pescoço. Estão com o cabelo lambido para trás, penteado como um jardim recém-arrumado com um ancinho. Num salto, me ponho de pé, visto o macacão às pressas e penteio com os dedos o cabelo emaranhado, fazendo uma trança frouxa. Fiozinhos soltos fazem cócegas na minha bochecha, e meu macacão está todo amassado em alguns lugares.

Mal amarrei os cadarços das botas quando a porta se abre. Crick surge, o rosto resplandecendo de tanta empolgação.

"Venham comigo, Zetas."

Como fui perder a hora justo hoje, no dia em que preciso estar no meu melhor?

Me apresso para vestir as luvas e, como os demais, entro na fila.

Crick nos escolta pelo corredor na direção do elevador. Rostos curiosos nos espiam dos quartos, e conversas sussurradas nos seguem pelas esquinas.

Pelo vidro do elevador, fito o salão central onde antes havia um parque. O chão emite um brilho branco pálido, como se estivéssemos andando sobre uma camada de gelo que pode rachar e nos engolir a qualquer momento. Olho para o refeitório onde Nyla deu a festa noite passada. As mesas e os pilares da festa não estão mais lá.

Em uma área minúscula da arena principal, há pelo menos vinte pessoas em uma fila organizada diante de uma estação de trabalho cheia de vasos com plantas. Sinto um embrulho no estômago. Só conseguiram cultivar vegetais no espaço por causa do composto criado por mamãe, que libera nutrientes progressivamente. É impossível não ficar olhando enquanto arrancam as folhas maiores de um, pelo que me parece, pé de couve. Dentro de unidades de compressão, os trabalhadores colocam uma das folhas, junto com uma medida de pó proteico e uma bolotinha do que parece ser a massinha fermentada que mamãe usava para fazer pão. Segundos depois, retiram de lá de dentro um bloco que parece uma barra de chocolate de cor de vômito e a partem em quadradinhos menores.

O mesmo Garoto do Biopão da festa se aproxima de nós trazendo uma bandeja cheia dos pedaços de comida. Não sei por que dão a ele essa tarefa sendo que a gente poderia simplesmente ir até lá e pegar o alimento. Penugem e Rubio pegam um cubo de comida cada. Faço o mesmo. Tento sorrir para agradecer, mas o rapaz está obviamente evitando contato visual, então finjo estar interessada na linha de produção.

Crick se aproxima, apontando para onde estou olhando.

"Consigo entender sua fascinação por nossa linha de produção de alimentos, considerando sua formação em botânica", diz ele. "É brilhante, se quer saber. Vegetais, proteínas e leveduras. Um estoque infinito de comida."

"Sim. Removendo só as folhas necessárias, deixando que o resto continue a crescer. E as leveduras se reproduzem sozinhas por brotamento, de forma assexuada."

Cerro a mandíbula. Vi as porções de alimento no primeiro dia na nave. Deveria haver comida o suficiente para mais um século. Sinto vontade de dizer a ele que a intenção era usar as sementes dessas plantas em cultivos em Sagan. Sem falar do pó proteico, que deveria ser usado pelos passageiros depois que a gente chegasse ao planeta.

O garotinho Voxy se aproxima, acenando, com Nyla logo atrás. Ele curva a boca em um sorriso imenso, os dentes da frente sujos de biopão. Reprimo um sorriso.

Nyla olha para ele de soslaio, e ele baixa as mãos.

Embora estejam espalhados só nesta pequena área do salão principal, percebo que há muito mais gente do que deveria haver na nave inteira a esta altura. A comida destinada aos monitores tinha sido calculada de forma precisa. Mas essas pessoas não são mais monitores, e não estão seguindo as regras.

Não teria como sustentar toda essa gente mais os passageiros em estase. Só então entendo que eles nunca tiveram a intenção de cuidar de nada além do próprio Coletivo, o que fez com que o restante de nós virasse algo descartável.

Muitos dos membros do Coletivo se dispersam depois de comer. Alguns ficam, limpando uma área enorme do andar que parece tão imaculada que seria higiênico lamber a superfície. Em uma imagem espelhada logo acima, pelo menos quarenta pessoas estão penduradas no teto por arneses, polindo a abóbada já impecável. As palavras *Harmonia* e *Unidade* lampejam de vez em quando lá em cima, as letras são maiores do que as pessoas que limpam a superfície logo abaixo, parecendo formiguinhas carregando uvas.

Quando consigo desviar a atenção do espetáculo no teto, uma estação de trabalho surge de um nicho escondido na parede. Uma a uma, como peças de dominó imensas, outras estações de trabalho são projetadas de espaços nas paredes que dão a volta no salão central. Do elevador de carga, vem o eco do zumbido de toneis flutuantes que são empurrados por trabalhadores até cada uma das estações.

Dez membros do Coletivo, cinco de cada lado, limpam e dobram cobertores, colocando as peças dentro dos tonéis. Outra linha de montagem de reparos em macacões é organizada. Todos trabalham com uma precisão que mostra que já fizeram a mesma coisa milhares de vezes.

A nave foi feita para se orientar sozinha e funcionar por séculos sem manutenção. Então, além de conferir nossas cápsulas e cogs e preparar as coisas para a chegada em Sagan, os monitores antigos, como Ben, supostamente deveriam ter tempo e espaço para trabalhar em coisas que amavam.

Agora, é tudo trabalho braçal. Não há nada criativo ou diferente, nada colorido ou caótico.

Ainda assim, mesmo aqui há alguns desgarrados. Como os professores na minha escola, que se juntavam em um canto do parquinho durante o recreio para papear enquanto tomavam café. Aqui, as conversas acontecem enquanto comem biopão. Recuo devagar, me afastando de Crick, Penugem e Rubio, que estão se alimentando em silêncio, e Nyla, que parece estar tendo uma conversa séria com Voxy. Assim, posso entreouvir o que um grupinho perto da parede está falando.

Um homem com olhos afastados como os de um tubarão-martelo mordisca o biopão.

"A-nham", murmura ele.

Não sei se é um ruído de concordância a algo que alguém acabou de dizer ou uma exclamação depois de dar uma mordida na comida. Mas biopão é tudo que esse cara já comeu na vida, então mal deve ter ideia de como é ruim. Ele nunca comeu uma paleta de manga com pimenta, um chocolate ou um salgadinho picante.

A mulher ao lado dele se inclina para perto. É um pouco mais baixa que Nyla, tem tranças mais enroladas que o normal e parece estar aprontando algo.

"Ouvi dizer que vão mandar o Len." Ela pigarreia. "Len e eu nascemos na mesma batelada de criação do Coletivo", afirma a mulher, e olho de soslaio para Voxy. Achei que ele fosse filho de Nyla. "A gente até tinha as mesmas obrigações. E exploração planetária não era uma delas."

"Como assim, Glish?", pergunta Tubarão-Martelo.

"Nada, ué. Só comentei."

Mas Glish enfia o cubo inteiro de biopão na boca e se afasta.

Me sobressalto quando uma mão me segura pelo cotovelo. Não vi ninguém se aproximar.

"Vamos?", diz Crick, sorrindo.

Ele faz um sinal para Nyla, Voxy, Penugem e Rubio. Nyla enxota Voxy, que encolhe os ombros e sai fazendo bico.

Engulo meu biopão às pressas e os sigo até o elevador.

Descemos como sardinhas espremidas em uma lata, cercados apenas por metal escuro, por vários andares.

O elevador dá uma sacolejada quando para, emitindo um apito agradável, e as portas se abrem. Saímos para o porão contendo as cápsulas vazias de nossos pais. Sinto as mãos começando a tremer, mas mantenho a expressão neutra. *Eles não estão mais aqui. Eles não estão mais aqui.* E já partiram há centenas de anos. Não há mais nada me segurando nesta nave. Sei que as cápsulas dos pais de Penugem e Rubio estão por aqui também. Eles seguem os passos de Nyla, sem sequer dirigir um segundo olhar aos equipamentos apagados.

Penso em Suma de volta na estase. Não posso ajudar ninguém.

Aqui no porão, os membros do Coletivo parecem tão ocupados com tarefas mundanas quanto lá em cima. Quão limpo precisa ser este lugar? Parece austero como o andar principal. Nada de arte. Nada de música.

Crick pigarreia.

"Alguma atualização sobre os dados coletados pelo drone, chanceler?"

"Nada importante." Nyla sequer olha para ele. "Há ventos intensos na zona habitável que sopram em ciclos de oito horas. Nada que não possamos contornar programando direito quando enviarmos nossa missão."

Não sei o que exatamente significam as perguntas constantes de Crick, mas é óbvio que há coisas que eles não estão compartilhando com os demais.

Me pergunto se a primeira nave chegou em Sagan. Se sim, será que conseguiram achar um jeito de sobreviver? Será que o que aconteceu com a nossa nave também aconteceu com a outra? O Coletivo não parece ter muita pressa para encontrar outras pessoas que vieram da Terra.

Continuamos caminhando até chegar à rampa de entrada da nave. Sinto um nó na garganta quando nos aproximamos do lugar onde mamãe segurou meu cotovelo no primeiro dia. Em vez de uma rampa, porém, a passagem agora está acoplada a um terminal em forma de túnel conectado ao transportador; o veículo foi retirado do canto onde antes repousava, justamente como Ben disse que aconteceria. Sob olhares atentos, Nyla nos leva até ele.

Já usei muitas conduções nas excursões de campo da escola, mas este não é um transporte comum de escola pública.

Uma faixa extravagante de luz roxa, a cor da Plêiades Ltda., percorre o perímetro do chão e do teto de metal cor de bronze. Até os assentos enfileirados rente às paredes laterais têm estofado azul-escuro, originais de quando a nave era uma embarcação de luxo da companhia. Em vez de bancos espremidos em toda a área do transportador, como nos ônibus escolares, há apenas dez lugares de cada lado, de tamanho similar aos assentos da cabine dos pilotos. Uma estação científica e cubículos com sacolas de amostra abertas ocupam o centro do espaço. Os frasquinhos e ferramentas para coleta de espécimes teriam me intimidado antes das centenas de anos de downloads, mas o programa do En Cognito garantiu que eu entendesse para que serve cada instrumento e saquinho.

Penugem vai até um assento do lado esquerdo, se larga nele e prende o cinto de segurança. Rubio faz a mesma coisa.

Pego o assento que fica de frente para Penugem. Um segundo depois, Len, o homem da festa que estava bebendo tônico demais, entra depois de nós, também com vestes de exploração. Não sei se é minha imaginação, mas tenho a impressão de ver uma mancha fresca de tônico verde nos cantos de seus lábios. Ele se senta longe de nós, mais para o fundo, e fecha os olhos.

Penugem pisca devagar, como se tudo na cena a entediasse. Percebe que estou olhando para ela.

"A chanceler não conseguiu pensar em nada específico pra eu fazer", solta a garota com sua voz aguda, "então vou procurar matérias-primas pra itens de nanotecnologia. Você sabe alguma coisa sobre nanotubos de carbono?"

Nego com a cabeça e pressiono os lábios para esconder o sorriso.

Nyla se aproxima de mim. Suspira fundo e se inclina na minha direção.

"Zeta-1", diz ela. Paro de sorrir rapidinho e assinto. Com sorte, logo não vou precisar responder quando me chamarem por esse título ridículo. "Seu trabalho é realmente importante. Precisamos da sua expertise para ajudar com a desfolhação."

Antes de a gente deixar a Terra, não achei que precisaria usar o programa que mamãe e papai escolheram para mim no En Cognito. A uma altura dessas, eu estaria convencendo meus pais de que não nasci para estudar ciências. Nasci para ser outra coisa.

Claro que, para instalar a população da Terra em Sagan, seria necessário limpar parte da vida vegetal nativa para construir o assentamento. Mas isso seria trabalho dos meus pais, não meu.

Penso por um momento sobre o que sei a respeito de herbicidas, que vão de soluções menos tóxicas, como uma mistura de vinagre, sal e detergente, a coisas como o Agente Laranja usado na Guerra do Vietnã. Obviamente, não posso contar à chanceler Nyla que me lembro de algumas dessas coisas tão específicas da história da Terra.

"A senhora pode ser mais precisa?", peço.

Ela desvia o olhar.

"Precisamos remover parte das espécies nativas. O Coletivo acredita que um herbicida propagado pelo ar será capaz de matar a folhagem sem que seja necessário o risco de contato físico com espécimes perigosos da flora."

Não tinha pensado muito no Coletivo de fato ocupando o planeta. Nem consigo imaginar essa gente fora da nave. Acho que parte de mim achava que iriam até desembarcar, mas nunca deixariam a segurança de seu mundo estéril.

"Criar um herbicida que se propaga pelo ar não vai ser problema", digo, e é verdade. "É algo fácil de se fazer no laboratório lá da nave. Vou coletar todos os espécimes de plantas que possam ser resistentes. Pelo Coletivo", acrescento.

Ela sorri quando falo isso.

"Estamos prontos", diz Crick.

"Ótimo." Nyla junta as mãos na frente do corpo.

A chanceler olha para cada um de nós, mas Len sequer dá sinais de que a ouviu.

Nyla e Crick saem do transportador, e a porta se fecha atrás dela com um barulho de vácuo. O veículo cai em um silêncio quase etéreo, exceto por Len sussurrando algo que não consigo entender.

Mesmo com a cabine vazia, o zumbido dos motores do transportador fazem o chão vibrar sob meus pés. A configuração do piloto automático mergulha a cabine em um brilho vermelho.

Viro para trás para olhar para Len. Ele ainda está com os olhos fechados. Não tinha como estar mais pálido, mas os lábios parecem incomumente roxos, e a impressão é de que ele vai desmaiar.

O transportador sacoleja quando deixa a doca e se acomoda no trilho de lançamento. Somos balançados de um lado para o outro enquanto o veículo vira em um ângulo de noventa graus para ficar de frente para o portal aberto.

Sinto o queixo cair quando o céu roxo e azul todo salpicado de branco surge pela janela da cabine. Sei que tenho dificuldade para ver algumas cores, e imagino que aquela visão deve ser muito mais mágica para Penugem e Rubio.

Quando olho para eles, percebo que Penugem está sorrindo. Rubio franze a testa.

"Fascinante", sussurra ele.

Pela reação, os dois não estão tão abismados pela cena como eu. Mas é óbvio que algo dentro deles, mesmo que bem lá no fundo, ainda é capaz de fazer com que fiquem curiosos e impressionados diante de algo belo.

Um ruído que lembra um liquidificador em baixa velocidade se une à cacofonia e vai ficando mais intenso, até virar um guincho agudo. Depois de alguns segundos, o transportador é cuspido como uma semente de girassol saindo da casca. Sinto meu corpo afundar no assento quando somos atirados da nave para o céu. O sistema de antigravidade é ativado; o transportador diminui a aceleração e então para totalmente, apenas pairando rente à nave.

O veículo treme; sinal de que, ainda na nave, a mão de Crick, que está nos pilotando de forma remota, estremeceu também. Não posso admitir que pilotei um planador milhares de vezes (a maioria delas sentada no colo de papai sem que mamãe soubesse), mas sei que eu seria capaz de nos levar até a superfície em uma viagem bem mais tranquila do que a oferecida por Crick neste momento.

A calmaria do sistema de antigravidade se estabelece e enfim consigo ouvir o que Len está dizendo: ele repete sem parar "Pelo Coletivo, pelo Coletivo" enquanto gotas grandes de suor escorrem por sua pele transparente.

"Coloquem os capacetes", diz a voz de Crick pelos alto-falantes.

Grudo o corpomonitor com rastreador na nuca, com o comunicador bem atrás da orelha, e depois conecto ambos ao meu traje. Levo a mão à parte de trás do assento e pego o capacete, como todos os demais. Puxo a peça para a frente e a giro, selando a conexão com um chiado. Ar fresco começa a fluir pelo filtro.

O transportador se afasta da sombra da nave e mergulhamos de forma brusca. Sinto um frio no estômago, como se ele tivesse ficado centenas de metros para trás. Fecho os olhos até estarmos nivelados em uma descida em quarenta e cinco graus. Quando volto a abrir os olhos, Len é o único que ainda está com os dele fechados.

"*Mil e quinhentos metros*", anuncia o altímetro.

Pela janela da cabine, montanhas escuras surgem diante de nós. Quanto mais a gente desce, mais verdes elas ficam.

Da altura em que estamos, consigo entender direitinho o que meu pai queria dizer quando me explicou o acoplamento de maré de Sagan.

Ele pega Javier e o senta no colo.

"O período orbital do planeta é igual ao seu período rotacional, preso no lugar pelo sol do sistema, que é um anão vermelho."

"Então é sempre ensolarado em Sagan?", pergunto.

"Sim, mas não é tão brilhante quanto seria se o sol fosse igual ao da Terra", responde ele.

Lá embaixo, este céu me lembra o crepúsculo em Santa Fé.

"*Quatrocentos metros.*"

"O sol anão de Sagan é muito menor, mas tão próximo do planeta que cria um acoplamento de maré", diz papai. "Não é quente demais pra gente, mas morno o bastante pra derreter água do lado mais frio do planeta." Ele ri como se tivesse contado algum tipo de piada que só nerds entenderiam. "Claro, não vai ter como ir visitar o lado escuro de Sagan, mas a região que vamos habitar vai ser perfeita pra nós."

"É tipo a história dos três ursos", se intromete Javier.

Papai sorri e aperta o nariz do meu irmão.

"É exatamente por isso que chamam planetas como Sagan de Cachinhos Dourados."

À distância, na direção leste, as montanhas são brancas, cobertas de neve sob a sombra do lado escuro de Sagan. Como papai disse que seria.

"*Duzentos metros.*"

Logo abaixo da luz solar permanente do planeta, porém, jaz a copa de uma selva formada por árvores com folhas de tamanhos jurássicos. Perto da mata há um lago, turquesa como a imagem que eu já tinha visto do oceano nas Filipinas. Se toda a zona habitável de Sagan dentro da área do encadeamento de maré tiver essa aparência, eu não poderia imaginar um lar mais belo para os humanos.

"*Cem metros.*"

Perscruto as árvores à procura de sinais de predadores perigosos. Folhas em formato de orelha de elefante, maiores que o transportador, pendem das árvores. Uma vegetação dessa poderia facilmente esconder um tiranossauro rex. Entendo de cara porque um agente desfolhante cairia bem aqui e, imaginando o que as copas gigantescas podem esconder, meio que desejo que a gente tivesse cuidado disso antes de descer pessoalmente até a superfície. Caso contrário, eu não hesitaria em arrancar meu rastreador e correr na direção da floresta.

O pouso do piloto automático é ainda mais turbulento do que quando eu pousei um planador sozinha nas primeiras vezes. Sobrevivemos — ao pouso, pelo menos.

A porta se abre, e a luz do céu crepuscular banha o interior do transportador. Rubio e Penugem já tiraram o cinto e estão pegando os equipamentos nos cubículos centrais do veículo. Len leva todo o tempo do mundo fingindo que o cinto está emperrado.

A rampa de saída é baixada, e também pego minha bolsa de coleta de amostras. Frascos tilintam dentro dela enquanto tento firmar as pernas.

Me aproximo da porta para me juntar a Penugem e Rubio, que estão encarando o novo planeta. O lago, grande como o deserto atrás da casa de Lita, está a menos de trinta metros à nossa frente. Em vez de poeira e moitas secas rolando pelo chão, a superfície está coberta por uma neblina baixa. Água marulha calmamente contra a margem, e um vento quente vindo do oeste sopra pelas árvores que batizo de orelhas-de-elefante, todas tão altas quanto Hipérion. Os troncos na fronteira da mata são inclinados para leste por causa da direção do vento.

Naquela direção, que leva ao lado escuro do planeta, ficam as montanhas geladas de Sagan. Na margem oposta do lago, três cachoeiras de alturas variadas jorram de um penhasco distante. Lá, a água derretida das calotas polares orientais encontra com o sol no oeste, se derramando em um rio que alimenta o lago glacial azul.

Um zumbido similar ao de cigarras cicia ao sabor da brisa.

Vejo parte de uma enorme lua acima do horizonte, e outra com metade do tamanho dela paira logo atrás. Parece estar espiando curiosa por sobre o ombro do corpo celeste maior, como uma irmã mais nova. Acima e ao lado delas, um planeta com anéis brilha amarelo contra o céu de um roxo clarinho.

E, acima de tudo isso, olhando para baixo, está o anão vermelho, como papai disse que seria. A estrela pode não ser tão brilhante quanto o sol da Terra, mas a selva e o lago estão cobertos por seu brilho dourado. Os outros devem estar vendo uma cena ainda mais resplandecente se comparada ao que vejo com meus olhos. Não consigo imaginar que seja ainda mais mágico do que já é, porém. Penso no meu pingente de obsidiana perdido, que Lita me deu há quatrocentos anos. Este é o momento em que eu teria erguido a peça na direção do sol. Teria sussurrado para o vento "Estamos bem, Lita. A gente conseguiu".

Será que a voz dela teria respondido?

Ah, mi hija! *Esperei tanto tempo pra ouvir sua vozinha doce. Eu tô com seus ancestrais, tá vendo? A milhões de estrelas de distância, e ainda tô aqui com você.*

Mas não tenho como saber. Estou de mãos vazias. Sem pingente. Sem histórias.

Estou tão imersa em pensamentos que não percebo que os outros (exceto Len) já estão na base da rampa. Vou atrás e paro na borda dela.

As montanhas aqui não são tão diferentes das da Terra. Tudo que meus pais e os líderes da humanidade esperavam que acontecesse aconteceu. Conseguimos. Estou prestes a dar um passo em um novo mundo. Mas está tudo errado. Meu primeiro passo deveria ter sido com Javier. Uma lágrima escorre dentro do meu capacete.

A voz monótona de Crick fala pelo comunicador conectado ao nosso corpomonitor.

"Pode deixar o transportador, unidade Zeta."

Sei que preciso me acalmar.

Penugem dá o primeiro passo cuidadoso no chão de Sagan, todo acarpetado por musgos. Ela não desperdiça tempo, pegando no mesmo minuto um saquinho para coletar amostras do solo.

Olho para os dois lados. Se eu sair correndo agora, onde será que vou parar?

Manchas escuras salpicam a escarpa de uma encosta rochosa perto da selva. Uma área preta bem maior está meio oculta por cortinas folhosas de samambaias. Bem ao lado desse potencial esconderijo, há uma área densa de floresta. Eu só precisaria dar alguns passos mata adentro para desaparecer. Se eu desse um jeito de perder o rastreador do meu traje, nunca conseguiriam me encontrar. E não tem câmera alguma no macacão para que vejam onde estou, já conferi isso. E mesmo que conseguissem imagens, ninguém naquela nave já tinha visto uma árvore na vida. Não consigo imaginar que cogitariam vasculhar uma floresta inteira, cheia de árvores com folhas desse tamanho. Não há tônico suficiente na galáxia para isso.

Rubio avança pela rampa e tira o leitor atmosférico da bolsa.

Respiro fundo e dou meu primeiro passo em Sagan.

Meu pé não afunda no solo como achei que faria. E meu passo seguinte não vem em um ritmo normal. Dou um saltinho e flutuo no ar por um pouquinho mais de tempo do que o normal. Só consigo imaginar como Javier ia gostar disso, brincando para ver a altura que conseguiria saltar na gravidade mais baixa de Sagan. Em vez disso, depois de já ter dado vários passos à frente, meus primeiros momentos no planeta são solitários. Não tenho a mão de ninguém para segurar.

"As coisas não deviam ser assim", sussurro.

"Pode repetir o que disse, Zeta-1?" A voz de Crick sai pelo meu comunicador.

"Eu..." Às pressas, pego o toxímetro para parecer ocupada. "Há luciferina residual neste organismo vegetal", digo, e é verdade.

"Ai, caramba", exclama ele, mas tenho noventa e nove por cento de certeza que ele não tem ideia do que é luciferina.

"Crick", ralha Nyla.

Olho ao redor. Queria ter mais alguém além de Crick com quem pudesse compartilhar minha empolgação. Sim, há outras pessoas em volta, mas a importância e a alegria do maravilhamento deste planeta foram arrancadas deles pela lavagem cerebral.

"Tire o respirador, Zeta-4", pede a chanceler, quebrando o silêncio.

"Claro, chanceler", responde Penugem com sua vozinha aguda.

Demoro um segundo para entender o que está acontecendo, mas, quando me viro, Penugem já está levando a mão ao capacete para soltar o visor.

Antes que eu possa impedi-la com um grito, Penugem levanta o apetrecho sem hesitar. Caminho rápido em sua direção, pronta para arrancar meu próprio visor e o prender no capacete dela. Ela respira fundo. Tarde demais. Um calafrio se espalha pelo meu corpo como um exército de aranhas geladas. Mas a garota inspira e expira normalmente, inabalada pelo que poderia ter acontecido.

Espero que o corpomonitor não registre minha frequência cardíaca nem minha respiração acelerada. Olho para Len, que está à sombra da rampa de entrada observando tudo com curiosidade.

Eles não querem se arriscar descendo no planeta por si mesmos. Sou um peão, mas um peão do qual precisam. Por enquanto.

Penugem se senta no chão e coleta um punhado de terra em um saco de amostras. Ao que parece, está bem. Então, deixo meu corpo relaxar.

"Len", diz a chanceler, com a voz ausente de qualquer emoção, "tire a máscara."

Me viro na direção do transportador e vejo que Len ainda está na rampa. A velocidade com a qual ele se move não é nada comparada à de Penugem. Sua mão treme enquanto, lentamente, ele solta o fecho e empurra o visor para cima.

Se Len confia em Nyla e ela disse que o ar é respirável, não entendo sua hesitação. Mas então lembro da conversa entre Nyla e Crick na festa.

"*O ar é adequado. A água pode ser processada*", disse ela.

"*Sim, mas digo... E se houver mais alguma coisa perigosa?*", perguntou Crick.

Len respira não muito fundo e aguarda. Abre os olhos e solta uma risadinha nervosa.

"O ar parece bom, chanceler."

"Zetas 1 e 3, removam as máscaras", ordena Nyla da segurança da espaçonave.

Já que minhas únicas opções são descobrir como sobreviver em Sagan ou voltar para a nave... o que tenho a perder?

Tiro o visor. Ar quente e úmido invade minhas narinas, mas nem se compara à fervente brisa seca de Santa Fé. O odor de grama e de algo que lembra as ervilhas-de-cheiro de mamãe pairam no ar. Penso no ar estéril e estagnado da espaçonave. Agora, quero mais do que tudo desaparecer na selva e nunca mais voltar.

Flores vermelhas e espinhosas estão com as pétalas voltadas na direção do sol anão, como pequenos caranguejos estendendo as garrinhas. Penugem limpa a lama de uma rocha metálica usando a mão protegida pela luva e coloca a substância em um saquinho de amostra. Rubio ergue o leitor atmosférico, que está apitando, e começa a dar a volta no lago em um ritmo cuidadoso. Ao contrário dos outros, Len fica parado no lugar, parecendo aliviado por estar vivo.

Me ajoelho na margem do lago para coletar amostras de plantas subaquáticas que os drones são incapazes de alcançar. Samambaias submersas sobem em espiral da parte mais profunda do corpo d'água. Um ramo se estende na direção da borda, perto o bastante para que eu toque nele. Sob a superfície, um aglomerado de um roxo brilhante surge do centro do emaranhado de samambaias e vai se aproximando de mim. Deixo a mão pairar acima do cintilar e toco na água com o dedo enluvado. O aglomerado iridescente se espalha em uma explosão, como fogos de artifício. Por causa da luz pálida de Sagan, enxergo com mais dificuldade aqui do que sob as intensas luzes brancas da nave. Mas foco na pequena criaturinha roxa e a acompanho até ela desaparecer atrás da espiral de algas.

Me sento de pernas cruzadas à margem, ofegante. Coloco a mão sobre o colo e espero. Depois de um minuto, o aglomerado volta a se agrupar na mesma forma de constelação roxa. Um indivíduo rebelde flutua na minha direção, subindo à superfície. Chega tão perto que consigo ver barbatanas em forma de asas de borboleta se apagando até assumir um tom mais claro de lilás conforme chega perto da linha d'água. Coloco a mão sobre o ser, criando uma sombra, e o organismo brilha no tom profundo de roxo de uma ametista.

A borboleta subaquática mordisca a ponta de uma samambaia perto dela. Se está comendo o vegetal, é um bom sinal. Estendo a mão e arranco um raminho que está flutuando perto da superfície. A criaturinha dispara de volta para a segurança do grupo. Ergo a planta com a pinça e aponto o toxímetro na direção dela. A tela se acende, mostrando a mensagem: *Nenhuma toxina detectada*. Estendo a mão para coletar uma amostra maior do vegetal, e duas borboletas aquáticas se afastam às pressas.

"Foi mal", digo, depositando as espécimes em um frasco que guardo na bolsa pendurada no peito.

"Zeta-1?"

"Tô só verificando uma coisa", digo, irritada por não ter nem um momento em paz.

Preciso fingir bem, então, além dos quatro saquinhos cheios de ramos aquáticos, encho dois frascos com água do lago sem dizer mais nada e os condiciono na bolsa de coleta de amostras.

Me afasto do lago, seguindo na direção da floresta e das moitas próximas. Rubio está a uns duzentos metros a leste, analisando a atmosfera; já Penugem está perto demais da fronteira da selva, erguendo uma rocha na direção do sol. Eles não têm medo algum. A combinação da lavagem cerebral feita pela cog e dos tônicos com bloqueadores neurais da chanceler garantiram isso. Corro na direção de Penugem e a puxo para longe da mata, fingindo que quero mostrar uma coisa a ela.

É quando vejo. Ali, bem no centro de uma flor. Tenho certeza de que é uma abelha. Parece mais laranja do que me lembro. Voeja tão rápido que não consigo acompanhar. Mas tenho certeza de que é uma...

Mas não faz sentido. Os altos níveis de oxigênio devem estar afetando minha percepção.

"Viu aquilo?", pergunto para Penugem.

"Vi o quê, Zeta-1?"

Balanço a cabeça.

"Nada", digo.

Penugem anda até o transportador, e um drone se aproxima dela. A garota prende a bolsa cheia de amostras na base do equipamento, que volta zumbindo até o veículo, sob cuja rampa Len ainda está.

Por um momento, levo os drones em consideração. Mesmo os mais simples têm equipamentos para detectar assinaturas de calor. Só dar um fim no meu rastreador não vai ser suficiente. Entendo que, se quiser ter chance de escapar, talvez nem a selva seja o bastante para me esconder.

Me viro para a floresta e me encolho. Um animal do tamanho de um ratinho campestre, mas com olhos e orelhas grandes como os de uma chinchila, passa correndo rente à minha bota esquerda e vai mordiscar a vegetação. A mini-chinchila solta um guinchinho, evita uma planta com folhas de um verde brilhante e bordas vermelhas e dispara para longe, desaparecendo mata adentro.

Essa planta, diferente das outras, não tem uma marca sequer de mordisco ou um inseto na superfície, mesmo espalhada por todos os lados. Puxo o toxímetro da bolsa e corro o aparelho pela extensão do espécime, tomando o cuidado de não encostar a luva nela. A tela do medidor acende: *DL50 0.1001 nanogramas por quilograma.* Meu coração acelera e respiro fundo algumas vezes. Nota mental: não tocar nessa coisa!

Mesmo na Terra, a pele da venenosíssima rã dourada colombiana tinha uma DL50 — a Dose Letal para matar cinquenta por cento de uma população de teste — beeeem menor, cerca de dois microgramas por quilograma. Até a toxina botulínica, a mais mortal conhecida, precisava de pelo menos um nanograma por quilograma para matar um humano. Essa folhinha deixa todas essas substâncias no chinelo!

"Ééé... Zetas? Crick?"

"Sim?" Rubio e Penugem falam ao mesmo tempo.

"Sabe essa planta de um verde brilhante com borda vermelha? Passem longe dela."

"Afirmativo, Zeta-1", responde Rubio.

Crick murmura em concordância pouco depois.

Uso uma pinça para encher três sacolas com a folhagem tóxica. Ergo uma amostra minúscula contra o sol e sussurro:

"Sinto muito, amiguinha, mas vou ter que te mandar pra fazer uns testes."

Se estiver cheio de amostras para analisar, talvez o Coletivo não desperdice tempo me procurando caso eu desapareça de repente. Se desconectar o rastreador e encontrar um lugar onde consiga esconder minha assinatura de calor, pode ser que considerem que sucumbi a algum perigo desconhecido do planeta novo. Olho para a área escura à frente, entre as rochas perto da selva. Definitivamente não era apenas uma descoloração da paisagem. Vale a pena investigar. Me aproximo e ouço Nyla pigarrear no comunicador. Minha bolsa está grande demais para ignorarem caso estejam me observando. Não quero chamar a atenção, então coloco as amostras em um drone. Ele volta zumbindo até o transportador.

Reservo um momento para analisar os arredores e ver onde cada uma das pessoas está. A princípio, não acho Rubio. Continuo passando os olhos pela paisagem na direção leste, e enfim o vejo. Ele está em segurança.

Len ainda está enrolando, sem fazer nada de útil. Anda de um lado para o outro, parando para enxugar o suor do rosto e coçar a cabeça. Parece óbvio que está morrendo de nervoso. Respira fundo algumas vezes e vomita um líquido verde.

Penugem passa o espectrômetro sobre uma rocha e espera que o aparelho mostre sua composição.

"Ah, grafite", diz ela. "Perfeito."

Não sei quanto tempo consigo sobreviver aqui, mas estou decidida: qualquer coisa é melhor do que ficar na nave com o Coletivo, sabendo o que fizeram comigo e com minha família.

Como se o universo tivesse acabado de me ouvir, o ruído de algo voando e depois um berro agudo vêm das profundezas da selva. Lá em cima, na copa das árvores, as folhas das orelhas-de-elefante se agitam.

Len sobe a rampa correndo como um lagarto-jesus-cristo atravessando a superfície de uma lagoa.

Um bando de criaturas similares a morcegos, com caudas longas e oscilantes, irrompe da mata, nadando pelo céu na direção contrária à nossa.

Minha vontade é de dizer para Len se acalmar. É só um bando de... coisas inofensivas. Mas enfim, como posso saber? Me afasto da beira da floresta e tento agir casualmente enquanto sigo na direção da mancha escura na escarpa da montanha.

Continuo fingindo que estou varrendo com o toxímetro qualquer coisa que cresça pelo caminho.

A voz aguda de Len surge em nossos comunicadores.

"Me leve de novo para a nave, chanceler. Eu imploro."

Sigo caminhando até me aproximar da área escura, o bastante para ver uma cortina de cipós pendurada acima dela. A vinte metros da mancha, meu coração acelera. É claramente a entrada de uma caverna. Só não sei qual é sua profundidade. Pego uma câmera térmica de dentro da bolsa e, como esperava, vejo que o espaço é mais fresco do que os arredores. A floresta não é capaz de esconder minha assinatura de calor, especialmente de um drone pairando acima de mim. Mas leitor térmico algum consegue fazer leituras através de uma camada de rocha.

Na base da caverna escura, as mini-chinchilas entram correndo pela cortina de cipós. Enquanto a chanceler e Crick estão distraídos com Len, pego uma pedra e a jogo na direção da entrada. Ela vai quicando até desaparecer bem longe.

Talvez ninguém esteja prestando atenção. Eu poderia jogar o corpomonitor no lago. A caverna vai esconder minha assinatura de calor. Eu estaria livre.

Fecho os olhos e me imagino de novo nos braços de Lita.

"Você consegue imaginar o medo que Blancaflor deve ter sentido?" Ela estala a língua. "Mesmo assim, montou no cavalo voador e confiou a ele a responsabilidade de entregar o príncipe e ela do outro lado de um vasto oceano. Enquanto isso, o rei os perseguia em um cavalo voador ainda mais rápido. La que no se arriesga no cruza la mar." *Depois, ela suspira fundo.*

Era o que Lita dizia sobre Blancaflor: "*Quem não assume riscos não atravessa o oceano*".

Olho por cima do ombro na direção do transportador. Quando estiver atrás daqueles cipós, ninguém vai me encontrar. E Len sequer teria coragem de me procurar.

Levanto com as costas rentes a uma árvore, fora da linha de visão dos outros. Bastaria um passo.

A voz da chanceler Nyla vem pelo comunicador:

"Zetas, já chega por hoje. Hora de voltar."

Empurro alguns cipós para o lado e espio o interior da caverna. Assim como as criaturinhas roxas na água, as paredes da caverna brilham. Mas, nelas, a bioluminescência é verde-turquesa como a das larvas luminosas nas grutas da Nova Zelândia. Talvez estas se estendam por quilômetros, exatamente como as da Nova Zelândia.

Cubro o microfone no corpomonitor.

"Se não assumir riscos, não vou atravessar o oceano."

Alguém encosta no meu braço, me sobressaltando. É Penugem. Solto os cipós rapidinho.

"Zeta-1?", diz ela. "Você ouviu? É hora de voltar."

Me viro para ela. A garota sorri para mim. Assim como as penas novas dos pintinhos, os cabelinhos da testa dela estão colados à pele por causa da umidade de Sagan. E, baixando o olhar, entendo.

Não posso deixar Penugem e Rubio para trás, para passarem a vida na espaçonave com Nyla.

De repente, entendo o que as palavras de Lita realmente significam. Blancaflor não era corajosa só porque atravessou o oceano, e sim porque assumiu o risco de salvar o príncipe. Se eu for embora sem Rubio e Penugem, não vai ser suficiente. Apenas se eu assumir o risco e levar meus colegas comigo é que estarei atravessando o oceano de verdade.

Mas não posso parar aí. Depois que tirar todos nós da nave de uma vez por todas, preciso fazer com que eles se lembrem de quem são. Devolver as lembranças de suas famílias. Eles vão poder decidir o que querem fazer depois. Mas quando eu escapar, estarão comigo.

Pego o braço de Penugem e suspiro.

"Certo. Hora de voltar."

Fecho a bolsa cheia de frascos e saquinhos de amostra lacrados e caminho até o transportador. Quando chego, inspiro uma última lufada do ar fresco de Sagan antes de subir pela rampa e depositar a bolsa no cubículo central, apertando o cinto.

O transportador vibra até pairarmos acima do solo. Pela janela, encaro o lago, as cachoeiras e o cume das montanhas, até estar olhando de novo para o céu estrelado pela janela da cabine. É ainda mais bonito que o céu de Santa Fé, mas meu estômago se contorce de repugnância sabendo que vou ter que voltar para aquela nave austera.

Len deve estar pensando justamente o oposto, uma vez que estamos retornando para o lugar onde ele se sente seguro. Mas o homem está com os olhos fechados e as mãos apertando a barriga.

Um plano começa a se formar na minha cabeça: vou convencer Rubio e Penugem de que preciso da ajuda deles para vasculhar o interior das cavernas. Melhor ainda! Vou dizer que vão ganhar um *cuento* especial caso venham comigo. Mas preciso descobrir um jeito de impedir que contem sobre isso para os outros. Agora que não sou só eu, vamos precisar procurar suprimentos, e isso vai demorar. A gente precisa de comida, água, um lugar para se esconder e se proteger dos ciclos de ventanias... Não podemos simplesmente correr para as profundezas de Sagan e escapar assim que o transportador pousar.

Mesmo que seja sem nossas famílias, nós três ainda vamos ter a oportunidade de construir uma vida em Sagan. Quem sabe, com o tempo, uma parecida à que mamãe prometeu que a gente teria.

Quando a nave começa a decolar, um bando das criaturas voadoras que lembram morcegos passa à distância. O lábio de Len treme, e a respiração dele acelera. Por que não está se acalmando? As criaturas não vão atacá-lo enquanto ele estiver no transportador.

Pode ser que demore anos, mas se eu contar para Penugem e Rubio tudo sobre a Terra, talvez se lembrem dela algum dia.

Fecho os olhos e imagino como vai ser nossa primeira noite na caverna em Sagan. Vou contar histórias para Rubio e Penugem. Vou falando de pouquinho sobre a Terra.

Me viro para Len, que está encolhido no assento no fundo do veículo. O homem está tremendo.

E sua pele está coberta de bolhas.

Um sussurro na voz de Lita enche minha mente enquanto encaro Len, ainda aos espasmos.

"*As pessoas fazem as coisas mais horríveis quando vivem pelo medo*", diz ela. "*Mas outras fazem o melhor que podem.*"

Nunca vi uma pessoa morrendo, mas tenho certeza de que Len não chegará vivo à nave se eu não fizer nada. Um pedaço ínfimo das folhas que coletei seria suficiente para matar todos nós. Me pergunto se ele tocou em alguma coisa. Talvez essa coisa ainda esteja nele. Talvez seja um organismo que poderia passar para o meu corpo.

Aprendi com Lita a fazer o sinal da cruz antes de me envolver com qualquer coisa perigosa. Len espirra. Não tenho tempo de desejar saúde. Tiro o capacete, solto o cinto de segurança e corro até ele, soltando seu capacete também. Abro a garrafa d'água com um peteleco e verto o líquido sobre as bolhas. Quando a última gota desliza pela cabeça dele, o olhar do homem se encontra com o meu, implorando por mais.

"Rápido!" Me viro para Penugem e arranco o bornal das mãos dela. Tremo ao abrir o reservatório e jogo todo o conteúdo sobre Len. "Precisamos de ajuda!", berro, sabendo que Nyla e os outros conseguem me ouvir.

Ninguém responde.

Os olhos de Len estão fechados, e ele respira com dificuldade. Pego a garrafa de Rubio. Abro a tampa e viro o reservatório sobre a cabeça do homem, mas não cai nenhuma gota.

"Eu estava com sede", Rubio diz baixinho.

Água escorre pelo queixo de Len, todo trêmulo e encolhido no assento.

"Sinto muito", digo, impotente. "Não tem mais água."

Cogito usar as amostras do lago, mas não tem como saber o que causou esse efeito nele. A água local talvez só piore as coisas.

Me ajoelho ao lado de Len e reprimo as lágrimas, olhando nos olhos dele. O homem não é nada parecido com a gente, mas ao mesmo tempo é igualzinho a nós. Uma cobaia do Coletivo. Ele fecha os olhos e a cabeça tomba para um dos lados. Sinto um calafrio.

"Ai, não."

Arranco a luva e coloco a mão sob suas narinas, sentindo a respiração morna. Ele ainda está vivo. Olho pela janela e enfim vejo a nave em forma de louva-a-deus surgindo no campo de visão.

Penugem me cutuca com o cotovelo. Quando baixo o olhar, encontro uma expressão que nunca tinha visto no rosto dela antes.

"O que a gente pode fazer pra ajudar o Len?" O semblante está abatido.

Parte de mim fica aliviada. Ela está se sentindo mal por ele. O Coletivo não conseguiu arrancar a empatia da mente de Penugem. Tenho esperanças de encontrar uma pessoa real dentro dela em breve. Mas qualquer alívio que sinto desaparece instantaneamente. O que Nyla vai fazer se vir Penugem assim?

"Você precisa ser forte, Zeta-4. Por favor, não fica com medo." Dou um tapinha no capacete dela, mais ou menos na altura da bochecha. "Pelo Coletivo?"

Ela pigarreia e concorda com a cabeça.

"Pelo Coletivo."

Olho na direção da câmera que tenho certeza de que está nos observando.

Rubio tirou as luvas e agora está mordendo a pelezinha do dedão.

"Tá tudo bem", falo para ele, só movendo os lábios.

Rubio olha pela janela, mesmo já não dando mais para ver o planeta. Por um instante, não me sinto tão sozinha. Rubio, Penugem e eu ainda somos diferentes dos membros do Coletivo. Dentro de nós, ainda temos as melhores partes do que um humano deveria ser.

Len faz caretas e se contorce de dor, mas o medo que enxergo em seu queixo trêmulo é o que mais me afeta. Queria saber o que causou essa reação súbita nele e o que posso fazer para tratá-la. Se for algo relacionado às alterações que os membros do Coletivo fizeram na epiderme das pessoas, não tenho como ajudar Len. Por que essa viagem de volta até a nave parece estar demorando muito mais que a ida?

Quero dizer ao homem como tudo isso é injusto, mas se fizer isso ele vai saber que me lembro de como é ser compassiva e gentil. Mesmo morrendo, ele ainda é parte do Coletivo e talvez conte tudo para a chanceler.

O transportador se acopla à nave com um sacolejo.

"Fiquem onde estão", avisa a chanceler pelo comunicador.

O transportador vira de costas para a rampa de lançamento e é içado de volta à doca. Em instantes, a porta é selada e paramédicos com exotrajes e máscaras se aproximam com uma maca. De forma remota, abaixam o catre, coletam Len e o fazem flutuar cerca de um metro acima do chão.

Os lábios dele mal se movem quando sussurra um "Obrigado" para mim.

Tento manter o rosto impassível, mas ele está tremendo como o queixo de Len, e meus olhos se enchem de lágrimas. Nenhum de nós se move enquanto ele é levado embora.

Continuamos sentados. A voz de Crick vem pelo comunicador.

"Unidade Zeta, deixem as bolsas no transportador, saiam do veículo e sigam para o setor de descontaminação."

Um instante depois, saímos para o corredor que leva até o porão. Ele foi substituído por um túnel de metal. Seguimos juntos por dentro dele, como pequenos hamsters, sem alternativa a não ser continuar em frente. A passagem termina com três entradas para três cômodos separados, todos pequenos e transparentes como a estufa de plantas de mamãe.

Tiro o traje e o deixo em um canto. Vou até o chuveiro de descontaminação e esfrego o corpo, deixando a água morna escorrer pelo rosto em uma posição em que os outros não conseguem ver minha expressão caso estejam me olhando. Quando saio, há um macacão novo pendurado do lado de fora da porta. Minha pele está normal, e não tive mudanças no padrão respiratório; se foi a radiação natural de Sagan que afetou Len, ela não me fez mal algum.

Assim que subo o zíper do macacão, a chanceler Nyla se aproxima. Ela respira fundo.

"Obrigada por ajudar Len, Zeta-1."

"Pelo Coletivo", digo, esperando que meus olhos não estejam inchados de chorar.

Ela sorri.

"Aprecio a atitude, mas vou pedir que isso não se repita no futuro."

Sei que meu rosto está contorcido como a cara de um cachorro forçando a focinheira.

"O Len vai ficar bem?"

Ela tomba a cabeça para o lado e se inclina na minha direção. As veias sob sua pele têm a mesma cor das brilhantes borboletas subaquáticas de Sagan. Como uma criatura pode ser tão bonita enquanto outra...?

"Um indivíduo é ou não útil para o Coletivo." Ela se aproxima mais de mim, me analisando. "Você é útil e, portanto, valiosa demais para se colocar em risco por outro indivíduo que não é mais."

Se eu disser algo errado, as coisas podem azedar.

"Eu... Eu tinha certeza de que era uma toxina do tipo que se espalha pelo ar, talvez uma que pudesse ser lavada. Peço perdão, chanceler. Achei que era a melhor forma de servir ao Coletivo."

Ela volta a endireitar o corpo, e consigo respirar novamente.

"Vou apresentar você a uma pessoa com a qual vai trabalhar nos laboratórios." Os olhos dela se voltam para o fundo do porão, onde fica o complexo. "Juntos, vocês vão criar o agente desfolhante."

Eu tinha esquecido disso. Achei que estaria fora da nave a esta altura.

Ela me encara com seus olhos cor de violeta. E, sem mais, se vira e vai embora.

Abraço meu corpo como se tivesse levado um chute na barriga. *Só mais alguns dias e você vai poder ir embora*, digo a mim mesma. *Só mais alguns dias.*

Rubio e Penugem aparecem, com o cabelo ainda molhado depois de passarem pela sala de descontaminação. Damos a volta nas cápsulas vazias dos nossos pais e seguimos na direção do elevador. Ao lado dele, a porta de metal que Ben nos mostrou no dia do embarque ainda pisca em azul. Com a ferramenta certa, deve ser fácil quebrar a proteção sobre a tranca. Lá dentro estão os alimentos e canudos de filtragem de água que os passageiros da nave precisariam para sobreviver em Sagan.

Nenhum de nós fala enquanto subimos. Me pergunto se também estão pensando em Len. Quando as portas se abrem no nosso andar, saímos sem dizer nada.

Assim que chegamos ao quarto, me jogo na cama. Uma coisa é ser forte quando necessário, mas agora minha sensação é a de ter caído no chão depois de correr uma maratona.

Finjo tomar alegremente o remédio para dormir que Crick me oferece. Escondo o comprimido na bochecha e depois vou ao banheiro, onde o cuspo fora. Quando volto ao quarto, Rubio e Penugem já estão nos cubículos hexagonais da estrutura em forma de colmeia.

Me arrasto para o colchão. Ao som baixo dos roncos de Rubio, adormeço.

Lita está sentada sobre uma manta, à sombra de um pinheiro em cujo tronco apoia as costas.

"*Ay, changuita.* Vem ssentar aqui do meu lado", diz ela, sorrindo.

A voz dela nos meus sonhos é tão real quanto se ela estivesse mesmo aqui. O vento sopra seu cabelo grisalho.

Me aconchego contra o peito de Lita e não quero voltar para meu catre. Nunca mais.

Algo cutuca minha outra mão. Quando baixo o olhar, vejo minha tartaruguinha empurrando meus dedos com o focinho.

"Rápido!" Esfrego o casco dele.

De repente, Rápido esconde a cabeça de novo no casco.

À distância, um homem com um adereço de cabeça com penas das cores do arco-íris se aproxima. Ao lado dele, há um pequeno e peludo coelhinho branco.

"*¿Quieres escuchar un cuento?*", começa Lita. "Você conhece a história de el Conejo e do Quetzalcoatl." Ela aponta para o homem e para o coelho que caminham na nossa direção, tão reais quanto Lita.

Penso no deus em forma de serpente arco-íris e no coelho que salvou a vida dele.

"Sim", digo. "Conheço. O Quetzalcoatl visitou a Terra em sua forma humana. Mas ele estragou tudo porque não sabia que, como humano, precisaria de comida e água."

"E el Conejo o salva do sofrimento", sussurra ela.

O Quetzalcoatl cambaleia pelo deserto, a visão projetada neste sonho esquisito como se fosse a cena de um librex. Ele desmaia bem diante de Lita e eu. Poeira se espalha no ar. O coelho salta em cima dele, batendo com a patinha em suas penas e encostando o nariz rosado no rosto do Quetzalcoatl.

"Você precisa de sustância", diz el Conejo.

Dou uma cotoveladinha em Lita.

"Essa é a parte em que o *conejo blanco* se oferece como comida ao Quetzalcoatl, não é?"

Lita confirma com a cabeça.

E, exatamente como na história que já ouvi, o Quetzalcoatl fica impressionando com a generosidade e a disposição do coelho em se sacrificar. Depois disso, o Quetzalcoatl não come o coelho branco. Em vez disso, joga o animalzinho na direção dos céus, e sua silhueta fica para sempre marcada na superfície da lua para que todo mundo se lembre de como tal criaturinha foi grandiosa.

Mas não é isso que acontece nesta cena. Em vez de seguir a história, o coelho se vira na nossa direção.

"Você precisa me seguir", diz ele. Mas não está olhando para o Quetzalcoatl ou para Lita; está olhando para mim. "Eu vou te salvar."

"Não preciso de comida e água", digo, rejeitando a oferta.

"Mas estou oferecendo muito mais do que isso", explica o coelho. "Seu sacrifício e o risco que correu vão ser recompensados."

Ele não fala, mas sei que está se referindo a Len.

"Mas não acho que fui eu que o salvei."

El Conejo se vira e começa a saltitar na direção dos montes Sangre de Cristo à distância.

"Venha logo", chama ele, gesticulando para que eu o siga.

Não é assim que el Conejo deveria agir. Tento redirecionar meu sonho no sentido correto, mas nada muda.

Olho para a lua.

"Ele não tá lá, Petra", diz Lita. "Ele tá aqui."

Ela aponta para el Conejo, que saltita pelo deserto. A lua, sem sua silhueta cinzenta, brilha com o cintilar fraco da pele dos membros do Coletivo.

"Você devia ver pra onde ele tá indo", diz Lita, tranquila.

"Mas eu tô com medo."

"Quem não assume riscos..."

Não é minha intenção, mas acabo gritando.

"Não é um oceano, Lita!" Aponto para o deserto sem fim. "Eu vou morrer se for atrás dele. A senhora mesma disse várias vezes que há muitos trapaceiros por aí... O coelho mesmo pode ser um trapaceiro." Aponto para o Quetzalcoatl sem vida. "Olha só o que aconteceu *com ele*. Seguiu el Conejo e agora tá morto." Sinto meu estômago se revirar enquanto o corpo do Grandioso se transforma em poeira, que depois é soprada para cima e para longe. "As coisas não deveriam estar acontecendo desse jeito. Lita, por que você tá mudando as histórias?"

Ela ri.

"Eu não tô mudando nada. É você que tá." Aponta para el Conejo com a cabeça. "Mas se assumir o risco e confiar no rumo da história, você talvez encontre o oceano que precisa atravessar."

O coelhinho continua saltitando na direção da cordilheira, e minha tartaruga, Rápido, vaga além da árvore na direção de um buraco escavado entre suas raízes. É uma passagem pacífica e calma. E meu Rápido está bem ali.

"Rápido, volta", chamo o animalzinho. Mas ele continua entrando na toca entre as raízes, até desaparecer.

"Lita", digo, virando para trás, mas ela também sumiu.

Olho ao redor procurando el Conejo. Ele não passa de um pontinho na fronteira do deserto, desaparecendo junto com as montanhas.

Estou sozinha no deserto. A árvore sumiu. Só resta uma planície de terra. No vento não há sussurro algum de Lita nem da história.

Estou com medo e acabei hesitando. Agora, minha chance já era.

O chão estremece. A terra rodopia no ar ao meu redor, como fez em volta do Quetzalcoatl.

"Lita! Volta!", exclamo, me sentando na cama. Até minha mente desperta sabe que eu talvez tenha cometido um erro imenso, e não vou mais ter a chance de seguir el Conejo. Rubio ronca baixinho no nicho acima do meu. Agora que estou acordada, tudo parece idiota. "Foi só um sonho", sussurro para mim mesma, encarando o teto do cubículo.

Um estalo ecoa de algum ponto atrás de mim. Rolo para o lado e me sento a tempo de ver a porta do nosso quarto se fechando.

Mal consigo dormir no resto da noite, preocupada com quem podia ser aquela pessoa no nosso quarto. Quem quer que tenha sido, viu meu surto.

Levo todo o tempo necessário para garantir que não haja fiozinhos de cabelo escapando da trança. Penduro a bolsa de amostras no ombro e, com as costas eretas, me coloco no começo da fila.

Saímos do elevador e atravesso a sala do Garoto do Biopão sem pestanejar. Quando chego nele, nem me prezo a sorrir ou fazer contato visual. Engulo metade do cubinho de comida de uma vez, como se fosse uma rosquinha gostosa e não comida de cavalo.

A versão menor de Nyla, Glish, está com o mesmo grupo matinal de biopão, não muito longe de nós. Chego mais perto e finjo que, assim como ela, mordisco o resto do meu cubo de comida.

"Quem vai ser o próximo?", pergunta Glish. "Len não era tão útil quanto eu?"

Me lembro de ouvir a mulher dizendo que ela e Len eram da mesma batelada de criação do Coletivo.

O homem com os olhos mais afastados, Tubarão-Martelo, dá uma cutucadinha nela.

"Aposto que você quer dizer que está disposta a se sacrificar pelo Coletivo, Glish. Seja lá o que isso signifique." Ele olha de um lado para o outro, falando em voz baixa.

Outra pessoa no grupo pigarreia e se afasta, meio nervosa.

Tubarão-Martelo continua:

"Sem o Coletivo, só haveria guerra e fome. Nossa união e concordância sobre todas as coisas garante que nunca mais vamos entrar em conflito." Ele ergue o próprio biopão. "Nunca vamos passar fome, porque o Coletivo eliminou a diversidade e a demanda por mais opções."

E o que ele sabe sobre isso? Nunca esteve em um museu e viu obras de arte de Cézanne ou Savage. Basquiat ou Kahlo. Nunca comeu em uma praça de alimentação com opções que vão de udon a bucatini, de ensopado irlandês a pepián. Não é porque alguém repete uma afirmação várias vezes que ela é verdade.

E, de repente, depois de todo esse tempo, entendo de verdade o significado da palavra *dogma*.

Tubarão-Martelo desvia os olhos de Glish. Sigo o olhar dele, e ele fita algo não muito longe. Bem atrás de Glish, Nyla e Crick estão observando e ouvindo a conversa.

Penso em avisar Glish, mas ela já está falando de novo.

"Nosso trabalho ou servidão não vão servir de nada se não estivermos vivos para usufruir dos benefícios..." Glish para de falar de repente. Quando se vira, percebe quem está atrás dela.

Nyla assente para Crick, que se afasta.

Os outros membros do grupo matinal de biopão ficam completamente imóveis, como cervos assustados. Glish não se move, é como uma presa sentindo que foi pega pelo predador. Onde poderia se esconder na nave, afinal de contas?

Ninguém fala por muito tempo. Quando Crick enfim retorna, não está sozinho. Mesmo à distância, consigo ver como ele parece pequeno perto da maior pessoa com aparência de camarão-fantasma que vi até o momento, que vem caminhando a seu lado. Decido que vou chamar o homem de Camarãozão. Conforme ele se aproxima, vejo que está com a testa franzida em uma eterna cara de bravo.

Crick continua com Nyla enquanto Camarãozão caminha na direção de Glish. Um dos homens fecha os olhos. O brutamontes para bem ao lado de Glish e a pega pelo cotovelo.

A mulher não se move, porém.

"Pelo Coletivo", diz ela calmamente.

E, sem resistir, sai andando com Camarãozão, que prossegue segurando o cotovelo minúsculo da mulher. Eles entram no elevador e, em segundos, desaparecem de vista dentro do tubo de metal escuro.

Desvio o olhar. As palavras no teto parecem piscar mais rápido. *União. Camaradagem.*

"Pelo Coletivo", diz Tubarão-Martelo.

"Pelo Coletivo", repetem os demais.

Sem guerra. Sem fome. Mas a que custo?

Me afastar dessas pessoas parece algo cada vez mais urgente.

Atravesso o salão na direção da linha de produção de comida. As caixas com a comida sobressalente de hoje estão empilhadas de forma organizada de um dos lados, reservadas para mais tarde. E, ao contrário do que teria de fazer com a sala de suprimentos de rações, aqui não preciso arrombar uma tranca.

A retirada de Glish é a distração de que preciso. Abro a bolsa e me encosto na parede ao lado das várias pilhas de biopão. Olho de um lado para o outro para garantir que não tem mais ninguém por perto. Estendo a mão e pego uma caixa. Estou prestes a jogar o conteúdo na bolsa quando...

"Unidade Zeta!", chama Crick. "Hora de ir."

Um burburinho enche o ar. As pessoas olham empolgadas ao redor, procurando Penugem e Rubio. Daqui a instantes, também vou estar no centro das atenções. Me viro para o lado para esconder a comida na bolsa.

E então percebo que Voxy está me encarando.

Dessa vez, sou eu que pareço um cervo paralisado.

Ele leva o indicador aos lábios.

"Também sinto mais fome às vezes." O garoto joga mais duas caixas de biopão dentro da minha bolsa. "Não vou contar pra ninguém." Depois sorri e sai correndo.

Meu coração quase para de bater.

"Zeta-1!" Penugem acena para mim, do outro lado do salão.

Meio atabalhoada, fecho a aba da bolsa. Aceno de volta e continuo rente à parede, andando na direção do elevador, torcendo para que as duas caixas extras de comida não estejam muito aparentes. Entro primeiro no elevador, empurrando a bolsa para trás do corpo.

Como da outra vez, Nyla, Crick, Penugem, Rubio e eu descemos até o porão e seguimos pelo mesmo caminho até o transportador.

Quando viramos em uma esquina, vejo Camarãozão andando na nossa direção, vindo da direção da comporta que dá para o espaço. Glish, porém, não está com ele.

Ninguém faz contato visual quando o homem passa, como se absolutamente nada tivesse acontecido. Faz menos de cinco minutos que tudo rolou. Esse é o tempo necessário para fazer um problema desaparecer?

Dessa vez, só Penugem, Rubio e eu entramos no transportador. Continuo com a postura ereta e não me viro para olhar na direção de Nyla e Crick. Corro para esconder a bolsa e afivelo o cinto de segurança. Não se trata mais apenas de mim. Hoje precisa ser uma missão de reconhecimento para quando todos nós pudermos fugir de verdade.

A viagem até a superfície de Sagan é silenciosa e soturna, e vejo Rubio encarando o assento onde Len estava no dia anterior.

Assim como da outra vez, acoplamos os corpomonitores e comunicadores ao traje e saímos pela rampa, mas, diferente de ontem, não usamos mais capacete. O mesmo ar quente preenche meus pulmões. A mesma luz dourada banha a selva e o lago. As luas e o planeta com os anéis não se moveram. É tudo tão mágico quanto antes.

Desço da rampa.

"Hummm, interessante", digo alto, para que qualquer pessoa do outro lado dos comunicadores consiga ouvir.

Depois finjo estar curiosa com algo e sigo na direção da mata e da caverna que fica logo atrás dela. Espero que, enquanto eu estiver na superfície do planeta, acompanhem só meus sinais vitais, e não meus movimentos. Em alguns minutos de caminhada vejo os cipós, ainda chacoalhando ao som do vento que acabou de terminar a fase mais intensa do ciclo de oito horas. Garanto que a imensa árvore esteja me protegendo da vista dos demais antes de empurrar os cipós e entrar na caverna.

A parede cintila com bioluminescência, mas meus olhos estão demorando muito para se adaptar. Fico parada na entrada da caverna, ouvindo apenas o som da minha própria respiração. *Por favor, que não tenha ursos em Sagan.* Passo a mão enluvada pela parede da caverna e encontro uma saliência logo acima da minha cabeça. Corro o medidor pela superfície de rocha. Está seca e não parece conter toxinas. Rapidamente, escondo as três caixas de biopão ali; em um cálculo rápido, concluo que a comida vai ser suficiente apenas para alguns meses. Mas, se eu achar um jeito de entrar naquela sala no porão da espaçonave, vamos ter anos e anos de canudos de filtragem e alimentos adicionais. Corro de volta e, atrás da árvore, espero meus olhos voltarem a se acostumar com a luz. Saio da caverna e analiso os arredores. Penugem me seguiu por parte do caminho e está agachada perto do lago, coletando resíduos de cima de uma pedra. Rubio está ainda mais perto do transportador, depositando uma bolsa cheia de amostras em um drone.

Me afasto da caverna para não chamar a atenção. A última coisa de que preciso é que os membros do Coletivo vasculhem esta área quando a gente enfim escapar. Perto da fronteira da mata, encontro a planta de borda vermelha que é capaz de matar com um mísero pedacinho dela mesma e encho outro saquinho com amostras da espécie só para parecer que estou trabalhando. Também pego quatro porções do musgo que cobre o chão e corto vários pedaços de uma folha de orelha-de-elefante que acho caída no chão. Coloco tudo em um drone que voa de volta até o transportador. Recolho mais água e plantas do lago. Já que vou ter mesmo que trabalhar em um laboratório, por que não testar plantas e água antes da nossa fuga para ver se são seguros para consumo?

Assim como no dia anterior, somos submetidos ao processo de descontaminação e enviados de volta para o quarto, passando pela sala cheia de rações que contém exatamente as coisas de que preciso.

Estou prestes a subir no meu nicho quando alguém de cabelos pretos se senta dentro dele.

"Suma!", exclamo.

"Oi?", diz ela com a voz rouca.

Sinto a respiração entrecortar, sabendo que não vou mais precisar viver minha vida em Sagan me perguntando se ela vai ficar presa em estase por mais quatrocentos anos. Tenho vontade de abraçar a garota. Reprimo as lágrimas.

"Quer dizer, eu ia falar que... a Sum... *Assumo* meu lugar na minha cama."

"Sinto muito. Vou pra outra", diz ela.

Estou tendo dificuldades de esconder o sorrisão no meu rosto.

"Não, não. Pode ficar aí."

"Meu nome é Zeta-4", diz Penugem. "Especialista em..."

Suma a interrompe, esfregando as pálpebras fechadas.

"Desculpa, mas tô muito cansada."

Me lembro de como me senti assim que saí da estase. Suma passou por isso duas vezes.

"Só tô feliz de ver você de novo", digo, e todos se viram na minha direção. "Quer dizer... Ter sua ajuda na coleta de amostras será muito bom... Pelo Coletivo", acrescento, notando meu erro.

Por sorte, todos parecem aceitar a explicação e seguem com suas vidas.

Penugem sai do cubículo dela, bem ao lado do de Suma. Esta, por sua vez, deita a cabeça no travesseiro.

"Eu tô tão sonolenta...", diz ela, de forma nada irônica.

Rubio sorri, chegando mais perto da porta, e depois a fecha bem rapidinho.

"Entãoooo a gente devia ir pra cama. Zeta-1 vai contar um *cuento* pra gente, não vai? Por favor?", implora ele, e aponta para Suma com uma expressão de dúvida. "Aí depois, Zeta...?" Gesticula na direção de Suma de novo. "Zeta...?"

"Zeta-2", responde Suma.

"Zeta-2", repete ele. "Aí depois a Zeta-2 pode dormir."

Reprimo um sorrisinho.

Suma se deita de novo na minha cama.

"O que é um *cuento?*", ela pergunta antes que eu negue o pedido de Rubio.

Sinto meu estômago se revirar. Bem, preciso que eles escutem minhas histórias. Com sorte, essas narrativas da Terra vão fazer com que se lembrem de quem eles e seus familiares eram. Mas, caso isso aconteça, torço para que não decidam falar a respeito com qualquer pessoa de fora deste quarto.

Todos estão me fitando, à espera. O risco vale a pena.

"Ah, você vai ver", solta Rubio, animado, puxando a manta de poliéster até o queixo.

Me sento no chão, voltada para a colmeia de cubículos. Encaro Suma. Eu não tinha percebido como estava preocupada sobre ter de deixar a garota para trás quando fosse a hora de fugir com os outros. Agora estamos todos juntos e temos uma chance. Só que vamos precisar de mais comida ainda. E não posso me esgueirar até a sala de suprimentos no porão enquanto eles estiverem acordados.

Respiro fundo.

"Había una vez."

Penugem estica a cabeça para espiar dentro do nicho de Suma.

"É assim que os *cuentos* começam. É pra dar o clima."

Suma assente.

Penugem se senta de novo na cama.

"Pode continuar", diz ela, gesticulando para mim.

Pigarreio.

"Havia um casal de pobres idosos conhecidos como los Viejos", começo. "Eles tinham pouquíssimos bens, nada de comida, e uma casinha minúscula." Penso em como somos meio parecidos com los Viejos, só que os três ainda não sabem. "Eram diferentes da maioria dos vizinhos em aparência, na comida que comiam e nas coisas que amavam. Mas estavam dispostos a aceitar e compartilhar tudo com os outros."

É quando penso na promessa que mamãe me fez sobre Sagan: "*Vamos começar do zero, como em uma fazenda*". E no que está nos detendo.

"Mas os vizinhos eram cruéis e egoístas e queriam tudo para si e para pessoas iguais a eles", continuo a história. "Uma vizinha em particular, uma mulher de lábios roxos, aos poucos tinha sugado toda a esperança que o casal tinha de ter uma grande fazenda. Havia roubado as terras deles para si e para outras pessoas como ela."

Rubio balança a cabeça, fazendo uma expressão de repulsa.

Na versão de Lita, um homem terrível roubava os sonhos do velho casal; de agora em diante, porém, esta história vai viver através da contação da minha nova versão.

Me levanto e finjo estar batendo em uma porta antes de prosseguir.

"Certo dia, quando um pedinte de uma terra muito distante bateu à porta do velho casal, eles o alimentaram com o resto do milho que ainda tinham. Depois, com pedaços secos de tortilla." Levo os dedos à boca, fingindo que estou comendo.

Penugem e Rubio se sentam, e Suma apoia o queixo nas mãos.

Ergo um copo imaginário até a boca.

"Depois, deram toda a água que ainda havia na casa." Limpo a boca de forma exagerada e solto um suspiro de satisfação. "Depois de ter comido tudo, o pedinte ainda estava com fome, então os idosos lhe deram o próprio jantar." Levanto o indicador. "'Para recompensar a gentileza de vocês, vou lhes dar um presente', disse o pedinte para o velho casal. Os olhos de los Viejos brilharam como as estrelas."

Os olhos de Penugem, Suma e Rubio também se acendem.

"O velho casal não conseguia se lembrar da última vez que havia recebido algum presente. O pedinte disse: 'Perto do final da cordilheira, ao norte, vocês vão encontrar um cacto de quatro braços com uma flor de um rosa intenso. Atrás dele, ravina adentro, há uma caverna escondida. Perto do fundo da caverna, vão achar um vasilhame cheio de tesouros. Essa vai ser a recompensa pela sua gentileza.'"

Penugem tomba a cabeça para o lado.

"Essa história se passa no planeta Terra, como o último *cuento?*"

Rubio dá batidinhas na parede que divide o cubículo dele do de Penugem.

"Hummm, provavelmente na galáxia de Andrômeda, também conhecida como Messier 31. Ela contém dois trilhões de planetas! Mas enfim, não pode ficar interrompendo os *cuentos* assim, Zeta-4", diz ele. "Continua, Zeta-1."

Não consigo não sorrir quando vejo os vislumbres de personalidade que o Coletivo não conseguiu apagar deles. Até o momento, acho que estamos nos dando bem.

"Quando o pedinte foi embora", prossigo, "o casal decidiu que viajaria até a ravina e a caverna escondida assim que conseguisse comida o suficiente para a longa viagem. O que los Viejos não sabiam é que a vizinha malvada e egoísta estava ouvindo a história contada pelo pedinte", aponto para a porta do quarto, "bem atrás da porta!"

Suma arqueja.

"Isso é injusto!"

Assinto com calma.

"É mesmo. A vizinha malvada cavalgou a noite toda na direção da cordilheira montada em um jumento que tinha roubado de los Viejos. Encontrou o cacto com a flor de um rosa intenso, a ravina e a caverna. Ela entrou na gruta e se esgueirou até o fundo dela, onde encontrou um vasilhame de cerâmica. Quando ergueu a tampa dele, insetos horríveis subiram por seus braços e a picaram. Ela gritava enquanto tarântulas e escorpiões e vespas a ferroavam. Depois, se apressou em fechar o vasilhame de cerâmica e voltou cavalgando para casa, com o corpo coberto de bolhas e urticárias e com o vasilhame de insetos fechado dentro do alforje."

Penugem está de queixo caído, e Suma cobrindo um dos olhos com uma coberta, embora eu tenha certeza de que não fazem ideia de nem metade do significado da história.

Rubio tomba a cabeça para o lado.

"Tarântula, um tipo de aracnídeo. De que espécie são essas da história?", pergunta ele.

Suma e Penugem se viram ambas na direção do cubículo dele.

"Chiiiuuuuu!"

"Quando a vizinha chegou em casa", prossigo, "foi de fininho até a casa de los Viejos durante a noite e jogou os insetos abomináveis do jarro pela janela da cozinha dos idosos."

Rubio arqueja, e sinto vontade de rir. A menção à tarântula mal o incomodou, mas "insetos abomináveis" parece que foi demais.

"'Isso é pra vocês, seus tolos'", digo, engrossando a voz. "'Vai ensinar vocês dois a não confiar em um pedinte estranho e estrangeiro e ainda dar comida a ele', disse ela, cavalgando de volta pra casa."

Espero um tempinho para que a audiência absorva o horror dos insetos rastejantes na cozinha de los Viejos. Funciona. Os nós dos dedos de Suma estão brancos. Rubio está ainda mais pálido que o normal, e a testa de Penugem está tão enrugada quanto a de Camarãozão.

"Na manhã seguinte", continuo, "a idosa foi até a cozinha ferver água para cozinhar *nopales,* esperando que a pequena quantidade do cacto comestível fosse suficiente para a longa jornada até a caverna. Mas quando pisou no chão da cozinha... soltou um grito."

Rubio e Penugem arquejam assustados, e prossigo:

"Quando a mulher se abaixou para ver que objeto afiado tinha cutucado seu pé, encontrou um diamante sob o calcanhar. E então viu que, espalhados pelo chão, como centenas de insetos cintilantes, havia diamantes, rubis e safiras. Os insetos tinham sido transformados magicamente pela gentileza que havia entre as paredes daquela casa."

Penugem une as mãos e dá uma risadinha. Vejo a empolgação nos olhos dela com algo que não "entende" completamente. Ela ainda "sente" a excitação causada por um tesouro.

"Los Viejos juntaram as pedras preciosas e venderam uma quantidade suficiente apenas pra comprar terras", imagino o que vi em Sagan, "cercadas por matas com um lago tão azul quanto uma pedra água-marinha. O resto do tesouro eles guardaram pra que sempre tivessem fundos suficientes pra cultivar árvores frutíferas e outras plantas comestíveis. *Y así fue:* começaram a espalhar o boato de que se qualquer pessoa, de qualquer terra, fosse ela rica ou pobre ou apenas cansada, estivesse com fome, bastaria visitar a casa de los Viejos que receberia comida." Suspiro como Lita sempre fazia no fim das sessões de contação de histórias. *"Este cuento entró por un caminito plateado y salió por uno dorado."*

Penugem espia de novo pela extremidade do cubículo, olhando para Suma.

"É assim que um *cuento* termina. Com uma frase meio parecida com essa que você ouviu."

Ela volta a se deitar e, felizmente, um a um todos se acomodam na cama. Desligo a luz. Logo, os roncos familiares de Rubio enchem o quarto.

Me esgueiro até o que já foi outra sala de estase infantojuvenil e encontro uma ferramenta metálica de calibração na gaveta logo abaixo do monitor atmosférico da nave, que ainda brilha em roxo. Para uma pessoa com visão melhor que a minha, seria necessário apenas olhar para o objeto na penumbra, mas eu preciso correr o dedo pela borda dele. O equipamento é fino, então é perfeito para quebrar a proteção de uma tranca.

Pelo elevador eu chegaria mais rápido até meu destino, mas prefiro ir com cuidado até a escadaria dos fundos para evitar olhares curiosos pelo vidro. Como da outra vez, conto os duzentos e dezoito degraus e abro a porta. Meus passos ecoam pelo porão, até que chego ao foco de luz azul piscante acima da porta de metal. Ela é tão intensa quanto no dia do embarque, há trezentos e oitenta anos, quando Ben nos mostrou a sala cheia de suprimentos. Pego a ferramenta de calibração e a enfio na fresta inferior da proteção da tranca. Em vez da resistência que estava esperando, porém, a peça de plástico salta de imediato. Cai no chão tão rápido que não consigo segurá-la. O objeto quica duas vezes, o barulho ecoa pelo porão. Me espremo contra a parede e aguardo. Quando vejo que não tem ninguém vindo, me viro de novo para a porta.

Minha sensação deve ser similar à de la Vieja sentindo o diamante embaixo do calcanhar e depois encontrando as pedras preciosas. Minha mão treme quando a estendo para puxar a trava. Ao contrário das outras portas da nave, que deslizam e se abrem com facilidade, esta solta um gemido lento por conta da falta de uso. O som dos meus passos ecoa quando entro no cômodo. A luz pálida do espaço se acende.

Sinto meu estômago embrulhar. A parede dos fundos, que deveria conter comida para centenas de gerações, está vazia.

Avanço devagarinho pelo ambiente até chegar às prateleiras. Vazias. Não há uma refeição sequer. Os parasitas já esgotaram até a última porção de suprimentos de emergência destinados a nós, passageiros, para quando a gente chegasse em Sagan. Penso nas caixas de biopão que roubei e me pergunto como vamos fazer para arranjar comida.

Na prateleira inferior, ao menos encontro canudos de purificação empilhados de forma organizada. Abro a bolsa de coleta de amostras e arrasto vários canudos para dentro dela, o suficiente para usarmos por toda a vida.

Se minhas suspeitas estiverem corretas e as plantas do lago forem comestíveis, talvez a gente consiga sobreviver. Só que... a gente teria só plantas do lago para comer. Suspiro fundo e me viro para sair.

Uma porta logo no início do porão se fecha com um estrondo.

Agora, pareço Glish. Paralisada como um cervo enquanto um vulto magro caminha devagar na minha direção.

A mesma voz grave que ouvi neste lugar na noite em que encontrei as cápsulas vazias ecoa pelo espaço.

"Você não deveria estar aqui. Esta é uma área de acesso restrito ao Coletivo."

Um homem de pele marrom enrugada e uma longa barba branca bloqueia o caminho até o elevador. Levo certo tempo para analisar o senhor da cabeça aos pés e processar o que estou vendo. Ele está vestindo botas e um macacão do Coletivo, mas também usa luvas e tem óculos de laboratório encarrapitados no topo da cabeça, como se fossem um chapéu. Recuo um passo, assustada com a presença dessa pessoa que parece um Papai Noel magro e de pele marrom. Enfim, um adulto da Terra!

Assim como quando eu tinha seis anos e via o Papai Noel no shopping, tenho vontade de sair correndo e abraçar o homem. Mas não me deixo levar pela empolgação. Me pergunto quem ele era antes do meteoro para ser tão velho e ainda assim ter sido escolhido para vir. Ele provavelmente deve ter inventado algo revolucionário.

Penso em todos os adultos que foram expurgados quando a reprogramação falhou. Mas foram capazes de reprogramar este homem, então será que algo na mente dele, como na de Penugem e Rubio, era mais fácil de manipular?

"Oi", digo, com a voz falhando. "Meu nome é Zeta-1."

"Posso te ajudar, Zeta-1?", pergunta o homem.

"Me falaram que vou trabalhar aqui." Empurro a bolsa cheia de canudos para trás das costas. "Não vou começar agora, mas fiquei ansiosa."

Por um instante, me permito ter esperanças de que ele esteja fingindo ter sido reprogramado também, mas o Coletivo deve confiar nele o bastante para deixá-lo sozinho aqui.

"Compreensível." Ele ri. "Me falaram mesmo que você vinha, mas só depois da próxima missão de reconhecimento." Ele se vira para se afastar. "Mas é claro que você tá um pouco perdida. Vou te mostrar nosso laboratório."

Franzo a testa.

"*Nosso* laboratório?"

Ele deve ser a pessoa de quem Nyla me falou.

O homem me leva para os fundos do porão, onde fica o complexo de laboratórios. Quando a gente chegasse em Sagan, estes laboratórios supostamente estariam lotados de cientistas como meus pais. Mas só tem nós dois agora, eu e esse senhorzinho.

Ele entra no laboratório da esquerda. As paredes atrás dele estão repletas de fileiras e mais fileiras de placas de Petri. Ágares de diferentes cores cintilam como em um arco-íris.

"Chegamos", diz ele, abrindo a porta para mim.

Seu sorriso é gentil, e o cabelo comprido preso em um rabo de cavalo o faz parecer mais um poeta que um cientista.

"Obrigada", respondo baixinho. Por um instante, me pergunto se ele foi acordado antes ou depois de nós e se há mais alguém aqui com ele. "Hummm." Me aproximo de uma bancada do laboratório e coloco a bolsa no chão. "Tem outros cientistas por aqui?", pergunto com cautela. "Digo, tem outras pessoas como... eu... como a gente?"

"Só tem eu agora", responde ele, e me questiono se havia outros adultos como ele que foram reprogramados com sucesso.

"Posso perguntar qual é a especialidade do senhor?" Aponto para o arco-íris de ágar. "Digo, tá trabalhando em quê?"

"Viver em uma nave por tanto tempo pode ser difícil. Minha função principal é ajudar a administrar os tônicos, estabilizando qualquer variação de humor que possa afetar o Coletivo", explica ele. Penso na "festa" de Nyla e em todas as pessoas bebendo um tônico atrás do outro. Ele coça a cabeça. "Mas, respondendo sua questão: havia cinco de nós na unidade Épsilon."

"Épsilon?"

"Meu nome é Épsilon-5", diz ele. "Costumava saber qualquer equação química ou síntese macromolecular sem hesitar. Mas, conforme fui ficando mais velho, fui me tornando menos útil."

Penso no que a chanceler Nyla disse a respeito de Len, sobre ser ou não útil. Tenho certeza de que "Épsilon-5" seria expurgado assim que descobrissem que ele falou essas coisas para mim. Mas se a memória dele já está vacilando assim, talvez fosse realmente fácil de reprogramar.

"Por aqui", diz ele, me levando até o próximo laboratório. A porta é selada, e há trajes de segurança pendurados nas paredes. Só então entendo o porquê: meus saquinhos de coleta cheios das folhas de bordas vermelhas, amostras do musgo que cobria o chão e até mesmo os pedaços das enormes folhas de orelha-de-elefante estão pendurados em hastes dentro de uma geladeira de vidro. Os frascos com amostras de água estão repousando em um suporte de tubos.

"Venha." Ele me pega pelo cotovelo e me puxa como se estivéssemos dando uma voltinha no parque.

Não tem como ele saber sobre a minha vista. Ele avança devagar, e me pergunto se está usando nossos braços unidos para que eu o ajude a caminhar. Terminamos diante de uma parede branca. Ficamos parados em um silêncio meio constrangedor até ele sorrir. O senhor aperta um botão e a divisória inteira recua, revelando uma parede de vidro. A luz das luas e da estrela anã de Sagan no céu roxo banha o cômodo. Me aproximo da janela e olho lá para baixo, para os rios, os lagos e as matas. Daqui, vejo que mal começamos a explorar a zona habitável durante nossas missões de coleta de amostras. Meu lago com os peixinhos-borboleta é apenas um minúsculo corpo d'água entre centenas de outros.

"Que lindo!", digo.

"Sim", responde ele, depois suspira. "E é algo que só vou ver daqui, é claro."

"Por que o senhor diz isso?", pergunto.

Ele dá de ombros.

"A chanceler acredita que é aqui que sou necessário." Ficamos mais um instante em silêncio. "Mas eu gostaria *tanto* de ver pessoalmente as criaturas que o planeta abriga."

Me sinto mal de saber que vamos ter que deixar Épsilon-5 para trás, a menos que Nyla mude de ideia. Me sinto ainda pior ao pensar que a chanceler vai impedir que ele possa explorar o planeta em pessoa.

"Tem alguns seres incríveis por lá", digo. "Por exemplo...", afasto o indicador e o polegar em uns dez centímetros, "... o lago tem milhões de peixinhos com asas."

Ele sorri, e vejo que não tem um dos dentes do fundo.

"Me conta mais."

Percebo que é tudo real, mas parece que estou contando um *cuento* a ele.

"As borboletas aquáticas nadam em cardumes e escondem seu brilho roxo maravilhoso se abrigando no meio de uma densa vegetação submersa."

Ele se aproxima de mim, o sorriso morrendo um pouco.

"Do que acha que se escondem?"

Meu coração acelera com a pergunta, muito válida.

"Ainda não pensei nisso", respondo. E agora estou pensando em quais outras criaturas podem estar à espreita na água da lagoa.

"Quando voltar à superfície, você vai tentar descobrir do que os peixinhos têm medo?", pergunta ele, os olhos parecendo os de uma criança curiosa.

Confirmo com a cabeça. Mas a verdade é que se eu conseguir coletar suprimentos o bastante, posso até descobrir do que as borboletas aquáticas se escondem, mas não devo voltar para contar a ele. Sinto um nó no estômago por causa da mentira. Gostei de Épsilon-5.

A porta do laboratório se abre, e a chanceler Nyla entra a passos largos.

"Ah, Zeta-1, o que está fazendo aqui?"

Empurro a bolsa cheia de canudos de filtragem de água para atrás das costas.

"Eu... Eu queria ver o laboratório e conferir como estão minhas amostras, pra estar preparada pro trabalho."

Ela se aproxima e para ao nosso lado. Estende a mão e aperta um botão, e a parede sólida encobre a janela de novo.

"Então vocês já se conheceram. Como estão ambos aqui, posso orientar vocês sobre seu projeto."

"Sim." Épsilon-5 caminha até uma bancada e pega um saco de folhas venenosas.

"Não!", exclamo, e imediatamente baixo a voz. "Elas são altamente tóxicas. Peguei umas amostras pra gente saber como erradicar essa espécie, pelo Coletivo."

"Excelente." Nyla sorri. "Pelo jeito, já sabem do que precisamos." Ela se vira para mim. "Quanto tempo é necessário para criar o desfolhante?"

Penso nas imensas folhas de orelha-de-elefante, nas plantas venenosas e nos testes que vou ter que fazer.

"Não muito", respondo.

"Exato", concorda Épsilon-5. "Formamos um bom time."

Ele sorri para mim, e minha sensação é a de que ele acabou de me dar um soco no estômago com sua amizade. Como posso ajudar o homem? Como Lita teria dito, ele não tem mais tanto tempo nesse mundo. E o mundo do qual eu e ele fazíamos parte já nem existe mais.

Nyla para diante de mim.

"Assim que a substância estiver pronta, vou mandar os Zetas de volta à superfície para realizar alguns testes." Ela aponta para os saquinhos com minhas amostras. "Zeta-1, foi realmente tão *útil* coletar uma quantidade tão grande dessa mesma planta?"

Antes que dê por mim, as palavras já saíram da minha boca:

"Uma única folha é suficiente pra matar todas as pessoas do Coletivo. Achei que a senhora decidiria que erradicar essa espécie seria prioridade."

Ela finge estremecer.

"Assustador", diz a mulher.

Posso produzir um desfolhante em alguns dias. Depois disso, Suma, Penugem, Rubio e eu nunca mais seremos Zetas de novo. Não vou permitir que Nyla ou o Coletivo achem uma desculpa para decidir que nós quatro somos inúteis.

Minhas mãos tremem enquanto me esforço para enfiar décadas de canudos de filtragem debaixo do colchão do meu cubículo hexagonal.

Nyla ficou tanto tempo no laboratório observando Épsilon-5 e eu começarmos o projeto do desfolhante que mal tive tempo de testar as amostras do que batizo de samambaias-do-lago para ver se são comestíveis.

Olho para Suma, Penugem e Rubio, todos adormecidos. Ainda há esperança para nós quatro. Mas faço uma careta pensando em toda a comida destinada a nós que foi devorada pelo Coletivo. A imagem das samambaias-do-lago oscilando de um lado para o outro inunda minha mente. Desço do catre e fecho os olhos. Empanadas e cheeseburguers dançantes surgem do meio da vegetação, me provocando, depois recuam rápido em espiral para fugir do meu alcance.

Afasto o pensamento sobre comidas saltitantes e reviso meu plano. Só preciso continuar fingindo ser Zeta-1 até terminar de criar o desfolhante, assim Nyla vai nos enviar de novo para a superfície, como disse que faria. Espero que até lá o Coletivo já tenha todas as informações que queria coletar quando enviou Len; assim, na próxima missão, vamos estar sozinhos.

Assim que sairmos do transportador, vou convencer Penugem, Suma e Rubio a me seguirem até as cavernas. Assim como o flautista de Hamelin, vou atrair todos para longe do veículo e do Coletivo usando minhas histórias. Me sinto mal por estar enganando meus amigos, mas eles merecem saber tudo que aconteceu com nossas famílias. Vou garantir que saibam a verdade. Depois, podem decidir sozinhos como querem viver.

Preciso dormir, mas, quando tento contar carneirinhos, tudo que consigo é sentir saudades da fazenda de Lita. Preciso de algo entediante para contar.

Pozole de samambaia-do-lago (sem frango). Cereal de samambaia-do-lago (sem leite). Pizza de samambaia-do-lago (sem queijo). Doce de samambaia-do-lago (sem açúcar)...

Um borrão branco e peludo surge do canto do meu campo de visão.

O coelho se vira para mim. Lembro das palavras que Lita sempre dizia: "*O trapaceiro pode ser aquele que te orienta se isso servir aos propósitos dele.*" El Conejo salta pelo deserto na direção das montanhas. Tudo está acontecendo rápido demais de novo. Preciso de mais tempo para pensar.

De repente, Lita está ao meu lado e Rápido logo ao lado dela.

"*Ah mi hijita.* Bem-vinda de volta. Por que não tá indo atrás dele?"

Cruzo os braços.

Lita dá de ombros e ergue as sobrancelhas antes de continuar:

"Claro, você deve ficar aqui, onde se sente confortável e segura."

"Por que eu não ficaria com a senhora?" Aponto a montanha adiante, na direção que o coelho tomou. "Pra lá é horrível. O deserto pode ser perigoso."

"Isso não é perigo. É a vida...", diz ela. "Uma jornada. Você só vai saber se for atrás dele."

Fico bem onde estou, embaixo da árvore. Lita já está sumindo. O coelho vai ficando cada vez menor à distância.

Não posso correr o risco de perder o animalzinho de vista de novo.

"Tá bom", digo.

Faço um carinho na cabeça de Rápido e me levanto. Me viro para abraçar Lita, mas ela sumiu; quando olho para baixo, Rápido está desaparecendo em meio à neblina.

Corro atrás do coelho, o que não faço há anos. Aqui, no meu sonho, não tenho medo de tropeçar em algo que não consiga ver. Lá longe, el Conejo saltita na direção da montanha, que brilha vermelha sob o sol da tarde. Ele se enfia em um buraco na base do morro.

Tudo o que o trapaceiro fez foi me trazer para o meio do nada. Não há uma cortina de cipós escondendo uma caverna brilhante onde posso me esconder. Não há um lago mágico com peixes-borboletas brilhantes.

Me viro e encaro o deserto vazio. Se eu voltar, talvez Lita reapareça. Caminho devagar para onde a árvore estava. De repente, vindo de trás de mim, ouço o som de violões e flautas e me viro. Assim como na casa de Lita, a melodia baixa da música ranchera vem das profundezas das montanhas vermelhas. Corro na direção do som.

"Espera!"

O dedilhado do violão vai ficando mais alto conforme me aproximo. Tão alto que sinto a vibração no corpo, depois ouço um barulho e algo bate nas minhas costas.

"Espera! Espera! Eu tô indo!", grito atrás de el Conejo. Algo bate nas minhas costas de novo.

Enquanto digo isso, porém, a música fica mais baixa e a montanha desaparece, e então sou puxada do deserto para a escuridão e depois para a minha cama.

Algo bate, bate, bate nas minhas costas.

"Por favor, espera!" Acordo, ainda dizendo as palavras em voz alta.

Me sento no cubículo e encontro dois olhinhos violetas me encarando. Arquejo e me sobressalto.

"Voxy, o que você tá fazendo?"

É a vez dele de se assustar.

"Desculpe." Ele aponta para um canto escuro atrás da mesa de Ben. Rubio solta um ronco. "Eu sempre venho escutar seus *cuentos*. Mas aí caio no sono que nem os outros." Ele encolhe os ombros. "Você estava gritando. Não tive escolha, precisei te acordar pra ninguém vir aqui e acabar me encontrando."

Isso explica por que ouvi alguém indo embora do nosso quarto na noite passada.

Quando engulo, sinto a garganta seca.

"Alguém... Alguém sabe que você tá aqui?"

"Não, tenho que vir escondido. Nyla nunca ia permitir isso."

Sinto os cabelinhos da minha nuca se arrepiando.

"Voxy, você não pode contar isso pra ninguém."

Ele faz uma careta.

"Ah, não vou. Se eu contar pra Nyla o que você fala enquanto dorme, ia ter que contar por que estava aqui." Ele arregala os olhos, abrindo as mãos com as palmas para cima. "E aí ia ter que contar sobre os *cuentos*. O Coletivo nunca mais ia tirar os olhos de mim e eu nunca mais ia poder ouvir outro *cuento.*" Ele inclina a cabeça.

Mesmo sabendo que vamos embora em breve, isso ainda é perigoso. E eu falo demais enquanto durmo.

"Você não devia mais vir aqui."

"Mas aí como ia ouvir outro *cuento?*"

Ele soa igualzinho a Javier, me implorando para ler seu livro a ele. Voxy está ficando cada vez menos parecido com outros membros do Coletivo, e a culpa é minha e dos meus *cuentos.* Eu deveria estar feliz, mas é uma sensação horrível. Penso no que poderia acontecer se ele fosse pego vindo aqui. Mesmo que seja na próxima noite, poderia arruinar tudo.

"Sinto muito, mas não posso mais deixar você vir escondido até nosso quarto."

Voxy baixa a cabeça.

"Isso não é justo. O Coletivo não tem *cuentos,* só regras. Quer dizer, Nyla de vez em quando lê uma história para mim. Mas não é um *cuento* como o seu." Ele arregala os olhos. "É uma relíquia, e chama livro. É feito de papel e..."

"Espera", interrompo. Meu coração bate mais rápido do que quando achei que um cacto-barril era um gnomo durante uma caça às fadas com mamãe. "Você já viu um livro?"

Não encontrei um resquício sequer de qualquer coisa remotamente relacionada à Terra. Qualquer coisa que eu pudesse segurar nas mãos e que me lembrasse de casa.

"Vi ele uma vez no nosso quarto", sussurra ele, se inclinando para mais perto de mim. "Junto com outras relíquias."

Penso em como Voxy deve ter sido criado como Glish comentou, em uma batelada. Mas, ao contrário dos outros, é o único que aparenta ter essa idade. Percebo que não sei nada a respeito dele.

"Eu não devia falar mais sobre as relíquias", continua o garotinho.

Tento esconder a empolgação, mas acho que não dá muito certo.

"Voxy, quantas relíquias existem? Você pode mostrar elas pra mim?"

Ele ergue o rosto, arqueando as sobrancelhas.

"Zeta-1, se eu te mostrar onde elas estão, você promete que continua me contando seus *cuentos?*"

Confirmo com a cabeça e digo "*Aham*". O gesto e o resmungo continuam sendo uma mentira.

Ele leva o indicador aos lábios.

"*Chiu...*"

Depois faz um gesto para que eu o siga e salta de pé, correndo pela porta como o coelho branco. Dessa vez, sigo sem hesitar.

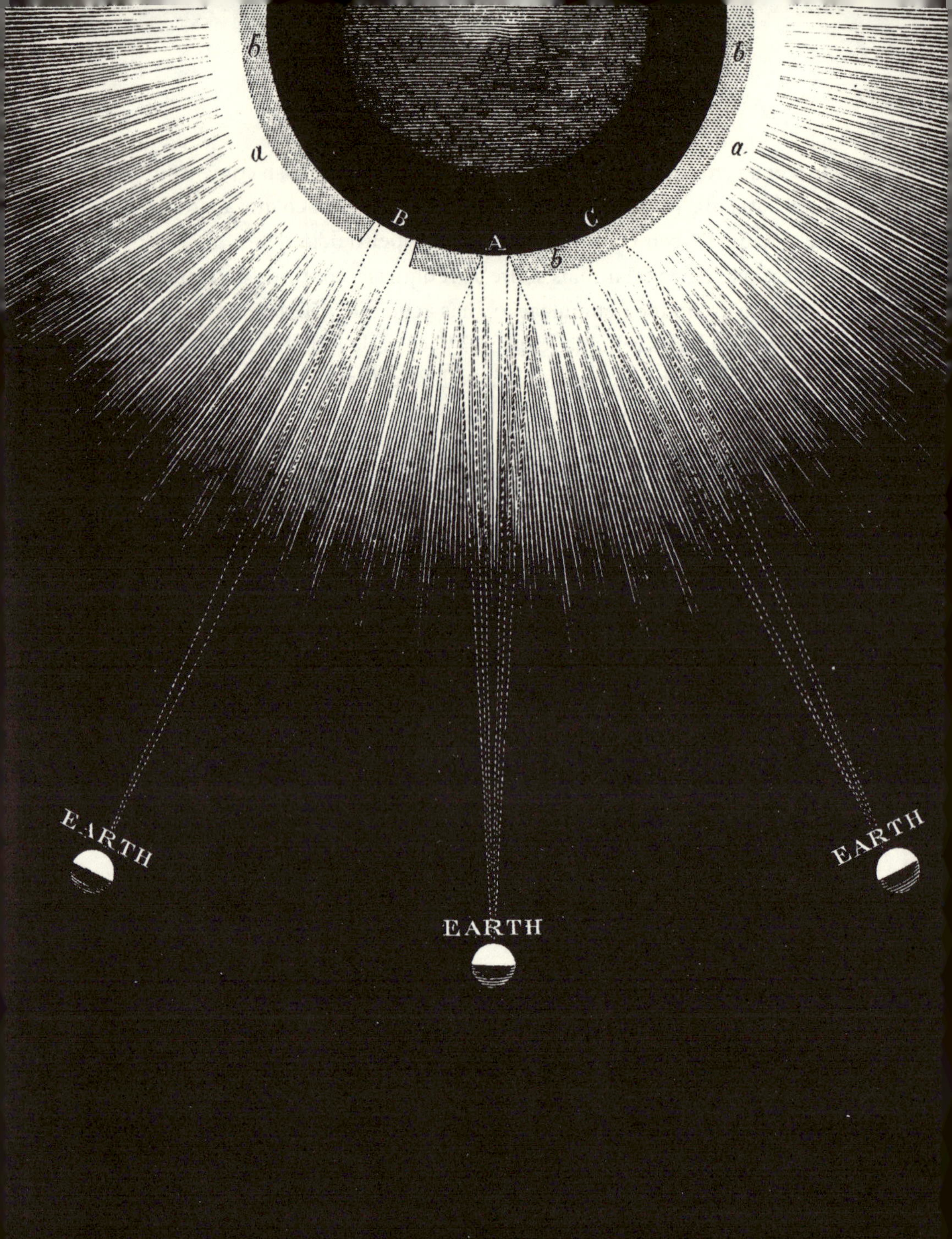

b
b
a
a
B
A
C
b
EARTH
EARTH
EARTH

Voxy corre pelo corredor na direção do elevador. Parece mesmo um coelhinho.

"Espera", digo, assim como fiz nos sonhos. "Pra onde você tá indo?", pergunto, e o elevador solta um apitinho quando ele aperta o botão. Em pânico, sussurro tão alto quanto posso: "Alguém vai ver a gente..."

"Blancaflor não teve medo de que o pai visse que ela estava indo embora com o príncipe." Voxy pousa as mãos nos quadris. "Los Viejos não teriam se preocupado com alguns membros do Coletivo se isso significasse encontrar o tesouro."

"Há quanto tempo você tem ido até nosso quarto, Voxy?"

Ele não responde.

Reviro os olhos e corro até o garoto. Se me virem na companhia dele, talvez não pensem que estou vagando por aí.

"Acho que você só quer os *cuentos*", digo.

Ele dá de ombros, sem remorso. Respiro fundo e o sigo elevador adentro. Se o que ele viu for realmente um livro da Terra, é algo mais valioso do que todos os diamantes, esmeraldas e rubis espalhados no chão da cozinha de los Viejos.

O menino aperta o botão do primeiro andar, e meu coração acelera mais ainda. Cinco andares inteiros nos separam do tesouro. A porta se fecha, e foco o olhar no painel dos andares. Voxy sorri para mim enquanto descemos.

Cinco... quatro... três... O elevador apita.

A porta se abre e damos de cara com o camarão-fantasma de cara feia que arrastou Glish para longe. Camarãozão ergue as sobrancelhas, e a testa já franzida se retorce mais ainda, até as rugas parecerem macarrão instantâneo.

"Oi", diz Voxy, como se nossa escapada fosse perfeitamente normal.

"Oi?", diz o homem, nos encarando.

"Você vem ou não?", Voxy pergunta para mim, sem hesitar.

Que tipo de poder as histórias contadas antes de dormir exercem sobre esse garoto para que ele coloque nossa segurança em risco dessa forma?

Camarãozão entra no elevador e aperta o botão do segundo andar.

Nós três ficamos encarando a porta, que se fecha.

Fixo meu olhar no número três que brilha no visor.

O homenzarrão se vira para Voxy.

"A chanceler sabe que você está..." Ele olha para mim.

Voxy solta um bufo irritado e revira os olhos.

"Acha mesmo que eu ia desobedecer a uma ordem do Coletivo? Está duvidando do fato de que a chanceler sabe tudo que acontece nesta nave?"

Dois...

"Claro que não", diz Camarãozão. Depois sussurra: "Peço perdão pelas perguntas."

Quase não me mexo, pisco ou respiro até o elevador apitar e as portas se abrirem no segundo andar, onde Camarãozão desce.

Elas voltam a se fechar e continuamos descendo.

"Essa é uma péssima ideia", sussurro.

Voxy sorri, e o elevador apita de novo quando chegamos ao primeiro andar. Confiante, ele sai pela porta e segue em diagonal pelo piso principal da espaçonave. Estamos bem longe dos aposentos do Coletivo, então me pergunto onde exatamente o garoto pode ter visto o livro. Continuamos na direção da parte frontal da nave, cada vez mais longe do meu quarto e da segurança do meu cubículo.

Ainda há algumas pessoas nas estações de trabalho dobrando cobertas, limpando o piso e o teto, preparando biopão e misteriosos sucos diluídos.

Não sei se é a postura confiante de Voxy, mas ninguém nos dá muita bola.

Viramos em um corredor, mas há apenas uma porta no fim dele. Acima do batente, vejo a silhueta desbotada de letras dizendo *Banco de sementes*, que parecem ter sido removidas em algum momento.

Há um teclado antigo, similar ao que mamãe tinha em sua estufa, instalado ao lado da maçaneta.

Voxy aperta *2061*, o ano em que deixamos a Terra, e a porta se abre.

A sala brilha em um azul arroxeado, como a nave fazia antigamente. No centro do cômodo há uma cama.

"É aqui que a chanceler dorme", diz ele, casualmente.

Engulo em seco, mas disfarço com uma tossida.

Depois Voxy aponta para um cômodo lateral do tamanho de um armário de casacos.

"Ali é o meu quarto."

Vou até a porta e espio o interior do cômodo. Enfiaram um pequeno cubículo hexagonal lá dentro, e não tem espaço nem para alguém ficar de pé ao lado dele. Bandejas para brotos e tubos de irrigação jazem empilhados em prateleiras suspensas.

Me lembro da amiga de mamãe, dra. Nguyen, mas acho que o quartinho de Voxy é minúsculo demais para ser o banco universal de sementes com o qual minha mãe contribuiu com espécimes de milho, abobrinha e feijão do Novo México.

Analiso o espaço principal, onde fica a cama de Nyla. Ao lado do móvel, há apenas as paredes arredondadas de sempre; não vejo sinal algum do banco de sementes em si. E, definitivamente, nem traço de livros. Mesmo que Voxy tenha visto o volume e outras "relíquias" da Terra, os itens não estão mais aqui. O menino é novinho, pode estar confundindo este espaço com alguma outra área da nave. Não tenho tempo para ficar caçando algo que talvez nunca encontre.

"Voxy, acho que preciso voltar."

"Não!", berra ele. "Sei que estava aqui. Mas faz muito tempo... Falei pra Nyla que eu tinha visto e pedi para ficar com o livro, mas ela me disse que devia ser coisa da minha imaginação. Mas sei que foi real."

Ele anda de um lado para o outro à porta do quartinho.

"Eu li ele bem aqui." O garoto aponta para a parte frontal do nicho hexagonal. "Era mágico", sussurra, erguendo a cabeça até seu olhar encontrar o meu. "Como seus *cuentos*. As pessoas e os lugares em cada história eram diferentes entre si. Decidiam quem iam ser ou para onde iam sem ter que dar ouvidos para o Coletivo. E as pessoas nos seus *cuentos* não vivem em um mundo sem..." Ele faz uma pausa. "... sem *cuentos*."

Penso em como Voxy e eu somos diferentes. Meus pais e os monitores originais (exceto Ben) queriam me impor uma programação no En Cognito na qual eu não tinha interesse algum.

Voxy se senta na beira do cubículo, os ombros encolhidos.

"As pessoas nos seus *cuentos* e no livro que li fazem coisas que eu nunca teria coragem de fazer."

Mesmo que seja arriscado, não posso deixar que ele pense assim. Coloco a mão em seu ombro.

"Você foi corajoso o bastante pra me trazer aqui", afirmo. Ele ainda está cabisbaixo, mas ergue os olhos para me fitar. "Tá tentando encontrar algo bom pra você, mesmo que o Coletivo diga que é perigoso", continuo. "Tá confiando na sua intuição. Isso é bom." Se ele proferir uma só palavra do que estou dizendo antes de deixarmos a espaçonave, já era.

"Bom, não sei exatamente o que isso significa", diz ele. "Mas se quer dizer que quero mais *cuentos*, então o que está dizendo é verdade, Zeta-1." Ele tomba a cabeça. "Enfim, ela deve ter escondido tudo, mas estava aqui. Eu juro."

Suspiro e me sento ao lado dele, dando um tapinha em seu joelho. Voxy continua falando:

"A moça lá do livro tinha um bebê, na época em que ainda existiam pais e mães. Eles saíram de casa atrás de um novo lar."

Levo um susto tão grande que minha respiração vacila. É o livro de Javier. Sem conseguir me conter, agarro as mãos do garotinho.

"Voxy! Você precisa lembrar onde o livro estava!"

Ele arregala os olhos e balança a cabeça.

"Aqui. Tenho certeza." Seus olhos ficam ainda maiores quando me ajoelho e encosto a orelha no chão, procurando embaixo da cama.

É quando vejo algo nos fundos do nicho do garoto. Uma faixa fininha da iluminação roxa da Plêiades Ltda. no formato de uma porta, exatamente como a que existe na parte de trás da nave e leva ao porão. Me ajoelho de novo e aponto para a parede dos fundos.

"Voxy, o que tem atrás daquilo?"

"Nada", responde ele, olhando para a direção em que estou apontando.

Ele se arrasta para dentro do cubículo e bate na parede. O som ecoa.

Subo na cama junto com ele, os dois espremidos lado a lado no espaço estreito. Corro os dedos pela parte interior da iluminação até conseguir enfiar as unhas em um sulco. Forço até uma delas quebrar, mas nada cede. Tateio a parede escura e encontro um interruptor para ligar um tubo de irrigação desconectado.

Puxo a alavanquinha, que se solta com um estalo e cai no chão. Voxy e eu trocamos um olhar assustado. Se Nyla resolver dar uma olhada embaixo da cama dele, estaremos muito encrencados.

Olhamos de novo para o ponto onde ficava o interruptor. Um botão brilhante pisca no fundo do buraco. É pequeno demais para o meu dedo, mas...

Voxy força o mindinho até a gente ouvir um clique. A borda da porta se afasta do batente com um som de vácuo, depois se move para trás. Uma lufada de ar frio com um cheiro reconfortante sopra no meu rosto. Demoro alguns instantes para identificar o aroma, mas é como... o cheiro da biblioteca da Escola Fundamental de Piñon.

Quando a porta se abre e revela uma antessala, um feixe de luz dourada banha o quartinho de Voxy. A fresta se expande o bastante para um adulto passar por ela de lado, meio espremido. Voxy mergulha de cabeça na passagem antes que eu possa pestanejar.

Vou atrás dele e passo da extremidade do quarto para o chão gelado. O ar frio e a porta de metal já me dizem o que preciso saber. Encontramos o banco de sementes.

Voxy está parado diante de uma única bancada no centro de um cômodo do tamanho da minha casa inteira. A luz dourada, que eu achava vir de uma lâmpada, na verdade é um sol holográfico. Tem o tamanho de uma bola de basquete e emite um brilho amarelado. Terra, Vênus, Marte, o gélido Netuno, Urano e os demais planetas, até mesmo Saturno com seus anéis, rodopiam devagar no canto do espaço. A escala não é perfeita, mas definitivamente é o sistema solar de onde vim.

Abaixo do holograma rodopiante há uma parede inteira de gavetas de sementes contendo amostras da vida vegetal da Terra.

Olho para o rosto sorridente de Voxy parado diante da bancada. No centro dela, como um enfeite de mesa, há uma árvore de Natal de cerâmica na qual alguém prendeu a foto de uma menininha sardenta com uma janelinha nos dentes da frente. No puxador de uma das gavetas, penduraram pelos lacinhos um par de sapatinhos de bebê. Pregados às outras paredes, fotos de família e certidões de nascimento e casamento emolduradas cintilam à luz do sol falso, como se o ambiente fosse um altar em homenagem à Terra.

Voxy dá um soquinho no ar, um gesto que tenho certeza de que nunca viu antes.

"Viu! Eu sabia que era real!"

Penso em Nyla e em todo o papo de "esquecer nosso passado" e "a culpa daqueles que vieram antes de nós". Ela dera uma bronca em Crick por simplesmente mencionar a Terra.

"Você sabe onde ela conseguiu tudo isso?", pergunto, tentando soar inocente, mas minha voz vacila.

"Não tenho muita certeza." Voxy coça a cabeça. "Mas a gente não deve nem tocar nesse assunto das relíquias."

Sinto meu estômago se revirar. Não posso contar para ele que essas coisas representam o que a gente mais amava: nossa casa, nossos amigos, nossa família. Não consigo explicar que Nyla e aqueles que vieram antes dela roubaram isso de pessoas como eu e meus familiares mortos.

Mesmo com lembranças e fotos espalhadas por todo o cômodo, o que vejo aqui não deve ser nem metade do que passageiros como minha família trouxeram. Abro uma gaveta na bancada. Sinto um aperto no estômago. Identificadas como *Conhecimento baixável: com defeito*, há fileiras de cogs aninhadas em minúsculos pedestais, como anéis em uma joalheria. Cada uma delas foi marcada a laser com iniciais e datas de séculos atrás.

Olho ao redor e noto caixas seladas e sem uso apoiadas em uma das paredes. Quando chego mais perto, vejo que uma tem uma etiqueta que diz *En Cognito Conhecimento baixável – pediátrico* e *En Cognito Conhecimento baixável – adulto*. Estão piscando, carregando ao lado de um instalador parecido com um pegador de sorvete como o que Ben usava. Se conhecimento é assim tão perigoso, porque Nyla tem outras cogs prontas para serem usadas guardadas neste lugar? Em quem ela planeja usar essas cogs?

"Onde você acha que o livro tá?", pergunto.

Voxy balança a cabeça. Vou de foto a foto, de certificado a certificado, procurando alguma coisa que pertença à minha família.

O garotinho me chama.

"Zeta-1?"

Me viro e vejo que Voxy está parado diante de uma gaveta de sementes, sorrindo. Caminho na direção dele e da gaveta e olho para baixo. Misturados a sacos de plástico abertos, que antes continham sementes congeladas, há vários itens pessoais pendurados em suportes de metal, como em um arquivo de pastas suspensas. Os sacos são iguais aos que Ben deu a Javier e a mim para que a gente guardasse nossos poucos itens preciosos. Há divisórias com abas iluminadas.

Um estalo alto ecoa pelo cômodo, sobressaltando nós dois. Um ar gelado flui de reentrâncias quadradas acima da nossa cabeça; um lembrete de que a intenção original deste espaço era preservar sementes.

Voxy suspira.

"Bom, agora você viu." Os olhos dele recaem no quartinho de onde viemos. "A gente devia voltar outra hora. Não tô me sentindo mais muito corajoso."

Ele está certo. Nyla pode chegar a qualquer instante. Minhas pernas estão tremendo, e não é de frio. Mas já que vou embora da nave em breve, esta pode ser minha última chance de achar meus bens.

"Espera só mais um pouquinho", falo.

Me inclino sobre a gaveta para ver as abas iluminadas das divisórias: *Yancy, Meg*. O selo magnético abre com um clique quando puxo a borda. Dentro do saco, vejo o anel de diamante de Meg Yancy cintilando para mim. Fecho o compartimento às pressas.

Voxy dá um tapinha no meu ombro.

"É melhor a gente ir", repete.

Não posso ir embora agora que estou tão perto. Mas mesmo no cômodo refrigerado, sinto o suor se acumulando na testa.

"Monta guarda lá na porta", falo.

Voxy morde o lábio, mas concorda com a cabeça e se posiciona ao lado da entrada.

Tento uma gaveta dois níveis acima. *Riese, Marcus*. Sigo para a próxima. Minha mão treme quando corro os dedos pelas abas dos sacos e paro na letra O iluminada: *O'Neal, Jason*. Depois... P: *Patel, Aashika*, P: *Peña*...

Meu estômago parece repleto de vespas de tão nervosa que estou.

Estendo a mão e pego o saco de Javier. Abro o topo. A calça jeans e o moletom da gg Gang ainda estão embolados lá dentro. A estampa com o mamute Pete Peludo, o hipacrossauro e o pássaro dodô, todos sorridentes, já desbotou.

Enfio a mão no saco e bato o nó dos dedos em algo duro. Pego o livro de Javier e o ergo. Na capa, a mulher com os olhos saudosos e um lenço vermelho nos cabelos me encara. O título, *Sonhadores*, ocupa a parte de cima da capa com uma caligrafia sinuosa.

"É esse! Esse é o livro!", Voxy vem correndo, deixando de lado a vigia da porta. "Eu te falei!"

O nó na minha garganta fica maior. Levo o livro de Javier ao nariz e inspiro. Mesmo depois de trezentos e oitenta anos, tem cheirinho de casa. Me viro para pedir que Voxy segure o volume para mim para que eu possa procurar outras coisas, mas percebo que não vou conseguir soltá-lo agora.

Prendo o livro na dobra do braço e sigo para a próxima aba.

Peña, Petra.

Enfio a mão bem no fundo da sacola. Sinto algo de metal cutucando a unha. Envolvo o objeto com a mão e puxo meu pingente, agora já todo manchado de preto. Aperto forte a bijuteria contra o peito. Minha família se foi há tanto tempo... Sinto o coração apertar, e as lágrimas ardem sob as pálpebras.

Jogo o pingente no bolso do peito do macacão e o cubro com a mão, fechando os olhos.

Me sobressalto com outro estalido quando as unidades de refrigeração desligam. Abro os olhos, e Voxy está parado bem ao meu lado.

"A gente precisa ir agora, Zeta-1", declara ele.

Fungo.

"Tá bom." Começo a fechar a gaveta.

Voxy estende a mão, apontando para o livro de Javier.

"A gente precisa colocar isso de volta no lugar."

"Não", solto antes que dê por mim.

Voxy se vira.

"Agora a gente sabe onde fica essa sala. Podemos voltar e ler o livro depois."

Sei que essa não vai ser uma opção.

Mas também sei que não posso correr o risco de arruinar minha fuga caso Voxy fique com medinho de ser pego e conte para Nyla que roubei uma das relíquias.

O garotinho abre o saco, e deixo o livro cair lá dentro. Algo sobre largar o objeto para trás me faz ter a sensação de estar perdendo Javier de novo.

Voxy sorri e se vira para a porta. Faço o mesmo, mas depois paro. Não posso deixar o livro. E os pertences dos meus pais? O que trouxeram com eles? Nunca nem perguntei.

"O que foi, Zeta-1?", indaga ele.

"É só que..."

"Voxy!" É a voz de Nyla.

Congelamos no lugar como os bodes assustados de Lita, que desmaiavam ao menor sobressalto.

Voxy corre pelo corredor, mergulhando pela abertura que dá no cubículo da cama. A porta se fecha segundos depois, me deixando sozinha no banco de sementes, apenas com o sistema solar da Terra girando em meio a uma bruma gelada.

Minha respiração morna sai formando nuvenzinhas no ar. Agarro o pingente. *Por favor, que ela não me pegue... Não agora que tô tão perto.*

"Oi, Nyla!", responde a voz abafada do garoto, e há um momento desconfortável de silêncio. "Digo, chanceler. Posso perguntar uma coisa?"

"É claro, Voxy."

Escuto ele descendo da cama.

"Você me disse que as relíquias eram coisas da minha imaginação", diz ele. "Sei que não é verdade. Por que não quer que mais ninguém saiba delas?"

Por que ele está fazendo isso? É tipo Javier quando mamãe nos pegava comendo Oreo antes do jantar. Ele sorria, cheio de farelo preto no dente. "A gente não estava comendo os biscoitos que você escondeu atrás das suculentas, mamãe". Ela olhava para as suculentas na bancada da cozinha. Tenho certeza de que agora Nyla está olhando na direção da porta atrás da cama de Voxy.

Nyla suspira.

"Voxy, você precisa entender que tudo que eu... e o Coletivo fazemos é para manter todos nós em segurança, inclusive você", explica ela, e ouço o garoto soltar uma risadinha. "Você está certo, mas preciso que você esqueça das relíquias. Nada de bom pode vir daquelas coisas. A ideia de posse dos humanos que vieram da velha Terra contribuía para o surgimento da ganância e do egoísmo. Isso levava à infelicidade. E a infelicidade levava ao conflito. Está entendendo?"

"Sim, Nyla. Estou, sim."

Dessa vez, ela não o corrige por ter usado seu nome em vez de seu título. Me pergunto se o menino agora acha que o livro *Sonhadores* de Javier tem alguma chance de ser algo que levaria à ganância e à guerra.

"Nada pode se interpor entre você e a proteção do Coletivo. Um dia, é possível que nós dois tenhamos que assumir mais conhecimento do que você é capaz de imaginar. Mesmo em um Coletivo, o fardo do poder oculto recai apenas sobre os ombros de alguns poucos indivíduos", diz ela, e penso em todas as cogs não usadas na gaveta. "Mas é perigoso possuir tanto conhecimento assim. Por enquanto, para que o Coletivo tenha sucesso, precisamos controlar tal conhecimento e só permitir que alguns poucos tenham acesso a eles. E esses poucos devem ser condicionados a servir de forma implícita e completa, como os Zetas."

Não há nada além de silêncio por um momento.

"Mas o que vai acontecer quando não tiver mais Zetas?", pergunta ele.

"Não se preocupe. Estamos trabalhando há anos em uma nova batelada de criação do Coletivo. É tudo por um propósito. Logo, vamos ter outros indivíduos de idade próxima à sua, que também vamos poder usar para avançar nossa ciência e que serão programados para servir ao Coletivo de forma incondicional."

Sinto algo raspando o chão, e acho que a conversa acabou.

"Você e eu, juntos, vamos apagar todo o conhecimento e as posses desnecessárias capazes de nos distrair, assim as pessoas verão apenas umas às outras. E quando isso acontecer, verão o 'nós', e a única alternativa será a paz."

Do jeito que ela coloca as coisas, acho que não haveria muito como discordar.

"Venha comigo", diz a mulher. "Teremos uma reunião, e quero que você esteja lá. É assim que vai aprender e entender."

"Agora? Posso começar a aprender outra hora?" Há outro silêncio desconfortável, e ele enfim acrescenta: "Tudo bem, chanceler."

Escuto passos, depois calmaria. Sei que ela está errada. Distorceu aquelas palavras para que se encaixassem em suas crenças. Será que Nyla teve alguém que ensinou a ela as coisas, assim como ela está ensinando Voxy?

Se eu não escapar daqui antes que eles voltem, vou ficar presa nesta sala gelada a noite toda.

Com apenas a iluminação do sol em miniatura, avanço de fininho na direção da abertura, que é tão justinha que o único jeito de saber onde está é pelas paredes dos dois lados, cobertas com memórias da Terra por toda a superfície exceto no espaço ocupado pela porta. Procuro por um interruptor ou pequeno buraco como os que havia do outro lado, mas encontro apenas fotos e certificados.

"Não, não, não", sussurro.

Outras pessoas recuariam e passariam a procurar um furinho minúsculo na superfície. Mas mesmo que houvesse mais luz aqui, a parede está tão coberta por fotos, certificados e obras de arte que eu morreria de frio antes de conseguir analisar todo o espaço.

Estimando mais ou menos onde a tranca ficava do outro lado, corro os dedos pela parede. Bem nesse ponto, envolto em uma proteção de plástico, há um card colecionável de beisebol pendurado na parede, exibindo a foto da primeira mulher arremessadora a jogar na liga principal. Tiro o objeto do prego e enfim vejo o buraquinho. Estreito demais para meus dedos. Volto para a bancada à procura de uma holohaste, mas não há nada sobre ela. Olho para o card de beisebol e o tiro da proteção, cujo dono foi identificado com uma etiqueta. Depois enrolo a relíquia até formar um tubinho.

"Foi mal", sussurro, sabendo que o card devia ser valioso para alguém chamado *Foster, Niles*.

Enfio a ponta da ferramenta improvisada no buraco e a porta se abre. Me arrasto para fora, às pressas. Felizmente, o cubículo de Voxy está vazio, e empurro o cartão no buraco do outro lado para voltar a cerrar a porta. Enquanto ela está se fechando, me detenho mais uma vez. Mas penso que se voltar para pegar os pertences da minha família e acabar presa na sala, estar com partes deles junto comigo não vai adiantar muita coisa, porque vou ser reprogramada e não vou lembrar de nada. Saio do quartinho de Voxy, espiando os aposentos de Nyla.

A porta que dá para o corredor está fechada. Empurro a tranca, mas ela nem se mexe. Deste lado, também há um tecladinho. Limpo o suor do rosto. *Por favor, funciona*. Aperto *2061*, mas nada acontece. Se Nyla voltar, já era. Se escolheram *2061* em homenagem ao ano que deixamos a Terra...

Meu dedo treme enquanto digito *2442*, o ano em que devemos estar agora. Quando empurro a tranca, ela enfim estala, e a porta se abre. Saio apressada e chego à área aberta no centro da espaçonave em poucos segundos. Endireito as costas e atravesso o andar principal com uma postura confiante.

Estou na metade do caminho até o elevador quando ouço a voz de Nyla. A "reunião" dela está acontecendo perto de onde o refeitório era, e não tenho opção a não ser passar pelo grupo se quiser chegar até o elevador que vai me levar de volta até meu quarto. Nyla está diante de um púlpito, virada de costas para mim. Voxy está sentado logo à frente; vejo seus olhos acompanhando minha caminhada, mas ele mantém a discrição.

"Estamos explorando várias opções", diz ela. "No entanto, planetas com acoplamento de maré apresentam limitações à colonização", completa a chanceler. Continuo andando, os olhos focados apenas à frente. "A parte mais adequada da zona habitável é muito específica. Nosso desfolhante está quase pronto."

Ótimo. Sem pressão.

Chego ao elevador e aperto o botão.

"Mas, de qualquer forma, há muitos outros obstáculos que nos impedem de ficar nessa região", prossegue ela. "Estamos dando o melhor de nós. Porém são coisas que não podem ser resolvidas logo, então vamos procurar outro planeta."

Sinto o coração retumbando no peito. Mas depois que a gente estiver na superfície, não estou nem aí para onde o Coletivo vai. Só quero que vá embora de uma vez.

Entro, aperto o botão com o número 6 e me viro para a porta.

"Um dos obstáculos são habitantes hostis", prossegue Nyla. A porta do elevador continua se fechando. "Com quem não temos intenção alguma de estabelecer contato."

Como assim? Mandaram a gente para lá sabendo que há seres hostis no planeta? Estendo a mão para socar com tudo o botão que mantém a porta aberta...

"As primeiras missões de reconhecimento que enviamos à tal zona evitaram esses Primeiros..." A porta termina de fechar, cortando a frase ao meio.

O elevador já está subindo, mas eu ouvi. *Primeiros*.

Primeiros o quê? Nem ousei ter esperanças de que a primeira nave tenha chegado ao planeta. Mesmo que esse seja o caso, será que foi com o Coletivo no comando? Nem me passou pela cabeça que encontrar outros humanos no novo planeta fosse uma opção. Papai disse que a primeira nave criaria um assentamento na zona habitável e que teríamos que encontrar esse grupo do espaço usando análise de imagem pancromática. Caso contrário, seria como procurar uma agulha em um palheiro.

Minha vontade é de saltitar de alegria, mas os membros do Coletivo me veriam pelo vidro. Uma risadinha escapa da minha garganta, mas me contenho. Depois lembro que ninguém consegue me ouvir agora. Rio muito, como não faço há centenas de anos. Sagan não é tão grande quanto a Terra, mas eu não esperava mais que os terraformadores ainda estariam vivos, que dirá perto de nós.

Se os Primeiros Instalados estão na zona habitável, posso demorar anos — e muitas refeições feitas de samambaia-do-lago — para encontrá-los. Mas se estiverem em Sagan, vou achar essa gente pelo bem de Penugem, Rubio, Suma e eu.

O elevador apita quando chega ao meu andar e saio correndo até nosso quarto, ofegando. Meus companheiros ainda estão dormindo, e o único som é o ronco de Rubio.

Me apresso até o banheiro e ligo o soprador de ar, com um sorriso grudado ao rosto. Pego o pingente e o esfrego com o tecido do macacão para limpar as manchas, mas sobram alguns resíduos pretos. Ergo o objeto contra a luz.

Lembro das palavras de Lita: "*Um portal que reúne pessoas que se perderam umas das outras.*" Juntando o fato de que encontrei o pingente com a notícia de que pode haver outros humanos em Sagan... Se corações fossem capazes de pular do peito de tanta alegria, o meu estaria prestes a explodir.

Na manhã seguinte, acordo antes de todo mundo e vou em silêncio até a privacidade do banheiro. Escovo o cabelo para um dos lados e o separo em três.

É isso. Agora, com meu pingente, vou ser capaz de falar com Lita. Tenho tudo de que preciso. Quanto antes eu criar o desfolhante de Nyla para livrar o planeta das plantas venenosas, mais rápido ela vai nos mandar de volta à superfície para ver se a substância funcionou, e mais rápido vamos poder escapar. Os Primeiros Instalados podem estar vivos também.

Tranço firmemente o cabelo, sem deixar nem um cabelinho solto.

Entro em nosso quarto. Suma se espreguiça e boceja.

"Oi, Zeta-1."

"Oi, Sum... Zeta-2." Ranjo os dentes ao dizer o nome idiota dado pelo Coletivo, lembrando do que Nyla disse sobre Suma logo depois de a enfiar de volta na cápsula de estase: *Com o pacote atualizado, ela será Zeta-2 pelo resto da vida*. Falta pouco agora, Suma.

Ela veste o macacão.

"Quais são suas tarefas de hoje?"

"Ah, preciso cuidar da desfolha do planeta", respondo. "E as suas?"

A garota se senta com as costas eretas.

"Vou criar um combustível para a nave."

Penso no que Nyla disse sobre obstáculos e a possibilidade de terem de seguir para outro planeta. Será que é para isso que precisam de combustível? Quanto tempo isso vai demorar?

"Por quê?", indago, me perguntando se deram algum tipo de dica a ela.

Suma dá de ombros.

"Eu faço o que o Coletivo me pede."

Preciso trabalhar mais rápido.

"Vou garantir que o Coletivo tenha ar com a proporção correta de oxigênio para respirar", informa Rubio, com a voz tão monocórdica quanto a de Crick.

Penugem se levanta e alisa o macacão.

"Bom, minha função é cuidar para que os membros do Coletivo tenham nanorremédios para manter o corpo funcionando e, assim, possam respirar ar puro, o que é obviamente irrelevante sem um sistema pulmonar saudável."

Faço uma careta e visto as botas.

Penugem se senta ao meu lado.

"Eu gostei bastante do *cuento* sobre los Viejos e as pedras preciosas e gemas brilhantes, Zeta-1. Especialmente do fim, quando o casal foi morar perto do rio e plantou árvores frutíferas e cultivos e as crianças de todas as cidades próximas chegaram pra correr e brincar nos pomares." Ela suspira. "Queria ver um pomar algum dia."

Me viro de supetão para ela. É um ótimo acréscimo à história, mas tenho certeza de que não mencionei crianças correndo ou brincando nos pomares.

"Gostei de como los Viejos ajudaram os pobres e desabrigados depois da grande pandemia", continua Rubio.

Sinto um calafrio. Eu definitivamente não mencionei a grande pandemia da década de 2020. Se estão se lembrando dessas coisas da Terra, é ótimo. Mas algo me diz que é melhor que se recordem disso *depois* que a gente estiver em Sagan.

Levo o indicador aos lábios e faço contato visual com todos eles. "*Chiu*...", digo, e todos se viram para mim. Talvez essa seja minha última chance. Sei que é arriscado, mas... "Quando a gente sair na próxima missão de reconhecimento, vocês todos precisam seguir minhas orientações. Se fizerem isso, prometo contar tantos *cuentos* quanto quiserem."

"Por quê?", pergunta Suma.

"A gente não deve perguntar o porquê das coisas", digo, confiante. "O Coletivo é uno." Sei que a afirmação é vaga, mas soa como algo que um membro do Coletivo diria.

Penugem e Rubio assentem, mas Suma fica me encarando como se estivesse cozinhando as palavras na mente.

Rubio fala sozinho, em voz baixa.

"Eba, mais *cuentos*..."

"Eu concordo!", exclama Penugem, sorrindo. "Vou seguir suas orientações." Depois se levanta com os braços soltos ao lado do corpo. "Pra ajudar o Coletivo!"

Suma franze a testa.

"O Coletivo não ia informar todo mundo se tivesse acontecido alguma mudança na linha de comando?"

Essa é complicada. Mas se eu conseguir criar um desfolhante, podemos estar de volta em Sagan em menos de um dia. Vale a pena.

Meu coração acelera e me viro na direção de Suma, incisiva.

"A chanceler me pediu em particular pra fazer isso." Penso na caverna. "Devo levar vocês pra testar a segurança de uma potencial área pro assentamento. A gente não pode mencionar isso pra ninguém, assim não vão criar expectativas demais. Mas, se der certo, vai ser um grande sucesso pro Coletivo", explico, e Suma estreita os olhos para mim. "Se quiserem mais *cuentos,* vão ter que concordar."

Rubio pressiona os lábios.

"Eu concordo."

Penugem se agacha e olha esperançosa para Suma.

"Zeta-2? Por favor."

Essa talvez seja nossa única chance de escapar. Não posso deixar Suma influenciar os outros.

Ergo o queixo, me lembrando de como Voxy falou com o homem no elevador.

"A menos, claro, que vocês duvidem que as ordens da chanceler sejam pelo bem da sobrevivência do Coletivo."

Suma não responde. Em vez disso, foca em trançar o cabelo. Quando termina, suspira fundo.

"Acho que..."

A porta se abre, e Crick entra com as mãos entrelaçadas atrás do corpo.

"Especialistas Zeta", diz ele, os lábios manchados de azul.

Seguimos o homem até o andar principal para receber a refeição da manhã.

Como sempre, pego meu quadrado de ração da bandeja do Garoto do Biopão. E, como sempre, ele nem dá bola para mim.

A linha de produção está criando comida para o Coletivo, como sempre. Cogito a ideia de me esgueirar até a pilha de biopão finalizado e roubar mais, mas não posso me arriscar a esta altura. Outro grupo conserta macacões de um branco imaculado, enquanto um segundo esfrega o chão já limpo e brilhante. Como partículas de poeira, há pessoas penduradas em cadeirinhas lá em cima, limpando o teto.

O falante grupo do biopão da manhã está parado em um dos lados do salão. De novo, me aproximo. Agora que Glish não está mais aqui, Tubarão-Martelo e os outros só papeiam sobre coisas sem graça.

Penugem, Rubio, Suma e eu demoramos menos de um minuto para comer nossa ração diária.

Penso no tempo que minha família passava à mesa, compartilhando as refeições. Mamãe bebia o café devagar, movendo a cabeça de um lado para o outro enquanto fazia palavras cruzadas. Javier não parava de tagarelar sobre algum membro novo da Gen-Gyro-Gang, ou então discutia com papai por vários minutos, argumentando que dava para alcançar o cérebro se cutucasse o nariz bem fundo. Tudo isso comparado aos quarenta e cinco segundos que gastamos para engolir um pedaço de biopão.

Assim que a gente termina, seguimos Crick na direção do elevador, que por sua vez nos desembarca no porão.

"Grande dia... Grande dia", diz ele.

É um dia mais grandioso do que Crick imagina. Se eu conseguir terminar o desfolhante no laboratório sem levantar suspeitas, ou sem que Suma dê com a língua nos dentes e conte a Nyla o que falei para eles, vamos estar permanentemente instalados em Sagan dentro das próximas vinte e quatro horas.

A porta se abre, e damos de cara com o porão lotado de pessoas que parecem camarões-fantasma. Como em uma dança coreografada, cápsulas vazias estão sendo removidas do centro do porão, colocadas para flutuar, enquanto caixotes metálicos de suprimentos são colocados no lugar, tudo para preparar o desembarque.

Uma a uma, as cápsulas estão alinhadas ao redor do perímetro do grande cômodo como um meio-fio de jardim feito com pedrinhas brancas. A cada quatro cápsulas, barris brilham com gel verde de estase, um lembrete de que ainda podem ser usados se necessário. Me pergunto quanto falta para que Nyla crie nossos substitutos. A refeição embrulha meu estômago como leite azedo.

Crick nos guia, e passamos pela luz azul piscante da antiga sala de suprimentos.

Continuamos além da balbúrdia e vamos até os fundos, onde ficam os laboratórios de pesquisa.

"Zeta-2." Crick aponta para um deles. "Precisa de ajuda?"

Suma bufa e ergue as sobrancelhas.

"Não."

Juro que ela olha de canto de olho para Rubio enquanto avança, fechando a porta atrás de si.

Crick assente, aprovando.

"Ótimo. Próximo", diz ele, adentrando ainda mais o setor de laboratórios.

Depois que deixamos Rubio em seu destino, o garoto bate palmas e murmura:

"Pronto, agora posso trabalhar."

Penugem segue sem mim ou Crick. Faz uma curva acentuada à esquerda e entra em um laboratório onde as bolsas de amostras cheias de nanomaterial já foram empilhadas ao lado de uma bancada. Pedras e rochas estão dispostas em placas de Petri ao lado de um espectrômetro. Ela assente e fecha a porta.

"Hunft", diz Crick, recuando com um salto quando a porta bate bem diante da cara dele.

Nós dois continuamos até o canto dos fundos da área dos laboratórios.

"Ouvi dizer que você arruinou minha surpresa", diz ele.

Meu coração pula uma batida. Pigarreio.

"Surpresa?"

"A chanceler me disse que você já conheceu Épsilon-5."

"Ah, s-sim", gaguejo. "Não consegui me aguentar. Desculpa."

"Bom, você tem sorte de ter um parceiro. Ele é bem talentoso."

Fico ainda mais curiosa para saber quem o velho cientista era na Terra, já que até Crick sabe de seu talento.

Ele abre a porta, mas Épsilon-5 não está presente. O laboratório está com um cheiro de substâncias químicas queimadas. O zumbido baixo de uma centrífuga desacelera até parar.

Vejo uma incubadora programada para ficar a trinta e sete graus, o que é uma temperatura bem alta e que não faz sentido para um desfolhante cuja intenção é matar plantas para a terraformação de Sagan. Esse é exatamente o tipo de atraso que não posso me dar ao luxo de sofrer. Começo a correr, e o sensor apita quando reprogramo o equipamento para trinta graus. Sei que não é culpa de Épsilon-5. Ele não sabe que estou com pressa. E me sinto ainda pior por ter me irritado com ele sabendo que vou ter que deixá-lo para trás.

"Bem, parece que você já está à vontade. Posso ajudar com mais alguma coisa?", pergunta Crick.

Aceno com a mão como se ele fosse um mosquito, expulsando o homem como os outros fizeram.

Ele suspira e se senta em um banco bem ao lado da porta.

"Precisa de alguma coisa?", pergunto.

"Não, não", responde ele. "Mas o Coletivo gostaria de algumas atualizações."

"Claro." O fato de ele vigiar cada passo meu não altera o que preciso fazer.

De uma forma ou de outra, tenho quase noventa e nove por cento de certeza de que ele não faz ideia do que fazemos no laboratório.

Uso a oportunidade para verificar o que Nyla disse, testando uma das minhas amostras de água do lago. Coloco uma delas em uma centrífuga vazia para analisar os particulados. Para o resto, porém, abro um kit de teste rápido. Depois de uma hora, fico sabendo que a água está contaminada por um parasita desconhecido similar ao *Cryptosporidium*, mas não contém metais pesados. Filtro o líquido usando um dos canudos, e o parasita é removido com facilidade. Testo os particulados e vejo que o sedimento não passa de areia, o que faz com que a água seja completamente potável caso os canudos de filtração sejam usados.

Também significa que sei exatamente como tratar as samambaias-do-lago. Abro a gaveta superior da bancada e, como esperado, acho uma pederneira. É inacreditável pensar que, com toda essa tecnologia, em uma espaçonave que atravessou a galáxia, o laboratório tem uma pederneira parecida com a que eu usava nas aulas de laboratório da sétima série. Pego duas pederneiras e mais umas outras de reserva, e guardo tudo no bolso rapidamente.

Começo a preparar uma sopa de samambaia-do-lago em um béquer de meio litro. Quando sei que a fervura já foi suficiente para eliminar eventuais *Cryptosporidium*, bloqueio o ângulo de visão de Crick com o corpo e pego um pedacinho da planta com uma pinça. Fecho os olhos, faço uma oração rápida, levo a planta à boca e mastigo. É um pouco escorregadia, e não lembra em nada uma sopa de nopal mexicana, mas prefiro isso ao biopão. Dou uma batidinha nas pederneiras guardadas no meu bolso com a sensação de que já resolvi dois problemas, comida e fogo, em uma cajadada só. Comemoro mentalmente e enfim começo a trabalhar no desfolhante.

Decido passar a tarde determinando primeiro como matar a espécie capaz de *nos* matar. Mas quando abro a geladeira onde estavam minhas amostras de folhas com bordas vermelhas, não acho nada. Me viro para Crick.

"Minhas plantas não estão aqui."

Ele ergue uma sobrancelha.

"*Suas* plantas?"

Reconheço o erro de imediato.

"As outras amostras *do Coletivo* estão aqui, mas não a que preciso usar primeiro."

Ele assente.

"Tenho certeza de que Épsilon-5 vai poder explicar o que aconteceu."

Sorrio.

"É claro." Mas meu estômago se revira como se estivesse cheio de borboletas aquáticas. Vou começar com as outras amostras primeiro.

Penso sobre qual desfolhante vai funcionar tanto na vegetação rasteira quanto nas folhas das orelhas-de-elefante. O laboratório com certeza tem um estoque de ácidos diclorofenoxiacético e triclorofenoxiacético. O suficiente para obliterar toda a vida animal e vegetal em Sagan. Mas os componentes nesses desfolhantes da Terra costumavam matar peixes e mamíferos também, incluindo humanos, como os químicos usados no Agente Laranja. Ao que parece, o Coletivo não é tão contra todas as relíquias e "coisas da Terra".

Em vez de usar algo que vá fazer mal a nós também, preparo uma mistura de surfactante, NaCl e um químico derivado do ácido acético, também conhecidos como detergente de cozinha, sal e vinagre. Talvez não tenha resultados tão rápidos quanto Nyla espera, mas se era suficiente para impedir as hostas da sra. Tronsted de invadir as moitas de frutinhas da mamãe, deve ser capaz de matar as plantas de folhas imensas e a vegetação rasteira sem contaminar a água e o solo de Sagan.

Coloco amostras das diferentes espécies em placas de Petri e rego cada uma delas com minha poção ambientalmente segura.

É fim da tarde e já estou quase terminando quando Épsilon-5 volta. Ele sorri.

"Bem-vinda de volta!"

Depois vai até a bancada, puxando uma das pernas um pouco endurecidas. Parece papá — apelido carinho de vovô — depois que sofreu o derrame. O cientista está de jaleco, mas seus óculos de proteção estão empoleirados no topo da cabeça.

"Obrigada." Retribuo o sorriso e coloco as plantas já moribundas diante dele.

"Ácido triclorofeno...?"

"Não precisei usar", respondo com um sorriso, e mostro a ele os ingredientes que selecionei. "Vai permitir que o planeta fique habitável mais rápido para o Coletivo."

Ele assente.

"Bom trabalho, Zeta-1."

Crick se levanta.

"Então a missão foi cumprida?"

Épsilon-5 responde por mim:

"Claro que não. Precisamos conduzir um teste de controle e depois considerar algumas variáveis."

Entrego um Erlenmeyer a ele, que vai a passos rápidos para o outro lado da bancada, como se estivéssemos lendo a mente um do outro.

Por cima da divisória, Épsilon-5 olha para Crick.

"Pode ser que demore um pouco."

Ele está certo. Pode ser que demore. Mas me pergunto se também está irritado com a presença de Crick, e tenho a sensação de que eu e Épsilon-5 vamos ser mais amigos do que eu imaginava.

Crick suspira.

"Vou conferir o progresso dos outros e volto depois." E, com isso, sai do laboratório.

Como se já tivéssemos trabalhado por vinte anos juntos em uma linha de produção, Épsilon-5 e eu cortamos amostras e preparamos placas sem precisar dizer ao outro o que estamos fazendo ou o que vamos fazer a seguir. Só paro quando percebo o cientista segurando a mão de vez em quando, tentando estabilizar um tremor.

Depois de alguns minutos, ele olha por cima da divisória.

"Bom, fomos interrompidos pela chanceler ontem", começa ele. Penso na linda visão do planeta, mas depois me lembro de como Crick achou que, com a janela aberta, a gente não focaria no trabalho. "Eu estava aqui pensando..."

"Hum."

"Você viu alguma outra criatura além das borboletas aquáticas?" Ele sorri, e sinto o coração apertar.

Se tem alguém que merece conhecer as criaturas em Sagan, essa pessoa é ele.

Sorrio de volta e ele retorna ao trabalho.

"Bom, a gente viu um bichinho peludo de orelha redonda também", digo, sabendo que Épsilon-5 não vai entender o termo *mini-chinchila*. Mostro a ele uma pera de sucção e digo:

"Mais ou menos desse tamanho."

Quando ergo o olhar, vejo o sorriso meio desdentado do homem.

Depois mostro uma rolha de borracha.

"As orelhas são grandes como isso aqui."

Ele ri.

"Acha que a criatura é perigosa?"

"Não vi nenhuma espécie animal no planeta que seja perigosa", respondo.

O tom dele fica um pouco mais sério.

"Nada mesmo?"

"Não até o momento", respondo honestamente.

"Hum..." Ele continua cortando amostras para nosso teste-controle.

"O bichinho se esgueira por aí", continuo, "comendo cada pedaço de folha que vê pra encher o buchinho redondo, exceto..." Aponto para onde deixei as amostras das folhas de bordas vermelhas. "Exceto, é claro... O senhor sabe onde estão os sacos que estavam na geladeira? Preciso fazer uns testes."

"Ah, esqueci de mencionar. O Coletivo decidiu que eu deveria usar as amostras pra criar outra coisa."

Franzo a testa, sem entender exatamente por que ele usaria todas as amostras da planta mais mortal da história da galáxia para testar um herbicida. Ele deve ter se confundido e falado *criar* em vez de *testar*.

"E o senhor já acabou?"

Ele expira forte, com os olhos arregalados.

"Ah, sim. Não demorou muito." Depois balança a cabeça. "Coisinha perigosa de se trabalhar, mas fácil de extrair."

"Extrair?", solto, torcendo para que ele esteja confuso. "O senhor não quer dizer 'erradicar'? Pra testar um herbicida?"

Penso na programação da incubadora quando cheguei. Parecia ajustada para cultivar algo. Sinto o rosto adormecer.

"Não. A chanceler foi específica", diz ele. "Criar uma toxina que se espalhe pelo ar com uma meia-vida curta. Uma que tenha efeito imediato, mas que não deixe a área insegura para os humanos. O Coletivo deve ter encontrado alguma forma de vida que se mostrou um obstáculo à segurança. Uma criatura tão ameaçadora que eles deixaram todos os outros projetos de lado pra criar uma toxina muito mortal."

De repente, tenho a sensação de estar em gravidade zero, desancorada dos arredores. Quando celebrei no elevador que os Primeiros Instalados estavam por perto, não havia considerado a possibilidade de o Coletivo estar conspirando para exterminar os "hostis".

"O que a gente fez?", sussurro.

Coloco o frasco na bancada antes que minha mão trêmula me faça derrubar tudo. Mas já sei o que a gente fez. Eles devem ter uma boa ideia de onde estão os Primeiros Instalados. E se, quando voltarmos à superfície, a gente escapar e encontrar essa gente, o que impede que o Coletivo use o veneno em todos nós?

Minha única alternativa é encontrar a toxina que Épsilon-5 fez e tentar destruir tudo. E preciso fazer isso antes de a gente sair amanhã.

"Passei uma unidade inteira ajudando na questão do humor dos membros do Coletivo." Épsilon-5 aponta para as bebidas. "É um prazer garantir que o novo planeta seja seguro."

Penso em tudo que sei sobre o Coletivo. Eles têm medo. Foram claros ao afirmar que vão aniquilar tudo que ofereça qualquer risco a eles. Mas ainda nem sabem se os filtros de epiderme...

"Espera aí." De repente, as palavras de Épsilon-5 me atingem como um soco. "Você passou uma unidade inteira ajudando o Coletivo?" Sinto a penugem das costas e da nuca se arrepiarem. Se a reprogramação de Épsilon-5 foi mesmo tão boa quanto parece, sei como é difícil para ele mentir. O que quer dizer que ele saiu da estase há... "Mais de setenta anos?", sussurro.

Se Épsilon-5 está aqui há todo esse tempo, era mais novo que eu quando foi tirado da estase.

"Como já expliquei", diz ele, "apenas alguns Deltas ainda estavam vivos quando começamos nosso trabalho. Antes deles, foram os Gamas que serviram ao Coletivo."

Respiro devagar e fecho os olhos. Todas as crianças colocadas em estase no mesmo dia que eu... Todas vivendo a vida sem memória alguma da Terra ou da família. Isso se não foram expurgadas. Meu rosto treme de forma incontrolável.

Épsilon-5 coloca a amostra na incubadora e volta. Tira os óculos e remove as luvas, colocando-as sobre a mesa.

A luz do laboratório banha uma marca marrom de nascença em sua mão. Algo nas marquinhas me é familiar. Chego um pouco mais perto. Uma constelação feita de sardas ocupa toda a área de cima do polegar esquerdo.

Minhas pernas bambeiam e agarro a beira da bancada.

Épsilon-5 corre e estende a mão.

"Deixa eu ajudar você."

Me agarro a ele e me largo na cadeira. Puxo a mão do homem para mais perto e esfrego o dedo sobre a marquinha, como fiz tantas outras vezes.

Minha voz estremece quando digo o nome que passou séculos sem ser pronunciado em voz alta.

"Javier?"

Épsilon-5, meu irmão, tomba a cabeça para o lado.

"Como assim?"

Não consigo reprimir um soluço de choro. Enxugo os olhos e me viro para o outro lado.

"Ai, meu Deus." Depois me volto de novo para ele.

Mesmo com tudo que fizeram com a mente dele, consigo enxergar. Sob as rugas e o cabelo branco, vejo meu irmão.

"Zeta-1?" A voz dele soa um pouco menos rígida. "O que foi?" A expressão dele é parecida com a de quando bati com o dedinho na cama dele, muitos anos atrás.

Agora a pele ao redor das íris castanhas de Javier está caída, os olhos já leitosos pela idade. Ele se vira na direção do porão antes de continuar:

"Vou chamar ajuda."

"Não", digo. "Só... Só me dá um momentinho."

"Quer um tônico?" Ele avança na direção das prateleiras com garrafas cheias de líquidos vermelhos, verdes, azuis e dourados.

Não consigo respirar. Ele é mais velho até do que papá era quando morreu.

Fico olhando para o homem, descrente, enquanto as mãos trêmulas dele servem um pouco do tônico vermelho em um copo. Minha vontade é de pedir que ele diminua o ritmo enquanto anda a passos rápidos pelo laboratório.

Javier puxa um banquinho e se acomoda ao meu lado.

"Quer que eu chame ajuda médica?"

Empurro a bebida para longe.

"Épsilon-5, você se lembra de como chegou aqui?" Ainda estou com a voz trêmula.

Ele fala devagar, como Lita relembrando algo que aconteceu na infância.

"O Coletivo decidiu nos tirar da estase pra sermos mais úteis, como você e os outros Zetas. Mas..." Ele suspira. "Os outros Épsilon envelheceram." Ele aperta as mãos e baixa a cabeça. "Todos já se foram."

Suma, Penugem, Rubio e eu... somos os últimos.

Preciso que ele ainda seja o Javier que disse que seria meus olhos. Que teria feito qualquer coisa por mim, e por quem eu teria feito qualquer coisa também.

Agora sei o que Lita queria dizer quando dizia que alguém tinha ficado de sangue quente. Mesmo que Javier não se lembre, não vou deixar meu irmão aqui para morrer servindo a essa gente.

Enxugo o rosto com a manga e tranquilizo a voz.

"Épsilon-5?"

Ele estende um frasco de tônico para mim como se não soubesse mais como me ajudar. Aceito a garrafa e a coloco na bancada. Tenho vontade de abraçar, chacoalhar ou gritar com meu irmão, para que ele se lembre de quem é. Agora que temos um desfolhante, o Coletivo vai nos mandar de volta até a superfície assim que as ventanias se acalmarem.

"Sabia que a gente vai até a superfície amanhã?", continuo.

Mesmo que Javier não possa crescer comigo, vou aproveitar ao máximo o tempo que temos juntos.

"Sim", responde ele. "Uma missão de reconhecimento. Mal posso esperar pra ouvir o que vocês..."

"Vou precisar da sua ajuda", digo.

Ele arregala os olhos.

"Minha ajuda?"

"Sim. Não precisa ter medo."

"Não tô com medo. Vou fazer o que for possível pra servir ao Coletivo." Ele balança a cabeça. "Mas não tô escalado pra ir ao planeta. A chanceler deixou claro que precisa dos meus serviços aqui."

Pigarreio para evitar que minha voz vacile.

"Concordo que a gente deve fazer o que for necessário pra servir ao Coletivo. E vou explicar à chanceler por que preciso que você me acompanhe no teste do desfolhante."

Mas de que vale conseguir levar Javier comigo para Sagan se depois o Coletivo vai liberar a toxina e matar todos nós?

"Eu também estava pensando..."

Ele se inclina mais para perto de mim.

"Diga."

Não posso hesitar. Tenho pouquíssimo tempo para destruir a substância.

"Pode me contar onde guardou a toxina?" pergunto, e ele tomba a cabeça, em dúvida. "Só tô curiosa."

Ele assente.

"Coloquei no..."

A porta se abre. Nyla e Crick entram.

Atravessam o cômodo a passos largos, e tanto Javier quanto eu aprumamos a postura.

"O desfolhante está quase pronto?", pergunta Nyla.

"Sim", digo antes que Javier possa falar.

Se ele mencionar a coisa errada, já era.

Ela sorri para nós.

"Vocês dois cumpriram suas tarefas tão rápido quanto imaginávamos que fariam."

"Só tem uma coisa", acrescento. Me aproximo do lugar onde estavam minhas amostras de folhas com bordas vermelhas. "Acredito que posso melhorar a toxina que Épsilon-5 criou."

Nyla encara Javier.

"Zeta-1, está dizendo que o que Épsilon-5 criou é inadequado?", pergunta Crick.

Javier encara o porão por cima do ombro deles, e tenho certeza de que está tentando entender o que pode ter feito de errado.

Me aproximo deles. Não gosto de como Nyla encara Javier.

"Não, não", respondo de imediato. "Mas *é possível* diminuir a meia-vida e, ao mesmo tempo, intensificar a potência em dez vezes." Preciso ganhar tempo enquanto descubro como destruir a substância.

Nyla passa devagar por nós na direção da parede vazia que esconde a janela. Aperta o botão, e a divisória é recolhida. Um brilho dourado banha o laboratório.

"Mas a toxina de Épsilon-5 já está preparada e pronta para ser usada", diz ela, encarando a superfície de Sagan.

"Sim", digo, indo atrás dela. "Mas enquanto a toxina for efetiva, nenhum humano vai poder ocupar o planeta por um bom tempo."

Com os braços cruzados sobre o peito, Nyla fica perfeitamente imóvel. Ninguém fala. O que será que ela está planejando?

Dou um passo hesitante na direção da chanceler, como se estivesse me aproximando de um tigre.

"Reduzindo a meia-vida da substância, vocês vão poder ocupar o planeta muito antes", prossigo, esperando que ela não consiga resistir à proposta. "E, com a potência aumentada, não só não haverá vida animal, em um raio de muitos quilômetros, capaz de sobreviver, como também tudo morrerá quase de imediato."

Ela ergue os ombros e depois os solta em um suspiro profundo.

Crick para ao lado dela.

"Não devíamos esperar para ver se Len... Os resultados dos testes sobre nossos filtros de epiderme. Não vão demorar muito. Talvez a gente nem precise usar a toxina, caso a gente precise ir embora."

Nyla continua olhando para Sagan.

"Mesmo que tenhamos que ir embora, como saber se o Coletivo não vai precisar desse planeta no futuro?" Ela se vira e encara Crick. "Melhor eliminar agora todas as ameaças e nos preparar para o futuro, mesmo que isso seja daqui a várias unidades."

Tudo que papai disse era verdade. Para alcançar seus objetivos — chegar em um estado em que não há fome ou guerra —, o Coletivo está disposto a fazer todo o tipo de maldade.

Falo com a entonação monocórdica mais convincente que consigo: "*Preciso* acessar o estoque de toxina para realizar as mudanças." Minha visão se afunila como se tivesse feito uma curva muito rápida em um planador. "Pelo Coletivo", adiciono.

Não há som algum no cômodo, exceto pelo zumbido baixo da centrífuga.

Nyla enfim assente para Crick, que sai do cômodo.

Aponto para o desfolhante que ela me pediu para fabricar, minha mistura de detergente de cozinha, sal e vinagre.

"Mas conseguimos terminar o desfolhante", digo, incluindo Javier para que ela não pense que ele é inútil. "Vai limpar a maior parte do solo em apenas alguns dias."

Crick volta até o laboratório e me entrega uma bandeja de metal com uma grade repleta de frascos de líquido verde-brilhante, da mesma cor das folhas tóxicas. Ele a coloca sobre a bancada.

Javier resmunga consigo mesmo.

"Talvez eu tenha programado a incubadora do jeito errado."

Não posso dizer a ele que este veneno é o mais mortal da história; mas, quando nos livrar disso, vou dizer que ele é realmente brilhante, mesmo que quase tenha acabado com a humanidade como a conhecemos. Como ele poderia saber que as "criaturas perigosas" que o Coletivo quer examinar são passageiros como nós e nossos pais?

"Épsilon-5?" Nyla toca o rosto dele.

Reprimo o ímpeto de afastar a mão dela com um tapa.

"Pois não, chanceler", diz ele, com a voz suave.

"Você ainda se sente *útil*?" A voz da mulher sai ainda mais baixa que a dele, mas as palavras fazem meu sangue gelar.

Javier franze o cenho.

"Bom..." Ele hesita.

Penso em Ben, e em como os primeiros monitores o expurgaram muitos anos atrás quando ele se tornou "inútil". Pulo entre os dois e encaro Nyla.

"Então, na verdade o erro foi meu. Eu mexi nos parâmetros de temperatura da incubadora", afirmo, e Nyla tomba a cabeça para o lado. "O Crick me viu fazendo isso."

Ela se vira para Crick, que arregala os olhos.

"Vi, ora. Zeta-1 insistiu que algo havia sido determinado de forma inadequada."

Nyla respira fundo, tomba a cabeça de novo e assente, parecendo aceitar a explicação.

"Compreensível. Seu cérebro recém-incrementado está aprendendo a funcionar direito."

"Sim, chanceler, é exatamente isso." Pigarreio. "E como minha mente está sendo moldada dia após dia, ia perguntar se Épsilon-5 poderia me acompanhar até a superfície amanhã. Formamos uma ótima equipe, com meu conhecimento combinado à experiência dele."

Olho para o lado no instante em que Javier agarra a mão para disfarçar um espasmo, empurrando casualmente a toxina para o lado oposto da bancada, onde está o desfolhante. Os frascos tilintam.

Minha voz está tão trêmula quanto as mãos de Javier, mas não consigo me conter.

"A ajuda dele vai ser de grande valia pro Coletivo."

Ela estreita os olhos.

"Tem alguma coisa que você gostaria de..."

Um ruído alto, seguido do som de algo se quebrando, ecoa do outro lado da bancada. Prendo a respiração quando encaramos a grade com os frascos tombados.

Por um segundo, acho que esse é o fim da espaçonave inteira. Respiro aliviada quando vejo algumas bolhas do detergente derramado.

"Perdão", diz Javier, se inclinando para pegar do chão os cacos de vidro do frasco de desfolhante.

Ele não está facilitando as coisas. Preciso correr para tirar meu irmão desta nave.

Crick pigarreia.

"Chanceler, o Coletivo está esperando para discutir nossa estratégia." Ele aponta o veneno verde com a cabeça.

Preciso estar lá para ouvir essa "discussão", qualquer que seja ela, para saber de tudo caso ela envolva os planos do Coletivo. Como as coisas desandaram tão rápido?

As narinas de Nyla se expandem quando ela suspira.

"Minha expectativa é que vocês terminem de melhorar a toxina em um dia." Ela se vira e aperta o botão na parede, bloqueando a luz dourada do sol e das luas de Sagan conforme a divisória se fecha.

Nyla sai a passos largos do laboratório, com Crick atrás dela.

Corro até Javier e varro o vidro quebrado da bancada para dentro de um lixo.

Exceto pelo barulho dos caquinhos tilintando, o laboratório está em silêncio. Tenho vontade de dizer a ele que sinto muito por fazê-lo pensar, mesmo que por um segundo, que não tinha tanto valor como qualquer outra pessoa.

"Você realmente sabe como aumentar a potência da toxina?", pergunta ele.

Não posso contar a verdade.

"Épsilon-5?", falo.

"Diga."

"De agora em diante, eu apresento as informações para a chanceler."

Ele me encara, os lábios entreabertos.

Faço uma careta, mas preciso proteger meu irmão como for possível.

"É... É o melhor pro Coletivo", digo, usando o único método que ele pode aceitar. Mordo o interior da bochecha. É pelo bem dele, e estou ficando sem tempo. Preciso destruir a toxina sem que ninguém veja. "Além disso..." Hesito. "Acho que vou trabalhar muito mais rápido no desfolhante perdido se estiver sozinha."

Ele olha para o montinho de vidro quebrado dentro do lixo.

"Você tá certa." O joelho de Javier estala quando ele se levanta, sorrindo para mim. "Eu tô velho. Sei que você vai me avisar se, de algum jeito, eu ainda puder ser útil pro Coletivo". Ele sai do cômodo a passos lentos.

Fico olhando, engolindo o nó na garganta enquanto ele se retira.

Por dentro, quero correr atrás dele, dar um abraço no meu irmão e dizer como sinto muito. Mas não tenho tempo. Depois que terminar o que preciso fazer, vou poder passar o resto da vida dele compensando isso.

Corro até a bancada e repouso a mão enluvada no frasco cujo conteúdo poderia me matar dez mil vezes.

Baixo os óculos e analiso as prateleiras, buscando algo que possa neutralizar a toxina. A resposta é diluição. Mas não há água o bastante na espaçonave para diluir um veneno com essa concentração. Precisaria de um estoque infinito de água e oxigênio.

"*O gel preserva os tecidos indefinidamente, removendo células senescentes e excrementos. Não apenas providencia os nutrientes e o oxigênio de que o corpo vai precisar durante um período tão longo em estase como também fornece lidocaína pra adormecer as terminações nervosas, fazendo com que a temperatura mais baixa do gel seja confortável quando for a hora de despertar.*" Se o melhor antídoto para venenos é a diluição, existe diluente melhor do que um químico criado para fornecer água e oxigênio constantemente ao longo de centenas de anos?

Assim que fizer isso, vou dar início a uma contagem regressiva que não vai mais poder ser interrompida. Independentemente do que aconteça, preciso estar fora da nave amanhã antes que descubram que sabotei os planos do Coletivo.

Seguindo de forma confiante até o porão, passo por trabalhadores atribulados que não me dão a mínima atenção. Vou até o barril mais próximo a uma cápsula vazia, a luz piscante do botão laranja destacando sem parar o nome *Fu, Jie Ru*. Bombeio um quarto da meleca verde para dentro de um barril vazio e volto ao laboratório.

Me apresso, sabendo que a reunião de Nyla já está começando. Corro e fecho a porta, colocando o gel de estase ao lado da toxina. Visto o traje completo de proteção e um par de luvas novas.

Meus dedos tremem. Às pressas, antes que alguém venha me questionar, uso uma pipeta para jogar gel de estase dentro de cada um dos frascos. Corro até o cômodo ao lado do laboratório e encontro um toxímetro. Volto e aponto o equipamento para a primeira vidraria. Ele lampeja, depois informa: *DL50 0.001 nanogramas por quilograma*. Pisca e recalibra. *DL50 0.0015 nanogramas por quilograma*. Está funcionando; a quantidade necessária para matar cinquenta por cento da população está aumentando, o que significa que o veneno está ficando menos efetivo. Espero mais alguns minutos excruciantes. *DL50 0.003 nanogramas por quilograma*. O gel de estase está diluindo a toxina, mas...

"Não rápido o bastante", sussurro. Forço o cérebro a funcionar. Superóxido de potássio? Encontro um frasco da substância ao lado de outros reagentes bem diante de mim. Faz sentido terem um super oxigenador aqui, algo usado em espaçonaves até mesmo por astronautas do passado. Mas é arriscado demais fazer isso sem saber a reação de um pó explosivo ao ser misturado à solução tóxica.

Vasculho o laboratório e vejo o injetor padrão de oxigênio dentro de uma capela de proteção. Não vai ser rápido, mas é o melhor que posso fazer. Um fluxo contínuo de oxigênio chia quando abro a torneira. Com cuidado, coloco os frascos dentro da capela e a selo. De máscara, do outro lado da proteção de acrílico, enfio as mãos dentro das luvas grudadas à capela e tiro a tampa da toxina. Desligo a luz da câmara e aperto o botão *opaco*, para que o vidro escurecido não exponha mais o que está lá dentro. Paro à porta e me viro, esperando que, quando voltar para conferir a toxina, o DL50 seja de *0.000 nanogramas por quilograma*.

Assim como na noite da festa, as pessoas que parecem camarões-fantasma estão reunidas na área comum, em toda sua glória de pele fina. A chanceler Nyla está em um púlpito na extremidade do cômodo. Parece pequena à distância, mas nem por isso é menos ameaçadora.

No meio do caminho até Nyla, em uma mesa do tamanho da cama que eu tinha na Terra, há uma cachoeira tripla de tônicos das cores do arco-íris. Bebidas de todos os tons caem de uma camada de taças para a outra, enchendo as inferiores. As da base mal têm tempo de se encher antes de as pessoas se servirem. O Garoto do Biopão está de prontidão, colocando taças vazias no lugar das que são retiradas.

Mesmo que as pessoas estejam espalhadas, nunca vi este andar da nave tão lotado.

O fundo projetado atrás de Nyla mostra o céu roxo e dourado de Sagan. Um holograma da cachoeira tripla que vi no planeta jorra da montanha. E só então entendo o propósito da decoração bizarra da mesa de bebidas.

Lá acima, no teto projetado, as palavras *Sacrifício*, *Comprometimento* e *Concórdia* lampejam de forma intermitente.

Nyla agita os braços e, de repente, assim como quando estávamos entre as projeções da Terra, da Lua e do cometa Halley na noite da festa, a superfície de Sagan nos cerca. Em vez do colossal salão branco, florestas de árvores agitadas pelo vento e um lago de um turquesa ondulante preenchem o espaço, como se estivéssemos na superfície. De vez em quando, a imagem falha onde os drones não filmaram direito.

Um homem se abaixa para fazer carinho em uma mini-chinchila projetada. Outra mulher do grupo matinal de biopão se inclina na beirada do lago, observando o brilho roxo de um cardume de borboletas aquáticas onde deveria haver apenas chão branco. Mesmo sendo virtuais, os bichinhos não merecem isso.

Nyla acena com o braço magro, e uma de suas mãos atravessa a projeção da folha de orelha-de-elefante.

"Bem-vindos, membros do Coletivo. É com imenso prazer que anuncio nossos planos."

Cheguei a tempo. Avanço às pressas, abrindo caminho pelo mar de pessoas enquanto paro pelo caminho para me esconder. Vejo Tubarão-Martelo na dianteira do cômodo e continuo até parar bem atrás dele.

Ainda não sei se o que fiz no laboratório vai destruir a toxina. E tenho menos certeza ainda se posso convencer Nyla a deixar Javier ir para Sagan comigo.

"Com nossa chegada, vêm obstáculos." Mas a voz dela não parece muito preocupada. "A longa jornada comprometeu o estado físico dos membros do Coletivo. Mudanças que nossos predecessores realizaram em nossa genética foram feitas para nos proteger. Acabei de saber que um dos nossos perdeu a vida pela pesquisa sobre o planeta", diz ela, falando sobre Len como se não fosse grande coisa.

Tubarão-Martelo baixa a cabeça por um instante, depois toma um gole do tônico com bloqueadores mentais. Quando volta a erguer o rosto, está com a expressão vazia.

Meu coração bate rápido como se eu tivesse tomado muito chocolate quente de Lita. Já sei o que isso significa. Se Len morreu, o planeta não é seguro para eles. O Coletivo não vai ficar. Mas como Nyla disse, ainda precisam preparar Sagan para o futuro. Tenho menos tempo do que imaginei.

"Determinamos que a causa foi a reação não esperada da aproximação de nossos filtros de epiderme à estrela anã. Esse problema não deve nos desanimar. É apenas uma mudança temporária nos planos até podermos reconfigurar nossos filtros de epiderme e voltar." Um alvo transparente na forma de uma mira laser surge no holograma atrás de Nyla. Ela gesticula na direção apontada pelo centro do alvo, uma área logo abaixo da cachoeira inferior. "Nossos drones de busca localizaram o local exato para um assentamento habitável."

Meu coração ricocheteia no peito. Uma mistura de murmúrios e aplausos esporádicos enche o salão. A pessoa diante de mim aponta diretamente para o ponto assinalado abaixo da cachoeira. Quando se move, desbloqueia a linha de visão de Nyla. Abaixo mais um pouco para que ela não me veja.

"Entendo a confusão de vocês", continua ela, "já que nosso objetivo é evitar os hostis. Ainda é." Ela ergue um cubinho, sorrindo como se fosse a vendedora de um produto daqueles que apareciam em programas antigos de televisão. "No entanto..." O cubo é banhado por um feixe de luz. "Antes de irmos embora, vamos garantir a paz, eliminando qualquer chance de guerras futuras."

Como se estivesse em um brinquedo de um parque de diversões, tenho a sensação de que o chão cede embaixo dos meus pés. Dentro do cubo, cintila um frasco de veneno verde. Me forço a permanecer calma, torcendo para que o reservatório esteja lacrado. Como ela conseguiu essa amostra? Aquele único frasco é capaz de matar todas as pessoas da nave, sem falar nos terraformadores remanescentes, Javier, as outras crianças e eu, se eu não destruir seu conteúdo. Mas não tenho como devolver a substância à capela agora sem me expor.

"Se o Coletivo voltar a este planeta algum dia, será com a correção genética de nossos filtros de epiderme. Pode demorar várias unidades, mas vamos garantir que esse assentamento pertença ao Coletivo e apenas ao Coletivo. É realmente um gesto de gentileza para com a humanidade deter aqueles que irão destruir este planeta *também*, como fizeram com o deles. Uma nova origem!"

"Uma nova origem!", exclamam as pessoas.

Ela, que não se arriscou... Avanço pela multidão como um corvo em meio a um bando de pombos brancos. Ergo a mão em um gesto meio acanhado.

Os olhos claros de Nyla dardejam na minha direção.

"Com licença." Ela desce do púlpito e avança na minha direção a passos largos, segurando o frasco de veneno sem muito cuidado.

O ar passando por entre meus dentes chia quando respiro fundo.

Nyla se aproxima de mim, me olhando com curiosidade.

"Zeta-1, por que está aqui? Está tudo bem?"

Sorrio e aponto calmamente para o frasco como se fosse o ingrediente faltante de uma receita de cookies.

"Percebi que parte do nosso suprimento crítico estava faltando." Pigarreio e estendo a mão, tirando com cuidado o cubo dos dedos magros dela.

A chanceler me encara curiosa enquanto guardo o objeto no bolso.

"O tempo de incubação é crucial para garantir a potência", digo.

Ela estende o braço e pousa a mão gelada no meu rosto, assim como fez com Javier.

"Você é esperta... para alguém como você."

Alguém como eu? Cerro os dentes, mas não é a hora.

"Talvez não seja esperta o bastante." Espero que meu suspiro falso não seja muito exagerado.

Ela franze as sobrancelhas falhadas.

"Como assim?"

Copio o gesto, fingindo estar preocupada.

"Acho que a missão final pra testar o que a gente criou vai ser prejudicada se Épsilon-5 não puder vir comigo", digo, simulando decepção. "A experiência dele ia ser de muita utilidade." Pego o frasco e o balanço, enfatizando a questão. "Tem muita coisa pra fazer e o tempo é curto demais. Precisamos centrifugar, depois transferir, depois devolver a substância à incubadora, depois..."

Ela se inclina adiante, sorrindo.

"É claro."

"*É claro*... que Épsilon-5 pode me acompanhar?", pergunto, esperançosa.

"Não", diz ela. "*É claro* que você pode voltar ao trabalho." Ela prende uma mecha solta do meu cabelo atrás da orelha. "Não vamos precisar de outra missão de reconhecimento."

Engulo em seco. Eles estão indo embora imediatamente.

Recuo um passo, guardando o frasco de novo no bolso.

"Vou voltar ao serviço", digo.

Me viro, andando rápido na direção do elevador sem nem olhar para trás. Passo pela cachoeira de tônico. O Garoto do Biopão está com uma mão sombreando o rosto, encarando algo que voeja por entre as árvores de orelhas-de-elefante holográficas. Um riacho de tônico transborda de uma das taças e cai no chão, formando uma poça vermelha.

Se eu quiser viver... Se eu quiser que Javier viva e que aquelas crianças tenham uma vida de verdade, preciso tirar todos nós da espaçonave sem que ninguém perceba. Agora.

Mas, primeiro, preciso trazer a mente de Javier de volta para que ele concorde em ir.

Corro até meu quarto para pegar a bolsa de coleta de amostras. Enfio dentro dela os canudos que escondi e enrolo meu colchão, cobrindo-o com uma manta. Funcionava quando eu costumava subir no telhado para olhar as estrelas. Mas aqui não tem nenhuma cabeça como a de Josefina, a minha bonecona, para ajeitar no travesseiro e enganar as pessoas.

Como era de se esperar, Rubio está roncando como uma motosserra enquanto Suma e Penugem dormem pacificamente em seus cubículos apertados. Me ocorre que esta vai ser a última noite de sono deles na nave. Depois, vão respirar o ar de Sagan, fresco e com cheiro de mato, enquanto dormem.

Penugem rola na cama. Observo suas bochechas rechonchudas e cor-de-rosa. Javier tinha a idade dela quando foi tirado da estase. Não consigo nem imaginar a garota envelhecendo até ser uma idosa aqui na nave. O Coletivo roubou a juventude de Javier, fazendo meu irmão passar a vida toda enfurnado naquele laboratório idiota. A ideia de alguém passando tantos anos assim sozinho faz meu estômago revirar. Não posso permitir que isso aconteça com eles também.

Trazer Javier de volta a si parece impossível, mas estou disposta a morrer tentando. O que quer que eu faça precisa acontecer nas próximas horas.

Pego a bolsa de coleta de amostras, esperando que ela também ajude a me dar uma aparência oficial. Com cuidado, guardo o último frasco de toxina dentro dela, ao lado do cartão de beisebol enrolado que encontrei na parede do banco de sementes.

Quando entro no elevador, olho para baixo e vejo que a reunião de Nyla acabou, mas ninguém foi embora. As pessoas vão ficar enrolando enquanto apreciam a magia holográfica de Sagan, bebendo tônico da cachoeira das cores do arco-íris depois de receber a notícia de que vão passar o resto da vida nesta nave. Como se estivesse lendo minha mente, a palavra *Sacrifício* lampeja no teto subliminar do Coletivo.

Saio do elevador e penduro a bolsa no ombro. Margeio a festa enquanto caminho pelo meio da selva de Sagan, na direção do banco de sementes.

Voxy está ao lado de Nyla de novo. Ele me vê, mas não sai do personagem. Hoje, porém, não parece que está aqui só cumprindo tabela, como uma criança levada por obrigação a algum lugar. Está parado de um jeito que faz parecer que ele mesmo é parte dos procedimentos oficiais. Espero que as palavras que Nyla disse naquela noite no quarto não façam a cabeça dele. Também sinto o estômago embrulhar quando penso no que ele vai se tornar. Cumprimento o menino com um gesto de cabeça e continuo andando até chegar no fundo do cômodo, depois no corredor, depois na porta do quarto da chanceler e de Voxy.

Aperto *2061* e entro às pressas. Me arrasto pelo cubículo hexagonal onde Voxy dorme e prendo a respiração enquanto enfio o cartão de beisebol enrolado no buraquinho minúsculo. A porta se abre. Assim como antes, uma lufada de ar frio com cheiro da biblioteca da Escola Fundamental de Piñon atinge meu rosto. A luz dourada emanada pelo holograma do sistema solar da Terra cintila de forma etérea na nuvem gélida no canto do cômodo.

Quase tropeço nos meus próprios pés enquanto corro na direção das gavetas do banco de sementes. A aba iluminada do arquivo de Javier ainda está aberta. O livro está exatamente onde o coloquei no dia anterior. Tiro-o de lá de dentro e o escondo na bolsa de coleta de amostras.

A aba diretamente em frente à minha e à de Javier está identificada como *Peña, Robert*.

Minha visão embaça por causa das lágrimas. Estava tão preocupada com o que levar de casa quando viemos para a nave que nem me preocupei em saber o que meus pais tinham trazido. Estendo a mão para pegar o saquinho de papai e, de lá de dentro, tiro seu rosário. Ele esculpiu, poliu e furou com as próprias mãos cada conta de jaspe vermelho, amarelo ou das duas cores misturadas. Como ele mesmo dizia, uma pedrinha é diferente da outra, mas elas se complementam e formam o rosário mais lindo já criado. E a conta que eu encontrei, dourada com um veio vermelho, que achei que não era boa o suficiente, foi colocada logo acima do crucifixo. Sinto um nó na garganta.

Assim como papai costumava fazer na igreja, envolvo a conta com o indicador e o polegar e a esfrego. Passo para a próxima, e percebo que a paciência de papai está em cada uma das pedrinhas. O amor e a gentileza dele fluem da superfície lisa para meus dedos.

Coloco o rosário no pescoço, sentindo o peso dele em meu peito. Me pergunto como a coisa toda de Jesus funciona agora que estamos em um planeta diferente, do lado oposto da galáxia, em outro sistema solar. Se Jesus era filho de Deus e Deus é o deus do universo, deve funcionar aqui também, né?

Pego uma foto de Lita e papá. Lita está usando um vestido branco e soltinho feito por minha *bisabuela*. O que eu tinha esperanças de usar um dia. Uma coroa de flores feita de rosas e peônias vermelhas, laranjas e amarelas está acomodada sobre seu cabelo preto e encaracolado. Papá está usando um paletó marrom, e os dois estão de braços dados, e rindo.

Acho meu próprio saquinho plástico de novo e tiro de lá de dentro a calça jeans e a camiseta, enfiando tudo na bolsa.

Peña, Amy. Coloco a aliança de mamãe no dedo, e ela cabe. Sorrio quando vejo o librex intitulado *Cruzadinhas do New York Times suficientes para duas vidas, compiladas por Will Shortz*. Me lembro dela sentada na mesa da cozinha, com uma xícara de café em uma mão e uma holohaste na outra, apertando as letras. "Que espertinha eu!", exclamava ela, balançando a cabeça quando o librex emitia o alarme que indicava que havia resolvido a cruzadinha. Assim que o desafio do domingo chegava, ela já começava a resmungar e a bater com a ponta da holohaste na tela.

Penugem, Rubio e Suma devem ter lembranças dos próprios pais também, mas não tenho tempo de procurar. Depois me lembro das palavras de Nyla: "*Suma Agarwal será Zeta-2 pelo resto da vida.*"

Abro a primeira gaveta de sementes, encontro a aba com o nome *Agarwal, Suma* e abro a sacola. Tiro de lá uma pasta intitulada *Supersecreto* em uma letra manuscrita de criança. Quando abro, encontro páginas cheias de adesivos e desenhos de unicórnios. Unicórnios dançando, unicórnios cantando, unicórnios peidando arco-íris...

Pego as roupas de Suma. Como esperado, encontro o moletom lilás com o chifre espiral de unicórnio feito de espuma prateada. Enrolo o moletom e o jeans e os enfio no fundo da bolsa também.

A aba seguinte é de *Agarwal, Preeti*. Abro a parte de cima, e uma lufada fraquinha com um cheiro floral escapa da sacola. Pego um álbum de bebê e o abro. Quando aperto a primeira página, o objeto apita. Um holograma em 3D é projetado na mesma hora diante de mim. A imagem mostra Suma acomodada entre duas moças, e uma delas eu reconheço do dia do embarque, quando passaram por nós na trilha. Página após página, hologramas mostram Suma com as duas mães, brincando em um parque, comendo pizza com uma velinha de aniversário de cinco anos no meio, correndo ao lado do hoverboard que está aprendendo a usar. No holograma final, a menina está um pouquinho mais velha e na companhia apenas da mãe que vi. A garotinha está com a cabeça erguida em um revirar eterno de olhos, o outro lado do rosto torcido em uma careta irritada enquanto a mãe beija sua bochecha. Sinto um nó imenso na garganta. Sei que quando se livrar do Coletivo, Suma vai dizer que daria tudo para ganhar mais um beijo desse. Me pergunto o que aconteceu. Será que as mães dela se divorciaram? Ou a moça com as covinhas faleceu? Lembro que, mesmo com as coisas muito diferentes do que imaginei que seriam, ainda tenho Javier. Suma está sozinha.

Queria saber os sobrenomes de Penugem e de Rubio para levar uma lembrança dos familiares deles também. Mas não vou deixar que se sintam sozinhos. Javier e eu vamos ser a nova família deles.

Enquanto guardo o álbum de bebê de Suma na bolsa de coleta de amostras, sigo até a entrada do banco de sementes. Assim como da outra vez, me arrasto pelo cubículo de Voxy, enfiando o cartão de beisebol no buraco para que a porta se feche atrás de mim.

Puxo o corpo e a bolsa de coleta de amostras até sair do nicho hexagonal. Coloco o objeto no chão e desço.

Quando ergo os olhos, vejo Voxy à minha frente. Nem tinha visto o garoto. Pendura a bolsa no ombro, como se minha incursão ao banco de sementes fosse algo perfeitamente normal.

"O que você está fazendo?", pergunta ele.

"Queria dar mais uma olhada lá dentro. E você estava ocupado com a reunião."

"A gente fez um acordo. Você ainda não me contou nenhum *cuento*."

Não tenho tempo para isso. Especialmente se Nyla de fato conseguiu fazer a cabeça dele. De repente, entendo por que as histórias de Lita às vezes eram... *mais persuasivas* quando Javier ou eu nos recusávamos a ir para a cama.

Voxy bufa e cruza os braços sobre o peito, muito similar ao que Javier fazia com Lita.

"Você prometeu."

"Tá bom." Suspiro. O que Lita ou tia Berta fariam? "Você conhece o *cuento* de la Llorona?"

"O que é isso?", pergunta Voxy.

Me viro e finjo que minhas mãos são garras.

"É a mulher chorona. E ela vem pra pegar as criancinhas que não se comportam e se recusam a dormir."

"Por que uma mulher com emoções instáveis iria pegar uma criança do cubículo dela?" Ele fica boquiaberto. "E para onde iria com ela?"

Percebo que a história não funciona quando o ouvinte passou a vida em uma espaçonave limitada. Decido começar de novo.

"Érase una vez uma mulher que cometeu o erro de se apaixonar por um homem que era tão rico quanto arrogante. Ela o amava tanto que teve filhos com ele. Mas o amor dela não era correspondido, então ela afogou os filhos e depois a si mesma."

Voxy se encolhe, de olhos arregalados.

"O que é afogar?"

Ignoro e continuo.

"Ela perambula por aí com seus dentes afiados e olhos brilhantes, procurando os filhos. Se encontra uma criancinha acordada, às vezes acha que é um dos próprios bebês e a leva embora!" Me inclino. "Às vezes até devora a criança." Só agora noto como muitas das lendas mexicanas são diferentes e assustadoras. Amor, humor, dor, magia, almas perdidas... tudo entrelaçado para criar histórias que quase todas as outras culturas tentariam amenizar.

Nem sei se essa é a versão certa. Mas era a versão de Lita, e a mais rápida e assustadora que conheço. Funciona.

Voxy arregala os olhos como se la Llorona estivesse parada bem diante dele.

"Isso foi muito assustador."

"Fecha os olhos e vai dormir, Voxy."

"Acho que não vou conseguir. Que tipo de *cuento* é esse?"

"O tipo pra fazer você dormir", respondo.

Ele torce a boca para baixo, com uma expressão desanimada nos olhos quando os desvia para o lado.

"Agora nunca mais vou dormir."

"Preciso ir pra terminar um trabalho. Prometi à chanceler."

Voxy me encara mordendo o lábio de baixo, como Javier costumava fazer.

"Tá bom, mais um, então." Pego o garotinho e o coloco no nicho hexagonal. Puxo a coberta até seu pescoço e depois enfio as laterais embaixo do corpo dele.

"Había una vez uma formiguinha, que tinha vontade de fazer outras coisas além de carregar milho o dia todo."

Voxy suspira, se acomodando no travesseiro.

"Não sei o que é uma formiguinha, mas esse *cuento* parece bem menos assus..."

Escuto passos se aproximando pelo corredor.

"É la Llorona", sussurra ele, as narinas inflando.

Pego a bolsa e corro na direção da porta de entrada, com as costas rentes à parede. Voxy espia pela extremidade do cubículo, e levo a mão aos lábios. A porta se abre e Nyla entra.

"Oi!", grita Voxy, chamando a atenção para si.

A chanceler anda até ele sem me ver.

Prendo a respiração e passo pelo batente para sair para o corredor. Espero a porta se fechar com os dois lá dentro e corro o mais rápido que consigo, virando na primeira esquina para ir até os elevadores.

Já segura dentro do elevador, aperto o botão que leva ao porão. Tiro o livro de Javier da bolsa de coleta de amostras e o seguro. Será que isso vai funcionar? Se Épsilon-5 não lembrar que é Javier, o que ele vai fazer? Levo o livro ao nariz e respiro o cheiro fraquinho do quarto do meu irmão. Precisa funcionar. Guardo o volume de novo.

Continuo descendo até o porão.

A porta do elevador se abre e saio. Todos os contêineres foram movidos para uma área perto da rampa de entrada para serem descarregados na superfície de Sagan, coisa que não vai mais acontecer. Mas isso fez com que o centro desse porão cavernoso ficasse escuro, exceto pelo brilho verde dos barris de gel de estase entre as cápsulas que circundam o espaço. Corro até o barril mais próximo e tiro a tampa dele. Minha mão treme quando removo o último frasco de veneno da bolsa. Quando meus dedos encostam no gel de estase, formigam e ardem um pouco antes de adormecerem. Não posso errar. Corro e pego um par de luvas. Devolvo o frasco para o gel e tiro a tampinha, que largo dentro do barril, onde ninguém nunca vai encontrá-la. Também tiro as luvas e as deixo afundar.

Selo o barril e suspiro aliviada. O único sinal de vida aqui é uma luz fraca que vem dos aposentos de Javier perto dos fundos do laboratório.

Meus passos ecoam enquanto ando na direção do quarto dele. Meu irmão deve se sentir muito sozinho confinado neste espaço imenso sem ninguém com quem conversar, cantar ou comer. Penso em como isso seria aterrorizante para o Javierzinho de sete anos. Será que ele riu ou chorou alguma vez depois de ter sido acordado?

A cada passo, meu coração acelera mais do que as patinhas de el Conejo pelo deserto. Chego à porta e ergo a mão para bater.

Mas meu braço congela no lugar. E se ele ficar bravo? E se me culpar? E se...

Ele abre a porta, a luz banhando a lateral de seu rosto.

"Zeta-1? O que faz aqui?" Sua voz ecoa ao nosso redor.

Deixo o braço cair ao lado do corpo.

Ele aponta uma mão trêmula para a bolsa de coleta de amostras.

"Ah, pelo jeito veio trabalhar. Não vou te incomodar", diz ele, juntando as mãos atrás das costas.

Nessa posição e sorrindo, ele parece o menininho que me olhou assim quando roubou um dos chocolates da minha cesta de Páscoa e achou que eu não saberia exatamente onde estaria escondido. Na época, minha vontade foi de derrubá-lo no chão e pegar o chocolate de volta. Agora, sei que tem algo dentro de Épsilon-5 que é meu irmãozinho caçula, escondendo meu ovo de chocolate atrás das costas. Em algum lugar lá dentro, ele ainda é Javier, e quer viver.

Minha respiração vacila quando o olho nos olhos, incapaz de falar. Quero estender as mãos e pegar a dele entre as minhas, fazê-lo se lembrar, contar que não vou deixar ninguém machucá-lo e que ele não precisa mais se esconder.

Mas o que faria as memórias de Javier fluírem de volta para ele depois de todos esses anos? As minhas lembranças parecem ser de ontem. Já ele viveu uma vida longa sem elas. Será que vai querer sair da nave comigo? Talvez goste das descrições do que vi em Sagan, mas tudo que conheceu em noventa por cento da vida dele foi esta nave. Em vários sentidos, sou mais velha que o idoso diante de mim.

Mas ele ainda é minha responsabilidade, de um jeito ou de outro. E eu o amo.

Se não puder convencer meu irmão a deixar a nave comigo, é nosso fim. Não vou sem ele.

Coloco a bolsa no chão.

"Épsilon-5, você se lembra de alguma coisa de antes da estase?", pergunto.

Ele tomba a cabeça para o lado.

"Eu já disse. Não tinha nada antes..."

"Não é verdade", digo antes que perca a coragem.

Estou com a garganta seca, e tento engolir a saliva. Se alguém perceber que não estou no quarto, ou se tiverem visto que o elevador em que entrei desceu em vez de subir... Esta é minha última chance.

Se eu puder devolver as lembranças a Javier, ele vai ter sua própria história de volta. As histórias que contamos para nós mesmos fazem com que sejamos quem somos.

"Você lembra de quando te dei ração de cachorro e disse que era granola?", pergunto.

Javier tomba a cabeça de novo.

"O qu...?"

"Ou quando a gente roubou um cigarro do papá e tentou acender? Você segurou o isqueiro, mas acabei chamuscando meu cabelo." Sorrio. Ele fecha os olhos por um instante, depois encara um ponto ao longe no porão. "Ou quando mamãe encontrou Rápido machucado quando ela saiu pra uma caminhada no deserto atrás da nossa casa, e você e eu cavamos uma toquinha pra ele poder continuar com a gente, mas aí acertamos o sistema de irrigação com a pá e o quintal alagou?"

Ele fecha os olhos e nega com a cabeça.

"Zeta-1, eu não tô entendendo."

Suspiro e me inclino sobre a bolsa, de onde tiro o livro. Sinto uma lufada de cheiro de casa.

"Épsilon-5, posso ler uma coisa pra você?", pergunto, e ele franze a testa. "Rapidinho?" Dou alguns passos para trás e me sento de pernas cruzadas como sempre fizemos, mas dessa vez Javier definitivamente não vai deitar a cabeça no meu colo. "Por favor? Vai ajudar o Coletivo", digo.

Ele franze a testa de novo. Encara o livro com curiosidade e se senta ao meu lado.

"Pelo Coletivo."

Coloco o livro com cuidado sobre os joelhos dele.

Meu coração martela no peito quando ele encara a capa.

O sorriso dele se desfaz, e Javier estende a mão para encostar na borboleta na capa.

"Eu..." Ele corre os dedos pelas asas laranjas e pretas. A pele de Javier tem a cor igual à da mulher e do bebê da capa. Ele me encara de volta, o cenho franzido. "Eu... Eu não... Eu não sei muito bem..."

Sinto lágrimas se acumulando nos meus olhos. Li essa história para ele milhares de vezes, mas esta será a última se ele não se lembrar de mim.

Javier tomba a cabeça mais uma vez e se inclina para mim. Sussurra, abrindo a primeira página:

"*Sonhadores.*"

Minha voz está trêmula.

"Certo dia, a gente guardou coisas importantes em uma mochila e atravessou uma ponte grande como o universo. E chegamos do outro lado, sedentos e admirados."

Página a página, leio para ele, observando seus olhos para ver se identifico algum reconhecimento. Mesmo que seja uma faísca. Ergo a voz quando os personagens chegam a uma terra nova, passando por coisas que não entendem, pelo medo e pelos erros. Procurando, como nós, um lugar ao qual pertencer e onde se sentir em segurança, até encontrarem um novo lar mágico. Viro a página com o bebê sentado no colo da mãe dele. Como Javier e eu costumávamos fazer. Viro de novo a página e vejo a borboleta laranja e preta pousada nela como se fosse voar a qualquer instante. Javier toca nela como sempre faz. Toda santa vez.

De repente, o idoso diante de mim é meu irmãozinho de novo. Engasgo ao ler as últimas palavras.

"Livros viraram nossa língua. Livros viraram nosso lar. Livros viraram nossa vida." Quando termino, entrego o tomo de novo para ele, as palavras engasgadas na garganta. "Quer ficar com ele, Javier?"

O queixo do meu irmão treme. Ele assente, e lágrimas escorrem por seu rosto.

Não me mexo e não falo nada. Mamãe sempre disse que não tem como saber exatamente como outra pessoa está se sentindo. Às vezes, é preciso ficar em silêncio e dar um tempo a ela. Então, ficamos sentados ali. Enfim, ele suspira fundo.

"Javier?" Estendo a mão para segurar a dele.

Ele ergue os olhos.

"Oi."

"Você lembra?", pergunto, pegando uma de suas mãos entre as minhas.

A outra treme quando ele a pousa na minha bochecha. Para mim, uma semana atrás essa era a mãozinha rechonchuda e melequenta de um menino de sete anos. Agora, é quente, seca e magra. O tempo transformou a pele dele em papel de seda. Cruzamos a galáxia por caminhos diferentes, mas enfim nos reencontramos. A voz dele vacila.

"Petra."

De alguma forma, mesmo no vácuo do espaço sideral, estamos de novo em casa.

"Vai ficar tudo bem." Soluço entre as palavras. "Não fica com medo, eu vou te proteger."

"Como isso aconteceu?", sussurra ele.

Pego o livro e o coloco de lado, encarando meu irmão. Tenho muita coisa para dizer, mas tudo que consigo é sussurrar:

"Não importa."

Ele concorda com a cabeça.

"E os nossos...?" Mas não termina.

Javier baixa a cabeça. De alguma forma, deve saber que mamãe e papai se foram. Também não estou pronta para falar isso em voz alta.

Balanço a cabeça. Ele se vira de costas, encarando a entrada lá do outro lado do porão. Será que está se lembrando? Do nosso último dia com nossos pais? Será que está desejando ter tido mais tempo para sentir a suavidade do braço de mamãe? Para sentir o cheiro do cabelo e das roupas deles? É claro que ele não fez isso. Nem eu fiz. Ninguém nunca acha que um adeus será o último.

Javier continua encarando o nada. Ficamos sentados em silêncio por um bom tempo.

"Javier, você se lembra de como a gente teve que se apressar pra pegar o transporte no Colorado? De quando eu estava colocando meu casaco de lado, você roubou meu assento ao lado do papai e não quis mais sair?", pergunto, e ele olha para mim. "Lembra como ele levou a gente pra um vagão diferente, um por vez, e deu um sermão na gente?"

Ele faz que sim com a cabeça. As palestrinhas de papai sempre me irritavam. Agora, as palavras dele de repente estão vívidas na minha cabeça.

"Você recebeu uma oportunidade que os outros dariam tudo em troca pra ter", continuo, repetindo as exatas palavras que papai me disse naquele dia. "Você tem a responsabilidade de representar nossa família. De ser gentil. De trabalhar duro. De não brigar."

A voz séria de Javier continua.

"Nós somos os Peña. Tudo o que a gente fizer daqui em diante vai trazer um grande orgulho ou uma grande tristeza aos nossos ancestrais." Ele termina as palavras de papai.

"Javier." Aperto a mão dele e não solto mais. "A gente precisa ir embora da nave. Não temos mais tempo. Preciso da sua ajuda pra colocar todos os Zetas no transportador."

Será que é melhor mesmo deixar a espaçonave só para escapar do Coletivo? Podemos morrer em Sagan. Mas, de alguma forma, ter Javier comigo agora torna mais fácil a decisão.

A mão dele começa a tremer, e ele a afasta das minhas.

"Já sei o que fazer", ele murmura baixinho e em seguida sorri.

Enxugo as lágrimas dos olhos, mas meu coração está feliz. Agora que ele está de volta, vai ficar tudo bem. Mas tem alguma coisa me incomodando, algo de que eu tinha me esquecido.

Escutamos um barulho vindo da extremidade mais distante do porão, perto do elevador. Javier fica de pé em um salto.

"Fica aqui." Ele implora com o olhar para que eu obedeça. Pega a bolsa de coleta de amostras e nossos outros bens e esconde tudo no quarto dele.

"Pra onde você vai?", pergunto, enquanto ele segue para o elevador.

"Me aprontar pra ir." Ele se vira e sorri. "Vou pegar os outros Zetas. Sei o que dizer." Ele apoia a mão nas costas quando começa a caminhar mais rápido.

Me pergunto quanta dor ele costuma sentir. Meu irmão cambaleia um pouco, mas se recupera. Quero correr até ele, mas ele adentra mais o porão antes que eu possa reagir. E está certo, pois nós dois juntos iríamos chamar mais atenção.

O ar parado e silencioso do porão zumbe nos meus ouvidos. Sinto um calafrio. Se Nyla nos descobrir tentando escapar, é o fim de nossas vidas. Espero que ele saiba o que dizer caso seja visto com os outros.

Escuto o som de passos arrastados atrás de mim, como um animalzinho se esgueirando entre as cápsulas e os barris de gel de estase. Me viro e fico completamente imóvel. Não tem ninguém nos laboratórios, e Javier seguiu no sentido oposto. Analiso o espaço entre as cápsulas vazias, perto de onde veio o barulho. Meus olhos não conseguem se adaptar, e não enxergo nada a princípio. Depois, no centro do meu campo de visão, uma cabecinha surge de trás da cápsula mais próxima.

Prendo a respiração.

Voxy.

Ele sai de trás do esconderijo, com os braços cruzados e as mãos sob as axilas.

Suspiro.

"Há quanto tempo você tá aí?"

"Eu falei que não estava conseguindo dormir, e você não terminou o *cuento* mais feliz sobre a formiguinha." As palavras dele ecoam no espaço. "Decidi pegar o livro. Mas quando entrei de fininho lá na sala das relíquias, não o encontrei."

Engulo em seco.

"Depois fui até seu quarto, mas você não estava lá", continua ele. "Aí eu vim até aqui e vi..."

"Achei que ler o livro ajudaria Épsilon-5 a se ajustar ao novo planeta."

Ele solta os braços ao lado do corpo e encolhe os ombros.

"Você tá mentindo pra mim."

Ele sabe. E, a esta altura, insistir na mentira é mais arriscado do que manter o garotinho feliz com uma história.

"Se Nyla descobrir sobre isso", ergo o livro, "e as outras histórias..."

"Eu sei", diz ele. "Nós dois vamos estar enrascados."

"Eu nunca mais vou poder contar *cuentos* pra você. Tudo bem a gente manter isso só entre a gente de agora em diante?"

"Só entre você, Épsilon-5 e eu?" Ele abre um sorrisinho, os gestos muito parecidos com os de Javier quando criança.

Meu irmão vai voltar a qualquer momento.

"Não acho que o Épsilon-5 vai dar com a língua nos dentes", digo.

Os cantos da boca de Voxy se erguem um pouquinho.

"Lê a história pra mim mais uma vez?" Ele aponta para o livro na minha mão.

Qualquer um pode chegar e nos encontrar. Mas depois que formos embora, não vou ter como ajudar Voxy. Ele vai ser engolido pelo Coletivo para sempre. E, assim como roubaram esse tipo de coisa de mim e de Javier, vão roubar dele também.

Temos poucos minutos. Volto a me sentar de pernas cruzadas. Voxy se larga no meu colo, igualzinho a como Javier costumava fazer.

"Lê, lê", exclama ele.

"*Sonhadores*", começo.

Ele toca as letras do título.

"Verde, que nem o tônico que tomo quando tô assustado." Voxy olha para mim.

É quando o sorriso dele some do rosto, e ele fica imóvel como um coelhinho aguardando o bote de uma cascavel.

"Voxy!" A voz gélida de Nyla me provoca um calafrio.

Faço o livro escorregar pelo chão como um disco de hóquei até ele parar embaixo da cápsula mais próxima. Empurro Voxy do colo.

"Sinto muito, chanceler, a gente estava só..." Seguro a mão do garotinho, e nos levantamos para encarar Nyla juntos.

Minhas pernas estão bambas. Javier está parado ao lado dela, inexpressivo.

Por que ele estaria...?

Javier não olha nos meus olhos.

"Oi, Zeta-1", diz Nyla, se aproximando de nós. "Ou será que eu devia te chamar de... Petra?"

Nyla e Crick me acompanham até uma cápsula vazia perto do setor de descontaminação. Crick segura meu ombro para evitar que eu fuja. Mas nem precisaria. Estou atordoada. Como posso ter me enganado tanto? Javier se lembrou do livro dele. Se lembrou de mim. Tocou na borboleta como sempre fazia.

Talvez o que Javier se tornou seja mais forte do que suas lembranças. Do que o amor de nossa família. Talvez o Coletivo domine a mente dele mais do que o sonho do que a vida seria em Sagan.

"Nós somos os Peña. Tudo o que a gente fizer daqui em diante vai trazer um grande orgulho ou uma grande tristeza aos nossos ancestrais."

Nyla encara a cápsula. As luzes na sala de descontaminação são mais brilhantes, o ar mais desinfetado que no resto da nave. Ele vibra quando ativam a máquina cuja intenção é obliterar o que resta de mim, o que resta de Petra Peña. Não tenho como saber que não vai funcionar direito dessa vez. Nyla vai garantir que funcione. Pelo menos, quando eu for Zeta-1 de verdade, não vou mais lembrar das esperanças que papai tinha para nós, nem de como Javier me traiu.

Javier e Voxy montam guarda na entrada.

Cambaleio para o lado, e Crick me ajuda a me firmar. Ergo o rosto para encará-lo.

Ele desvia o olhar para Nyla. Puxo o braço para me livrar desse covarde, e ele não resiste. Sem Crick para me equilibrar, sinto as pernas bambas.

Nyla ergue a tampa da cápsula e gesticula para que eu entre.

Não tenho para onde ir. Se for expurgada, não vou existir mais. Se for reprogramada, não vou existir mais. Cerro a mandíbula e não me mexo. Estou perdida de qualquer jeito.

Nyla suspira e baixa a voz.

"Se você resistir, o Coletivo vai ser forçado a expurgar Épsilon-5. Tenho certeza de que você entende o motivo."

Olho de soslaio para Javier, que está parado com Voxy à porta, as mãos nos ombros do garoto. Não sei se ele ouviu a chanceler. Ele sequer reage. Voxy está com os olhos mais arregalados do que quando contei a ele a história de la Llorona. O garoto solta um soluço baixinho. Javier se inclina e sussurra algo em seu ouvido.

Não vou permitir que o Coletivo o expurgue. Talvez a pessoa que eu me torne — Zeta-1, mesmo que ela não seja quem sou de verdade — faça companhia para Javier. Passo uma perna por cima da beira da cápsula. A outra oscila, e caio para dentro.

Mal atingi o fundo da cápsula e Nyla já aperta um botão no painel de controle. Os cintos se estendem, puxando minhas pernas para baixo e prendendo meus braços ao lado do corpo. Ergo a cabeça, mas Crick acomoda uma das correias perto do meu rosto. Ela se estende pela minha testa, prendendo minha cabeça.

"Até logo, Zeta-1." Ele está quase animado, sem malícia alguma na voz. Como se estivesse dando as boas-vindas a uma velha amiga.

Lágrimas escorrem pela minha face. Quero lutar, não desistir. Mas não importa mais. As coisas pelas quais eu estava lutando, uma vida com Javier, um futuro para as outras crianças, ser uma grande contadora de histórias... Que tipo de contadora de histórias sou se não consigo atingir nem mesmo meu irmão? Lita teria vergonha. Queria que eles se apressassem e resolvessem isso de uma vez.

Nyla se senta em um banquinho ao lado da cápsula e coloca luvas como se fosse uma dentista prestes a fazer a limpeza de uma arcada dentária.

"Nunca tive a oportunidade de conversar com um de vocês. Verdadeiras relíquias", diz ela. "Você é uma das últimas que realmente teve a experiência de ser o que sua gente havia se tornado. Uma raça que poluiu o próprio ar, seus rios e oceanos... em troca de dinheiro. Deixando alguns passarem fome enquanto outros explodiam de tanto comer. É por esse tipo de coisa que o Coletivo existe."

Agora, posso dizer o que quero. Não preciso mais fingir. Mas sou incapaz de falar. E de olhar para ela. Nyla está certa. Esse tipo de coisa acontecia pela ganância de alguns. Mas a maioria das pessoas, como meus pais, ainda esperava algo melhor.

Ela para por um momento, me encarando.

"Fascinante."

"Você realmente quer ter uma discussão comigo", pergunto, "ou só quer ouvir as próprias palavras?"

"Eu falo por todos nós, pelo Coletivo."

Meus olhos recaem em Voxy. A boca dele está curvada para baixo, e juro que vejo certo rubor em seu rosto. Sei o que existe de verdade dentro dele, e quero dizer ao garotinho para não ter medo. Avisar que nem todos os *cuentos* têm final feliz. O pânico no rosto dele está ali pelo mesmo motivo que o fazia querer tanto ouvir histórias. Cada história, cada pessoa é diferente. Meio desajeitada às vezes. Mas todas coloridas, exclusivas e lindas.

Meu queixo está tremendo, e não consigo impedir.

"O Coletivo não vai ser bem-sucedido no fim. Vocês todos se entorpecem pra apagar quem realmente são. Os tônicos. As cogs. Mas é impossível programar o amor e a preocupação que temos uns pelos outros."

Ela se recosta no banquinho.

"Você está errada. Nós nos preocupamos. Nos preocupamos pelo bem maior de um Coletivo único. O Coletivo tomou decisões complicadas ao longo de todas essas unidades para chegar até aqui."

"Vocês roubaram a vida das pessoas", digo.

A expressão dela fica mais dura.

"Sacrifícios precisaram... e precisam ser feitos."

"Sacrifícios? A gente perdeu nosso planeta! Onze milhões de nós! Tem só algumas centenas de vocês! Perdemos nosso lar, nossa família, nossos amigos." Penso em Ben e no irmão dele. "Os monitores estavam dispostos a passar a vida em uma nave pra garantir que o resto de nós chegasse em Sagan em segurança. Isso sim foi um sacrifício!"

Lágrimas correm pelas minhas bochechas, pingando no pescoço.

Lita para à porta de entrada da casa dela, sorri e acena para nós na última vez que a vemos. Como se fosse só mais um adeus.

"Você não tem a menor ideia do que é sacrifício ou coragem", continuo, a respiração entrecortada. "Nós não éramos perfeitos, mas ainda tínhamos esperança de conseguir atravessar o universo e orgulhar nossos ancestrais."

"Ancestrais?" Nyla ri e balança a cabeça. "Impressionante. Equivocado, mas impressionante."

Percebo que todos eles, criados em laboratório para serem homogêneos, não sentem conexões com ancestral algum. Muitos de nós na Terra descendíamos não só de uma cultura, mas de várias.

Crick pigarreia.

"Não ter conexões com tradições permite que nós sejamos lógicos", diz ele, e me pergunto se realmente acredita nessas palavras.

O que o Coletivo não entende é que é honrando o passado, nossos ancestrais e nossas culturas, além de nos lembrando de nossos erros, que nos tornamos pessoas melhores.

Vi esse amor na parede cheia de fotos de casamento e certidões de nascimento. O álbum de bebê de Suma. Nyla, Crick... e Voxy nunca vão ter esse tipo de amor.

Ela se inclina, sussurrando no meu ouvido.

"Seu povo, apesar de inferior, era único. Admito que sua espécie acalentava uma certa... curiosidade." Ela faz um gesto para Crick, e ele estende a ela uma caixa familiar identificada com as palavras *En Cognito Conhecimento Baixável*. Desta vez, porém, em vez de *Pediátrico*, esse é *Adulto*. Não vou voltar disso.

Nyla abre a tampa. Dentro da caixa, uma cog muito maior e mais escura repousa em uma reentrância na espuma. Nyla aproxima o rosto do meu.

"Mesmo com suas memórias da Terra, você se provou útil." Ela volta a se aprumar e pega a cog. "Mal podemos esperar para ver do que você é capaz sem as aflições do seu passado cheio de falhas." Ela coloca a esfera no instalador e aperta o ativador. A cog brilha em roxo-escuro. "Agora, Petra Peña, você vai viver uma vida longa e sem fardos entre os membros do Coletivo."

Faço uma careta quando lembro do formigamento, e não consigo deixar de olhar para o barril de estase ao lado da cápsula.

Nyla segue meus olhos.

"Ah, não vamos precisar disso dessa vez. Vai ser rápido."

Tento virar a cabeça para encontrar Javier, mas consigo apenas mover os olhos e mal consigo enxergar a silhueta dele. Preciso dizer uma última vez que ainda sou eu mesma.

"Eu te amo", digo.

Mas se ele está ali, não dá sinal algum. Não se mexe nem fala. Forço os cintos de contenção enquanto a chanceler coloca a cog na base do meu crânio. Dessa vez, a bola derrete para dentro do meu pescoço como um tablete de manteiga. E, dessa vez, fico tão cansada...

Olho de novo na direção de Javier enquanto caio no sono. Ele é só um borrão na periferia da minha visão, mas se parece muito com papai.

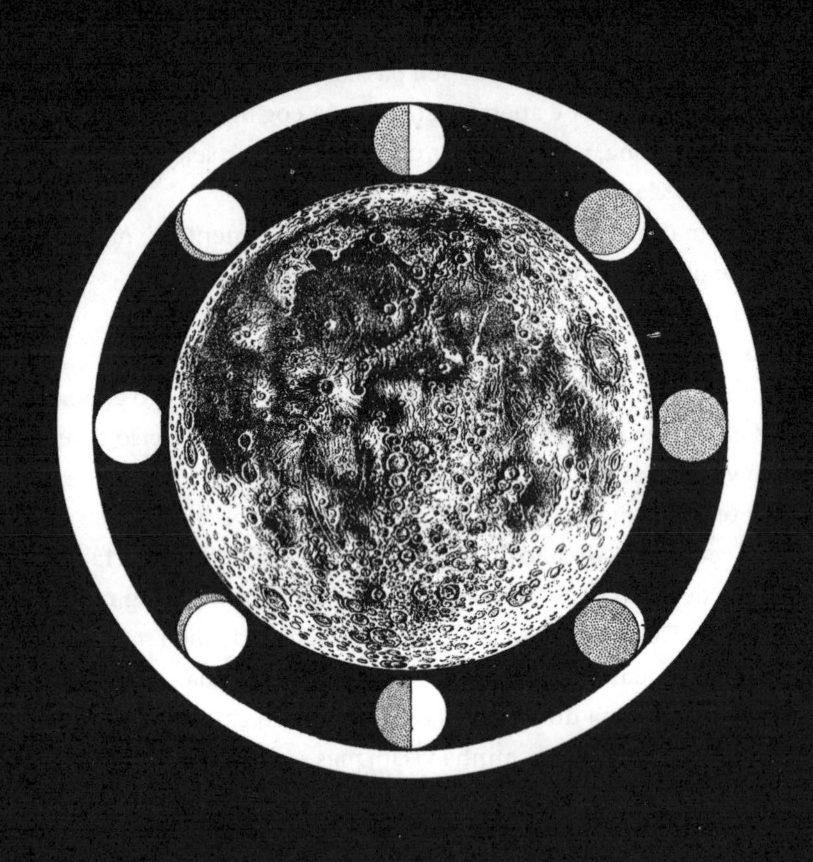

Lita, Rápido e eu estamos sentados embaixo do *piñon*. Minha avó tira uma mecha de cabelo do meu rosto. As agulhas secas da árvore flutuam pela brisa quente que sopra pelo deserto. Os pés descalços e a barra do vestido branco estão sujos de terra, como se ela tivesse andado uma longa distância para estar comigo.

"Você ouviu o vento chamando, *mi hija?*"

Ele assovia, quente.

"Ouvi, Lita."

El Conejo está sentado bem à nossa frente, agitando o focinho para mim. Olho para a lua. A forma sombreada dele não está lá.

O animal mexe as orelhas como se estivesse dando tchau e começa a saltitar na direção das montanhas avermelhadas.

No passado, eu talvez quisesse seguir el Conejo. Mas agora... Se esta for minha última memória real, quero estar aqui. Com Lita.

"Não quero deixar a senhora." Abraço a barriga macia dela. "E se eu nunca mais te encontrar?"

Ela me afasta com carinho e envolve meu rosto com as mãos.

"Eu já te disse, não tem como nunca mais me encontrar." Lita aperta o pingente, sorrindo, e ruguinhas finas se formam no canto de seus olhos. Ela aponta na direção de el Conejo, que fica cada vez menor à distância. "Vai, Petra", diz ela. "Segue el Conejo."

As montanhas vacilam um pouco.

"Lita, estão me reprogramando."

Estendo a mão para apertar a de Lita, mas ela sumiu. Entro em pânico e me levanto, circulando a árvore. Rápido se arrasta devagar para dentro da toca escavada sob as raízes da árvore.

Me viro para as montanhas, onde vejo um coelho ao longe.

Dessa vez, saio correndo. Já estou sem fôlego quando o vejo se esgueirar para dentro de um buraco na base da montanha.

O vento assovia, mas palavra alguma se forma em seu bafo, nenhuma pista que possa me levar aonde devo ir.

Se este for o fim, quero que seja debaixo do nosso piñon, com Rápido enfiado em sua toca em algum lugar entre suas raízes.

Recuo apenas dois passos na direção de onde vim e então, assim como da outra vez, violões e flautas começam a tocar em alguma *fiesta* distante. Me viro devagar para a montanha. Em meio à melodia *ranchera*, ouço:

En una jaula de oro
pendiente del balcón
se hallaba una calandria
cantando su dolor

Neste mundo onírico, confio nos meus ouvidos mais do que nos meus olhos. Fecho as pálpebras e sinto as palavras da canção, a história do pardal que libertou uma cotovia da gaiola, mas foi traído quando ela voou para longe. O pardal ficou para trás, cantando seu pesaroso lamento sobre um amor perdido.

Hasta que un gorrioncillo
a su jaula llegó:
"Si usted puede sacarme,
con usted yo me voy."

O som do violão fica mais alto, e o eco diminui. A música está tão alta que sinto a vibração em todo o corpo.

Quando abro os olhos, a música e a cantoria param.

Em vez disso, cactos floridos que não estavam aqui há um instante margeiam o caminho que leva a uma ravina, como em um *cuento* que conheço. *Los Viejos? Blancaflor? Izta e Popoca?* Por que não consigo me lembrar? As flores de um rosa berrante brilham como luzes de Navidad.

Saio andando, e o deserto e a areia dão lugar a um caminho de cascalho. As pedras avermelhadas estão desgastadas e arredondadas pelo que parece a passagem de milhões de pessoas que estiveram aqui antes de mim. Assim, se milhões pegaram este caminho antes, por que não tenho mais coragem? Meus pés batem no chão, clique... claque... clique... claque... até onde a trilha termina, diante de uma porta de madeira com três metros de altura. Enfeites de ferro sobem pelo centro da porta como hera. Uma vinha retorcida de metal se ramifica, formando uma maçaneta. Estendo a mão. A poeira cobre meus dedos quando toco nela. A porta pesada guincha, abrindo só o suficiente para que eu passe. Encolho a barriga e me espremo para dentro.

A porta fecha atrás de mim, deixando passar apenas uma fendinha de luz. O corredor adiante desce em direção à escuridão. Estendo os braços para baixo com a mão virada para fora, os dedos roçando nas paredes de pedra. Dou um passo e quase tropeço por causa do declive. Inclino o corpo para trás para me equilibrar. Enquanto desço, o pouco da luz que vem lá de fora vai sumindo de novo na escuridão.

Não há música. Não há vento. Essa é a sensação de estar morrendo? Não tem ninguém para segurar minha mão nem me guiar.

O Coletivo conseguiu. Paro. Por que continuar?

Como se a escuridão estivesse ouvindo minha pergunta, vejo uma luz brilhando ao longe. Prossigo, usando o brilho como bússola até chegar ao fim do túnel. Um lampião pendurado em um arco rochoso emana uma luz dourada, como o sol sobre os montes Sangre de Cristo ao pôr do sol.

Espio pela passagem.

No centro de um cômodo, a fumaça escapa lentamente do topo de uma lareira portátil, envolvendo o espaço em uma bruma mágica. Sinto o cheiro no ar. Piñon. Conforme me aproximo das chamas azuis, analiso o espaço ao meu redor. Como os raios de uma roda, fileiras e mais fileiras de estantes de madeira se estendem à minha volta. Do chão ao teto, as prateleiras estão lotadas. Aperto os olhos para ver o que há de tão importante aqui a ponto de fazer el Conejo me trazer para cá. Meu coração salta de alegria quando entendo. As prateleiras estão cheias de librexes.

Respiro com dificuldade e corro as mãos pela prateleira mais próxima. O cômodo inteiro vibra, e sou engolfada pelo sussurro fantasmagórico de milhares de contadores de histórias nas estantes.

Lita estava certa de me falar para seguir o coelho. Se eu nunca acordar deste sonho, vou estar feliz. Encontrei as histórias da Terra!

Mas tem alguma coisa estranha. A capa de um dos librexes está meio capenga, como se fosse um pássaro com uma asa quebrada. Vários outros jazem espalhados pelo chão. Como peças interpretadas por aparições, holotextos tocam fraquinho pelo espaço. As vozes dos personagens mal passam de um sussurro. Na próxima estante, encontro mais librexes quebrados ou destruídos de forma irreparável.

Irrompendo do meio deles, a débil versão holográfica de um homem idoso de turbante fala com um garotinho usando roupas esfarrapadas.

"*Diga ao seu coração que o medo de sofrer é pior do que o sofrimento em si.*"

Analiso todas as prateleiras. Dos milhares de librexes, pelo menos um terço deles são apenas versões parciais do que costumavam ser. Meu estômago se revira.

A imagem do homem de turbante vacila, e mal consigo ouvir as últimas palavras enquanto ele dá tapinhas no ombro do garoto.

"*Nenhum coração sofre quando vai em busca de seus sonhos.*"

Não sei que livro é esse, mas gostaria de ter lido essa história.

Ali perto, há uma cópia de *O feiticeiro de Terramar* quebrada na metade. Li esse livro pelo menos cinco vezes. Sou capaz de recontar a história, mas não chego nem aos pés de Le Guin. Sinto uma dor no peito, e me pergunto se é algo que posso salvar. Me agacho e pego o librex, colocando com cuidado esse tesouro destroçado de volta à prateleira.

Das sombras, uma voz me chama.

"Petra?" A silhueta escura está parada na extremidade das estantes. Não é meu pai, mas a familiaridade da voz faz com que eu me sinta em casa mesmo estando em um lugar desconhecido.

O homem não se move. Nem eu. Não estou com medo dele, mas não consigo lembrar de onde o conheço.

Ele se aproxima devagar.

"Você enfim chegou?"

Saindo das sombras, o homem entra no alcance da luz do lampião.

Reconheço os cabelos claros bagunçados e os óculos redondos.

"Ben?", sussurro.

Atrás dele, um líder aborígene sussurra calmamente sua história do Tempo do Sonho sobre a criação do mundo por um peixe. A silhueta dele fica cada vez mais tomada pela estática, e a voz, distorcida.

Os olhos de Ben estão marejados.

"Sinto muito", diz ele, olhando para os librexes esparramados. "Tentei salvar as histórias."

Estendo a mão para encostar nele, mas mudo de ideia no meio do caminho. Isso tudo é autêntico demais para ser só um sonho, então tenho certo medo de pensar *o que* exatamente é esse Ben.

"Você é de verdade?", pergunto.

"Pense em mim como... o último bibliotecário da Terra, que assumiu a forma de... alguém em quem você confia." Ele olha ao redor e sorri, orgulhoso. "Mas posso te ajudar a achar algo... entre o que sobrou. Ben salvou o que conseguiu."

Me viro e vejo um tesouro em histórias da Terra enquanto relembro suas palavras finais: "*Um mundo sem histórias é um mundo perdido.*" Ele as escondeu. Aqui, comigo.

"Ben estava tentando..."

"Sou um programa utilitário", continua o Bibliotecário, falando por cima de mim como se houvesse um texto gravado que ele precisa terminar de recitar antes que eu continue. "Vou me adaptar conforme formos interagindo. O atalho de download de Ben funcionou." Ele pega a ponta de um librex caindo aos pedaços; em sua forma incompleta, porém, tudo que consegue fazer é empurrar o objeto até metade da prateleira.

"Parcialmente, ao menos. Agora, você vai precisar manter o que sobrou em segurança." A imagem do Bibliotecário se acende e apaga como uma chama tremulante.

Estendo a mão e empurro o resto do librex para o lugar. No meio do movimento, porém, vejo minha mão sumir. Logo vou ser Zeta-1, e nada disso vai importar. Este cômodo e todas as histórias que Ben tentou preservar vão se perder. Com minha reprogramação, este Ben também vai sumir em breve.

"Ben sabia que isso ia acontecer", sussurro para mim mesma. "O que fizeram com ele, com meus pais e com meu irmãozinho. O que estão prestes a fazer comigo." Dou uma volta no lugar, fitando a infinidade de librexes envoltos pela bruma mágica. "Mesmo assim, ele tentou."

"Ben teria lamentado tanto se soubesse o que aconteceu com sua família, Petra...", diz o Bibliotecário.

Não achei que o luto me abalaria aqui. Mas o sentimento é real e me atinge como uma onda rebelde.

O Bibliotecário olha para cima e para a esquerda, como se estivesse recuperando algo das profundezas de seu programa arquivado.

"Ben sabia que tinha escolhido com sabedoria." Ele sorri. "E vou estar aqui quando você precisar de mim, reparando o que puder." A testa do Bibliotecário se franze. "Na verdade, nem acho que teria como sair daqui."

Olho para meu braço. Estou ficando cada vez mais etérea.

"Ben, eu não vou voltar..."

Um librex cai da prateleira, e a capa se racha. O fantasma de um homem cujo rosto é coberto de tatuagens paira do objeto danificado. Tem um cachimbo em formato de tacape pendendo da boca dele. Não reconheço o personagem, mas gosto instantaneamente dele.

Ben se inclina para pegar o librex fino, que escorrega de suas mãos. O Bibliotecário o encara, confuso.

"Vou trabalhar neste aqui mais tarde."

O que Nyla e o coletivo estão fazendo, apagando o lar do Bibliotecário, não é parte da programação dele. Desaparecer no vazio é algo que está além de seu entendimento. Depois que o Coletivo terminar, essas histórias vão sumir.

"Eles estão me reprogramando, Ben."

Ele me ignora.

"Com isso aqui..." Ele corre para empurrar um livro de volta para a prateleira, mas a imagem oscila mais uma vez e sua mão transpassa o objeto. "... você está levando histórias para um novo mundo." Ele fala igualzinho a Ben. "Isso não tem preço."

É uma programação, uma rotina de preservação e esperança se repetindo sem parar. Mesmo sendo um código, porém, ele está certo. Eu poderia pegar o que está aqui e criar histórias melhores para o nosso novo mundo. A mera ideia faz meu coração se alegrar com o que não tem mais como acontecer.

E embora eu vá desaparecer a qualquer momento, sei neste instante quem sou. Não sou uma cientista. Não sou o que meus pais queriam que eu fosse. Sou o que Lita sabia que eu era. Sou uma contadora de histórias. Enquanto a reflexão se assenta, vejo meu reflexo no vidro que protege uma das estantes. Estou mais esmaecida que o Bibliotecário.

Ao lado, uma prateleirinha pequena no formato de uma concha de náutilo sustenta uma espiral curva formada por vários librexes. Sorrio e me aproximo. Estão perfeitamente preservados: Adams, Butler, Erdrich, Gaiman, Morrison...

Me viro para agradecer Ben por tentar. Com o cenho franzido, ele encara a fumaça, que agora rodopia na direção do teto.

"Você precisa ir embora agora, Petra", diz ele.

O cômodo, as estantes e a lareira portátil oscilam. Pego *O feiticeiro de Terramar* da prateleira e o aninho entre as mãos. Me sento no chão ao lado da lareira, encarando as chamas.

"Ben, agora não faz mais diferença se eu ficar ou for." Há tempos não me sinto tão feliz e segura.

A imagem dele lampeja, mas seu tom de voz fica mais urgente.

"Você não po... po... pode ficar. P-P-P-Precisa acordar, Petra."

Fumaça de *piñon* e palavras dos melhores personagens do mundo ocupam meus sentidos.

"Não quero ir embora."

A voz do Bibliotecário é tomada pelo desespero.

"Vou estar aqui quando você quiser voltar. Mas agora, p-p-p-precisa ir."

Fecho os olhos. Se já tiver sido reprogramada e este for o lugar em que minha mente foi parar, estou no paraíso.

"Eu decidi ficar", respondo.

Sinto algo batendo na minha perna. Abro os olhos e vejo a patinha peluda do coelho me empurrando.

"Acorda", diz ele.

Ignoro o animalzinho e me deito. Já chega de missões. Encaro a fumaça subindo enquanto sussurros me cercam. O coelho fala de novo, mas dessa vez seu tom muda. Está mais poderoso e mandão. A voz de Lita ecoa de sua boca.

"Petra!"

Abro os olhos, e o coelho rodopia em um vórtice de neblina. Da bruma, Lita aparece, o vestido branco e comprido e o cabelo solto dançando ao sabor do vento. Um estranho brilho preenche a obsidiana em seu pingente.

Me sento, sorrindo.

"Lita, você tá aqui!"

Ela bate os pés no chão, e o cômodo treme.

"Acorda!", grita ela. "Agora!"

Forço meus olhos a se abrirem. Javier está inclinado acima de mim, me segurando com um dos braços enquanto o outro está curvado ao redor do meu pescoço. Implora, com a voz trêmula:

"Por favor, acorda!"

Minha nuca arde como se alguém estivesse segurando um isqueiro contra a pele, mas a dor desaparece em um instante. Ouço o tilintar de uma esfera de metal quicando sobre uma superfície rígida. As mãos geladas e de pele fininha de Javier envolvem o ponto da queimação.

Ele me encara, nervoso. É o mesmo rosto de muito tempo atrás. "*Não precisa se preocupar, Petra. Eu vou ser seus olhos.*"

"Oi. Você sabe quem você é?", pergunta ele.

Minha cabeça tomba sobre o peito. Solto um soluço, e ele dá tapinhas nas minhas costas como mamãe costumava fazer quando ele tinha um pesadelo.

"Sei." Limpo o nariz na camiseta dele e me sento para encará-lo. "E você?"

Ele sorri por um instante, depois desvia o olhar.

"Você não estava acordando por nada." Atrás dele, a faixa de iluminação roxa da Plêiades Ltda. circula a cabine. Estamos no transportador. "Achei que eu tinha cometido um erro terrível e perdido você", diz ele.

Um instante atrás, eu achava que passaria uma eternidade na biblioteca da minha mente. E pensei que seria o paraíso. Mas trocaria tudo por este único momento com Javier.

"*Eu* achei que tinha me perdido", digo. "Mas não foi culpa sua." Levo a mão à nuca. Meu braço se move como o de um bicho-preguiça tentando alcançar uma folha. "Eu não conseguia acordar de jeito nenhum. Acho que foi a cog para adultos."

"Sinto muito. Foi o único jeito que achei de ajudar você..." Javier geme quando me ergue pelas axilas para que eu me sente. "Estava indo buscar os outros Zetas. Dei de cara com a Nyla. Ela me perguntou se eu tinha visto você perto dos barris de gel de estase no porão."

Me dou conta de que devem ter me visto descartando o último frasco de toxina.

"Não tive escolha", continua Javier. "Precisei fingir..."

A voz dele é interrompida por um lamento baixinho, como fazia quando era pequeno. A vibração cada vez maior do motor do transportador faz meu cérebro doer.

Diante de nós, presos nos assentos e prontos para partir, estão Suma, Rubio e Penugem, todos me encarando.

"Vocês vieram!", exclamo, sorrindo.

"Qual é o problema da Zeta-1?" Penugem pergunta a Javier.

Ele pigarreia.

"O download da versão atualizada do Coletivo acabou deixando Zeta-1 bem exausta. Só isso", diz ele, confiante. "Com a nova inteligência que adquiriu, ela vai levar este grupo até o local final de pesquisa."

Suma esfrega os olhos.

"Tem certeza de que a gente devia estar partindo agora, Épsilon-5?"

"Sim", responde ele. "O Coletivo especificou que isso vai precisar acontecer mais cedo do que o planejado."

Rubio aponta para fora.

"Os ventos vindos do oeste vão estar fortes demais pra gente lá na superfície."

Javier coloca no cubículo central do transportador a bolsa de coleta de amostras que contém todos os bens que roubei.

“Os ventos vão diminuir em breve. Vocês precisam estar lá no horário ótimo, então não devem perder tempo com perguntas.” Ele se vira para os três jovens. A voz dele sai severa e rígida como a de Nyla quando aponta para mim. “Todos devem obedecer às instruções de Zeta-1. Caso contrário, vou reportar isso ao Coletivo.”

Faço o possível para me aprumar.

Os joelhos de Javier estalam quando ele se senta ao meu lado e sussurra: “A chanceler vai descobrir logo. Você sabe pra onde ir?”

Minha mente atordoada ainda se lembra do holograma da pequena cachoeira com o alvo projetado sobre ela, indicando onde os Primeiros Instalados foram encontrados. Minha cabeça parece pesar uma tonelada.

“Acho que consigo chegar até perto da região antes da próxima ventania.” Olho para a cabine.

Felizmente há assentos para mim e Javier, assim não preciso ficar de pé enquanto piloto o transportador para levar nós cinco até a superfície.

Javier coloca a mão na minha bochecha, como Lita costumava fazer. “Você vai ter uma vida incrível.”

E, por causa do que Javier fez, ele e eu ainda temos chance.

“Nós vamos, Javier.” Sorrio. Depois olho para Suma, que está com a testa franzida. “Mas agora a gente precisa se apressar.”

Ele suspira fundo e me abraça. Sinto o corpo dele tremendo. O abraço é o mesmo de quando fui passar a semana no Acampamento Condor. É o mesmo de quando ele foi para o jardim de infância no primeiro dia de escola.

“Sinto muito, Petra. É o único jeito.”

“Javier? Vai. Me coloca na cabine. Você precisa me ajudar a pilotar.”

“Eles vão chegar a qualquer hora. Preciso ficar. Por favor, me entenda”, sussurra ele. Javier se levanta, os olhos cheios de lágrimas. “Se esta partezinha da minha jornada servir pra dar chance a outras pessoas, vou deixar nossos ancestrais orgulhosos.” Ele se vira e segue até a porta.

“Javier, o que você tá fazendo?”, grito.

Ele para à porta e se vira.

“Tchau, Petra.” Está com a voz trêmula. “Também amo você.”

Quando ele pisa fora, a porta do transportador se fecha.

Tento soltar o cinto de segurança.

"Não, não, não!" Meu corpo não coopera. Meto o dedo no botão, mas não consigo apertar com força suficiente.

"Javier!", grito. "Para!"

Pela escotilha, vejo Javier se trancando na sala da nave onde fica o sistema de pilotagem remota, garantindo assim que Nyla e os outros não possam interferir em nossa partida. O rosto dele brilha sob a luz vermelha dos controles. A vibração do motor zumbe pelo meu corpo.

Uma onda de náusea revira o meu estômago.

O transportador sai da doca e entra nos trilhos de lançamento com um sacolejo. Tento mais uma vez, e meu cinto se solta. Meu corpo desmorona quando escorrego do acento e me jogo na direção da porta, caindo bem aos pés de Suma. Ela me encara como se eu estivesse sofrendo uma falha de programação.

Me levanto e cambaleio até a escotilha, espalmando as mãos contra o visor. A parte de dentro do transportador ao meu redor está banhada em vermelho. Não tenho como impedir o que está prestes a acontecer. Na sala de controle remoto, Javier está focado nos controles, mas ergue os olhos quando soco a porta. Os cantos da boca dele se voltam para baixo. Assim como seus olhos. Ele aperta algo diante de si, e o transportador gira e voa para fora do portal de lançamento em direção ao espaço sideral.

O brilho da atmosfera brilhante de Sagan, com seus azuis e roxos, recai sobre Javier. Ele está segurando o livro *Sonhadores* em uma das mãos, com a outra no painel de controle. Fico olhando impotente enquanto continuamos girando. O nó na minha garganta aumenta cada vez mais até Javier sumir do meu campo de visão.

Cambaleio de volta até a cabine passando por Rubio, Suma e Penugem, todos de olhos arregalados. Empurro a alavanca que faria o veículo voltar à estação de aterrisagem, mas o transportador não responde. Aperto o botão para desligar o motor, mas o zumbido continua.

"Não, Javier!" Corro de volta até a janela, aos berros, mas sei que é tarde demais.

O zumbido dos motores aumenta, e penetramos a atmosfera. Tropeço pelo corredor entre o console central e as poltronas.

Penugem solta o cinto e pula para me ajudar. Estende a mão para deter Rubio quando ele tenta fazer a mesma coisa. Quando volto a me levantar, ela corre para se prender mais uma vez ao assento.

Ela bufa, irritada comigo.

"Zeta-1, você vai se machucar! Assim, arrisca toda a nossa missão."

Corro até a escotilha, socando a superfície de novo. Os soluços ficam presos na minha garganta. Não foi com isso que a gente sonhou.

"Por quê?"

Mas Javier vai ficando cada vez mais longe de mim, e não posso fazer nada para me encontrar com ele de novo.

Enquanto olho, uma pequena explosão lampeja na estação de lançamento, e um dos trilhos se torce para o lado. O outro cai por completo. Não consigo respirar. Ele fez questão de impossibilitar nosso retorno.

"O que foi isso?", pergunta Penugem.

Por sorte, estão todos sentados e não conseguem ver.

"Nada", respondo, olhando pela escotilha. "Só um trovão de uma tempestade elétrica." Considerando que está mesmo na hora de uma tempestade se formar no planeta, espero que minha mentira seja convincente.

Fico olhando pelo visor até a espaçonave desaparecer. Paro diante do painel da cabine, tentando tudo que sei, mas o transportador não responde. E mesmo que responda, Javier sabe que não sou piloto a ponto de nos levar de novo em segurança à nave sem os trilhos.

"Zeta-1?", chama Rubio. "Vamos precisar abortar a missão se você se machucar."

Ignoro o garoto e me largo no assento da cabine. Não tenho como voltar até Javier.

O altímetro avisa: "*Dois mil e seiscentos metros.*"

Nyla já não achava Javier útil. O tremor, seus erros... Eu poderia ter protegido meu irmão. Mas agora, com o que fez para nos ajudar a escapar, acabou selando seu destino.

O último fio que segurava meu coração no lugar está prestes a se romper.

Encaro Sagan lá embaixo, fitando as árvores que parecem pertencer ao jardim do quintal da minha casinha de minibonecas. Javier costumava roubar minhas minibonecas quando estava bravo comigo, e escondia tudo no arbusto de creosotos. Eu só encontrava as miniaturas quando o inverno chegava, o arbusto desfolhava, e lá estavam as várias pessoinhas de plástico enfiadas entre os ramos da planta.

"*Mil e quinhentos metros.*"

Mesmo desta distância, dá para ver a água sendo soprada da superfície do lago com a força do vento. Pela localização da cordilheira a leste, sabemos que estamos nos aproximando do local de aterrissagem.

É ali que eu deveria estar saindo do transportador, de mãos dadas com meu irmão. Como no primeiro dia dele no jardim de infância. Enquanto mamãe fala com a professora dele na frente da Escola Fundamental de Piñon, Javier aperta minha mão com tanta força que até dói.

"Daqui, parece assustador", digo para acalmar meu irmãozinho. "Depois que você estiver lá dentro, vai encontrar crianças pra brincar com você, um parquinho pra explorar. Prometo que você vai amar, Javier."

"*Quatrocentos metros.*" O transportador balança de um lado para o outro com o vento, e as árvores que pareciam minúsculas há um instante de repente estão em tamanho real. "*Duzentos metros.*"

Nuvens brilhantes com formatos esquisitos pairam lá embaixo, como um bando de abelhas flutuando acima do lago turquesa. Por que não passei mais tempo descrevendo as borboletas aquáticas para Javier? Tento apertar os olhos para fazer sumir a imagem do sorriso desdentado de senhorzinho que ele deu quando contei sobre as criaturas pela primeira vez. Eu poderia ter feito mais. Olho por cima do ombro para Suma, Rubio e Penugem. Nunca mais vou pegar atalhos.

"*Cem metros.*" Nossa descida vai ficando mais lenta, mas o transportador continua sacolejando por causa da ventania.

Que escolha tenho agora? Mesmo que consiga encontrar os terraformadores e que eles, de alguma forma, consigam devolver a gente para a nave, vai ser tarde demais para ajudar Javier.

"*Dez metros.*" Um alarme esganiçado atravessa o ar.

O chão está se aproximando mais rápido do que o normal.

Pouco antes de o veículo tocar o solo, um guincho que lembra o zumbido de aproximação de um míssil atinge nossos ouvidos. Penugem e Suma cobrem os ouvidos com as mãos. O vento forte empurra o veículo para a frente e deslizamos bem acima do lago. Voo da cadeira, e Rubio estica as pernas longas para interromper minha trajetória antes que eu passe voando por ele e atinja o painel de metal. O trem de pouso berra até pararmos com um chacoalhão.

Escuto a rampa baixando. Javier não quer perder tempo.

O zumbido do motor diminui. Depois de alguns segundos, uma fresta se abre na porta da rampa. Vento quente entra no transportador, me lembrando do que há lá fora. Ele nos fez chegar até a superfície, mas ainda não estamos em segurança.

De repente, o motor do veículo morre até restar apenas o silêncio. Com um estalo, as luzes de emergência se acendem. Em um último esforço, aperto o botão de partida do sistema, mas nada acontece. Dou um soco no botão de recolhimento da rampa — nada. Sei que tudo isso é inútil, porém. Javier cortou o fornecimento de energia. Bloqueou meu acesso ao controle do transportador.

Imagino o Coletivo descobrindo o que ele fez. Me largo na poltrona e soluço.

Penugem se aproxima de mim.

"Zeta-1?"

Levo as mãos ao rosto e respiro fundo várias vezes.

"Algum problema?", pergunta Suma.

Sinto as unhas afundarem na palma das mãos. Quando Nyla enfim recuperar o transportador, vai vir atrás de nós, e a essa altura o Coletivo já terá punido Javier. Se a gente continuar aqui, vou privar Suma, Penugem e Rubio de uma chance de liberdade. Não podemos continuar aqui.

Olho para Suma, com o capacete preso embaixo do braço.

"Coloquem o equipamento", sussurro.

Em uma última tentativa, aperto o botão do comunicador no meu traje.

"Javier?"

Mas não há um sinal sequer de que ele esteja me ouvindo. Não tenho escolha. Meu queixo treme quando desligo o corpomonitor. Nunca mais vou ouvir sua voz. Ajeito a gola do traje e pego o capacete pendurado atrás do meu assento.

Rubio olha com curiosidade para mim enquanto fecha o traje sobre as roupas que está usando. Me apresso, fingindo que vou ajudar. Desligo o corpomonitor dele também, e faço o mesmo com o de Penugem. Mas Suma já está vestida e muito desconfiada.

Enquanto subo o zíper do macacão, minha mão esbarra em um calombo no meu peito. Aperto o volume e sinto o rosário de papai pendurado em meu pescoço, debaixo da camiseta. Olho para o meu dedo e arquejo. A aliança de mamãe não está nele. Nyla deve tê-lo pegado.

Pelo menos Javier pensou em trazer minha bolsa de coleta de amostras, que contém todas as coisas de que vamos precisar. Eu a penduro em um dos ombros, apertando uma segunda correia ao redor da cintura.

Quando termino, os outros já estão esperando na passagem que leva até a rampa. Me junto a eles e termino de empurrar a porta, já entreaberta. Uma lufada de ar quente invade o transportador. O vento sopra a água da superfície do lago, dificultando a visão.

Se o lago está logo à frente, sei que direção preciso tomar para chegar à caverna.

Ergo a voz para que todos possam me ouvir acima do uivo do vento.

"Sei de um abrigo onde a gente pode ficar até a ventania passar."

Uma folha das de orelha-de-elefante, imensa como um planador, passa voando rente à base da rampa. Se nosso grupo tivesse parado ali, teríamos sido todos jogados para longe.

"Por que a gente não espera aqui?", pergunta Suma com os olhos arregalados.

Me viro para o transportador. O Coletivo pode recuperar o veículo remotamente assim que consertarem os trilhos, o que vai permitir que mandem gente atrás de nós. Não posso deixar que o sacrifício de Javier para nos ajudar seja em vão.

"Como Épsilon-5 disse, não devemos questionar o Coletivo. Essas são as ordens, e estamos aqui pra servir." Me sinto culpada por manipular os outros, mas Javier estava certo. Isso vai garantir que eles obedeçam.

Suma suspira e concorda com a cabeça, diligente. Mesmo com medo da ventania, obedece.

Um por um, Rubio, Suma e Penugem se apinham na rampa do transportador. Esperam abrigados sob a proteção logo acima da saída. O vento sopra mechas do cabelo fininho de Penugem.

Aperto com mais força a correia da bolsa ao redor da cintura e vou atrás deles.

Mesmo bloqueada pelo veículo, uma mistura de areia, água e vento me acerta no rosto. Coloco o capacete e vejo que os outros fizeram o mesmo. Baixo o visor do equipamento.

Uma vozinha baixa me chama acima do barulho do vento.

"Zeta-1?"

Diante de mim, conto meus três companheiros — Suma, Rubio e Penugem — e confirmo que estão todos ali. Minha mente deve estar se recalibrando depois da remoção da cog.

Aperto os olhos para resetar os ouvidos e continuo.

"Zeta-1?", chama a voz de novo, mais alto dessa vez.

Mesmo no ar quente de Sagan e com o calor do traje, sinto um calafrio. Me viro para ver o pequenino camarão-fantasma parado de ombros caídos no topo da rampa.

"Voxy?"

S
G
k
a
e
Horizon of the plain
o
a
i
Horizon of the mid-height
e

Murmuro baixinho, como mamãe costumava fazer:

"Posso saber o que é isso?"

Penugem, Rubio e Suma esperam uns cinco metros à frente, sob a proteção da cobertura da rampa, enquanto corro de volta até o interior do transportador.

Eu me ajoelho.

"Sinto muito, Voxy, mas você vai precisar ficar aqui", digo. O queixo dele treme, e me lembro de como me senti quando, aos sete anos, me perdi no Jardim Botânico do Deserto. "Não se preocupa. A Nyla vai perceber que você sumiu e vai achar um jeito de vir te buscar."

É uma meia-verdade. Não sei muito bem quanto tempo pode demorar para que ela venha. De qualquer forma, ele vai estar muito mais seguro no transportador do que na superfície com a gente.

Coloco as mãos nos ombros de Voxy, pensando no que aconteceu com Len. Primeiro a náusea, depois as bolhas se formando na pele. Me inclino para a frente e falo em um tom severo:

"Voxy, você não pode sair deste transportador por nada."

Os ombros dele caem.

"Por favor, não me larga aqui, Zeta-1."

Puxo o garotinho em um abraço.

"Por que você veio?"

"Vi o que a Nyla e os outros fizeram com você. Não quero ser como eles. Se eu voltar, vou ser parte daquilo. Parte do Coletivo."

A ideia de ver isso acontecendo com Voxy me faz estremecer.

Ele baixa a cabeça.

"E... E quero ouvir *cuentos* também."

Como não me passou pela cabeça que isso poderia acontecer? E ele está certo. Voxy deveria mesmo ter essa vida que deseja. Será que os membros do Coletivo vão segurar sua mão quando ele estiver com medo? Vão contar histórias para acalmar o garotinho?

É tarde demais para meu irmão caçula, mas talvez eu possa dar a Voxy a juventude que Javier nunca teve.

"Se eu ficar com vocês...?" A voz tímida de Voxy vai morrendo.

Cerro os dentes, e uma lágrima escorre dentro do visor do meu capacete.

"Se você ficar com a gente, vai ser o Voxy", respondo. "Só o Voxy. Um menino que vai ser o protagonista do próprio *cuento."*

Ele cerra o maxilar em um gesto teimoso.

"Então, escolho ser o Voxy. Voxy, o menino que vai ser o protagonista do próprio *cuento."*

Pego um exotraje pendurado em um gancho e, meio desajeitadamente, visto o menino. Desligo seu corpomonitor, garantindo que ele também não vá ser rastreado, e o faço colocar o capacete. Prendo tudo no lugar e aperto o botão de selagem. O sistema cria um pequeno vácuo dentro do traje, protegendo Voxy do lugar aonde estamos indo.

As palavras dele saem abafadas, como se estivesse falando dentro de uma garrafinha de água.

"Eles vão vir atrás de mim?"

Penduro uma bolsa vazia de coleta de amostras no ombro dele. Resgatar o garoto colocaria o Coletivo em risco, mas penso em todo o tempo que Nyla investiu nele, no que, acho, são os planos que ela tem para ele. Para nós.

"A gente não pode pensar nisso agora." Olho na direção da cachoeira. Podemos chegar até lá em um dia, mas ainda precisamos buscar a comida na caverna. Meu suspiro faz o visor do capacete embaçar. "Voxy, tem certeza disso? Viver no planeta não vai ser fácil. A gente não vai mais voltar pra nave."

Ele assente, e continuo:

"Então tá bom. Promete que vai fazer exatamente o que eu disser? E, por enquanto, você só tá aqui pra ajudar a gente a coletar amostras."

Os cantos dos lábios pálidos dele se curvam em um sorriso, e ele assente fazendo o capacete balançar para cima e para baixo. Puxo o garotinho pela mão e descemos a rampa para nos juntar aos outros.

Ele para de supetão, arquejando.

Entro em pânico e me abaixo para checar se seu visor está fechado. Mas quando olho, Voxy está de olhos arregalados, encarando o lago com uma cara de feliz. Ele ergue o rosto e olha para as montanhas pontudas, depois para o céu.

Ergue as duas mãos como um mágico apresentando um truque.

"Olha aquilo!"

Me dou conta de que é a primeira vez que Voxy vê qualquer coisa além das paredes brancas e estéreis e da iluminação azulada da nave.

"Oi, Voxy", diz Penugem, como se fosse perfeitamente normal o menino estar aqui.

No mesmo instante, uma rajada de vento e pedrinhas minúsculas atinge a lateral do transportador.

"Tem certeza de quc não é melhor a gente esperar no veículo?", pergunta Rubio.

Penso em como Nyla provavelmente já descobriu que Voxy sumiu.

Inventar um *cuento* agora, logo depois de perder Javier, parece impossível.

"O Coletivo precisa que a gente chegue à área de pesquisa o quanto antes", digo, torcendo para que seja suficiente para convencer o grupo. Antes que alguém possa objetar, entrelaço meu braço com o de Voxy e os demais me imitam, até formarmos uma corrente humana. "Prontos?"

Dou o primeiro passo para fora da cobertura protetora da tampa de entrada e o vento ribomba ao nosso redor. Está a pelo menos quarenta quilômetros por hora, com algumas lufadas tão fortes que seriam capazes de nos atirar para longe se não estivéssemos de braços dados.

"Uaaaaaau", exclama Voxy quando o pé dele toca o chão coberto de musgo.

No crepúsculo de Sagan, sob o borrão da poeira e da bruma, o lago surge diante de nós. Quando chegamos à margem, viramos e caminhamos na direção da floresta e da caverna que fica logo atrás. Nossa corrente humana se tensiona a cada rajada de vento, mas continuamos agarrados uns aos outros. A cada poucos segundos, olho para os lados para garantir que os outros ainda estão comigo.

Os trajes de Penugem e Voxy ondulam ao redor de seus corpinhos magros como tendas no meio de um furacão.

As árvores na borda da mata se inclinam para o leste, exatamente na direção do vento, o que explica os troncos deformados.

Levamos o dobro do tempo usual, mas chegamos à entrada da caverna. A cortina de cipós se agita ao sabor do vento. Lá dentro, luzes douradas e verdes cintilam pelo chão como fadinhas. O brilho me lembra da biblioteca na minha mente e do lampião que me atraiu até ela. Mas aqui, no mundo real, são só os insetos luminescentes de Sagan nos guiando até nosso abrigo.

Puxo os cipós de lado e, com os braços, gesticulo para que todos entrem rápido. Encaro Suma quando ela passa por mim. A única forma de nos rastrearem é pelo botãozinho preso no traje dela. Se eu conseguir desativar o dispositivo, vão precisar detectar nossa assinatura de calor se quiserem nos encontrar aqui na superfície. Nossa melhor aposta seria chegar aos Primeiros Instalados o quanto antes, nos escondendo pelo caminho em cavernas ou no lago gelado caso o Coletivo consiga mandar o transportador atrás de nós.

Na entrada apinhada da gruta, Suma, Penugem, Rubio e eu tiramos os capacetes e o colocamos no chão, recuperando o fôlego. O ar é quente e tem um cheiro mineral.

Voxy começa a soltar o capacete.

Ergo seu visor.

"Só aqui dentro da caverna. Lá fora, sempre de capacete." Penso instantaneamente em papai me forçando a usar o capacete no Parque de Rockhound. Assim como fiz naquela ocasião, Voxy concorda com a cabeça, compreendendo, mas seu olhar perde um pouquinho do brilho.

Alinhamos os capacetes na entrada da caverna como sapatos diante da porta de uma casa.

Pela primeira vez, adentro mais o espaço. O corredor frontal se alarga até virar um salão, e as esparsas luzes dos insetos se transformam em torrentes de criaturas brilhantes. Dessa vez, arquejo mais alto do que Voxy, que está atrás de mim. Os brilhos dourados e verdes dos insetinhos formam uma aurora boreal nas paredes rochosas.

Túneis menores se ramificam a partir da câmara central, como uma imensa versão cintilante da escultura de Lita que representava um formigueiro.

Voxy fica boquiaberto. Suma e Penugem parecem apenas um pouco impressionados. Sorrio.

Volto alguns passos até a entrada e estendo a mão na direção da plataforma onde deixei o estoque de biopão. Dou um gritinho quando algo peludo sobe pelo meu braço e pula do meu ombro, correndo para fora da caverna. É só uma mini-chinchila. Logo em seguida, porém, sinto o estômago embrulhar.

Agarro a borda da caixa de biopão. O que restou dela cai aos pedaços da plataforma de pedra. Não restou uma migalha sequer. Estendo a mão na direção da outra. Ela também já era.

Sinto um calafrio, a boca seca de repente. Vamos precisar de comida muito em breve. E, no momento, não temos como passar horas no lago lá fora, procurando samambaias suficientes para comer. Agora temos ainda menos tempo para encontrar os Primeiros Instalados. Volto até o grupo.

Rubio cutuca uma massa verde e brilhante que se espalha pela parede. "Interessante. É difícil saber se é um vertebrado com quimioluminescência ou uma colônia de bactérias bioluminescentes." Ele tira um leitor atmosférico da bolsa. "Talvez demore um pouco..."

"Não se acomoda muito", falo, apesar do nó na garganta, tentando reprimir as lágrimas. "A gente precisa chegar à área de pesquisa assim que o vento passar."

Rubio devolve o leitor ao bolso, a testa franzida de decepção. Sinto vontade de dizer que podemos voltar outra hora, como papai me prometia depois que criamos nossa tradição de visitar o Parque Estadual de Rockhound. Mas agora sei que há coisas fora do nosso controle. As que mais esperamos que aconteçam nem sempre se realizam.

Não temos comida. E se a gente não chegar logo ao assentamento...

O vento uiva lá fora, me provocando.

Suma bufa.

"Tem alguma coisa errada. Por que iam largar a gente aqui e depois nos encontrar em outro lugar? Ainda não abriram um espaço adequado pro pouso da nave."

Voxy olha para Suma, as mãos na cintura em um gesto de autoridade.

"É tudo verdade. O Coletivo me pediu para vir e ajudar." Ele pisca para mim.

Sinto os ombros caírem, e balanço a cabeça para que ele pare.

Suma se inclina um pouco para olhar o menininho nos olhos.

"Você tá aqui pra ajudar o Coletivo com o quê, exatamente?"

Ele estufa o peito.

"Sou especialista em..."

"Voxy, chega. Por favor", digo.

Suma se aproxima de mim até nossos narizes quase se tocarem.

"Vou verificar essa nova diretriz com a chanceler antes de a gente ir pra nova área de pesquisa." Ela pega a bolsa e segue na direção da saída da caverna.

"Espera!" O grito sai muito mais alto do que planejado, e todos se sobressaltam. Me levanto e pego minha bolsa de coleta de amostras. "Vem comigo, Zeta-2."

Passo pisando duro por Suma, me afastando dos outros enquanto sigo na direção da entrada estreita da caverna. É agora ou nunca.

Espero a garota me alcançar, mordendo o interior da bochecha. O vento uiva atrás de mim, os cipós cutucando a parte de trás do meu traje. Suma para diante de mim, com o brilho da caverna a iluminando por trás e a bolsa pendurada no ombro. Respiro fundo e enfio a mão na minha própria mala, tirando de lá o moletom roxo de unicórnio que pertencia a ela. Seguro a peça pelos ombros.

Suma passa um bom tempo encarando o item. Devagar, tomba a cabeça para o lado, a testa franzida. Estende a mão e pega a roupa.

Leva a peça ao rosto e respira fundo.

Tiro o álbum de bebê dela da bolsa e o abro nas primeiras páginas. Com um apito, a imagem 3D de Suma e suas mães é projetada diante de nós. A garota desvia o olhar para o holograma.

"Lembra?", sussurro.

Ela fita as paredes de pedra ao redor como se tivesse acabado de perceber onde estamos. Estende os dedos para tocar a mãe que some dos hologramas na metade do álbum de bebê.

Javier precisou de um empurrãozinho das nossas memórias compartilhadas, mas não tenho lembranças da vida de Suma para ajudá-la, tenho só essas imagens. Aponto para a criança no holograma.

"É você."

"Aham." Ela bufa. "Eu sei que sou eu."

Meu coração acelera. Será que vai ser assim tão fácil?

"Você acha que é você, essa pessoa chamada Zeta-2? Ou sabe mesmo quem é a menina nesse holograma?" pergunto. Ela continua em silêncio, encarando a imagem. Aponto para as mulheres. "E essas são..."

"Minhas mães", sussurra ela.

Vou direto para a última página. O álbum apita, e a mãe de Suma beijando a Suma holográfica, que está revirando os olhos, surge entre nós.

"Cadê ela?", pergunta Suma.

Não é hora de contar à garota que vi a cápsula vazia de Preeti Agarwal.

"Não sei exatamente o que aconteceu", digo, apenas.

"Por que você trouxe a gente até aqui?" A voz de Suma está trêmula. "Preciso encontrar minha mãe. Vou voltar pra nave." Ela dá um passo na direção da saída da caverna.

"Não dá!", grito. Ela se encolhe, depois estaca no lugar. "Se você se recorda de tudo, então também sabe o que o Coletivo vai fazer com você se descobrirem. Lembra da primeira vez que saiu da estase e chamou sua mãe?", pergunto.

Suma baixa a cabeça e encara o moletom.

"Pois eu lembro", continuo. "Se você voltar e eles te pegarem, vão te reprogramar de novo... E garanto que você nunca mais vai voltar. Vão garantir que dê certo dessa vez, e não vou estar lá pra te lembrar de quem você é. Como vai poder ajudar sua mãe se nem se lembrar dela?"

Sei como me senti quando estava desesperada para encontrar mais pais. Eu teria lutado sozinha contra o Coletivo inteiro se isso me ajudasse a encontrar minha família.

"Entendo que você queira sua mãe", prossigo baixinho.

Não posso contar a verdade agora. A mãe dela partiu. Não há nada para encontrar. E a nave onde nossos pais estiveram antes de serem descartados logo vai embora para sempre. Coloco a mão em seu ombro, e ela se desvencilha.

"A gente precisa encontrar as pessoas da primeira espaçonave das Plêiades, os Primeiros Instalados", falo. Suma ergue o olhar de relance quando menciono a embarcação. "Preciso da sua ajuda pra gente chegar até lá."

Ela olha para o transportador.

"Quanto tempo vão levar pra chegar aqui?"

Nyla disse que estavam a vinte e cinco quilômetros da superfície.

"Se a gente tiver sorte, dá pra conseguir antes do próximo ciclo de ventanias."

Suma encara os cipós balouçantes. Não hesita em enfiar o moletom pela cabeça e guardar o álbum de bebê na própria bolsa.

"Então vamos."

Solto um suspiro. Estendo a mão, e ela sequer se move enquanto desligo o monitor em seu traje.

O queixo da garota treme, e os olhos dela se enchem de lágrimas.

"Espero que, depois que a gente achar minha mãe, ela crie uma câmara de fusão térmica e enfie a chanceler lá dentro." Ela estreita os olhos. "Minha mãe vai explodir o Coletivo em um milhão de pedacinhos." Suma volta para a caverna pisando duro.

Está de costas para mim, mas a vejo levar a mão ao rosto para enxugar as lágrimas.

"Vamos seguir as ordens de Zeta-1", Suma proclama para Rubio e Penugem. "O vento já acalmou o suficiente." Ela passa por mim e pega seus equipamentos. "Vamos."

Sei a dor que ela deve estar sentindo, mas parte de mim está feliz por enfim ter a companhia de outra pessoa que também se lembra. O vento ainda oferece certo perigo, a força dele está em cerca de vinte por cento do máximo. Mas não vou discutir com ela.

Uso minha voz mais séria.

"Todo mundo, menos Voxy: deixem os capacetes e as bolsas aqui. Vamos ter tudo que for necessário na área de pesquisa." Todos aqueles apetrechos iam apenas nos atrasar, e precisamos pelo menos tentar encontrar os Primeiros Instalados antes de passar a sobreviver em cavernas comendo samambaia-do-lago. "E, como Épsilon-5 e Zeta-2 disseram, vocês precisam me obedecer... ou vão ter de responder ao Coletivo."

Rubio alisa o macacão, e Penugem ajeita o cabelo, prontos para botar a mão na massa. Seguem junto com Suma. Voxy também se aproxima e confere a selagem.

"O que aconteceu com a Zeta-2?", pergunta Voxy.

"O nome dela é Suma agora", respondo. Penduro a bolsa cheia de preciosidades no ombro. "Você vai ter que aprender nossos nomes de verdade, Voxy."

Ele coloca o capacete.

"Ouvi a Nyla chamar você de Píiítra."

Ele faz uma careta.

"Pe-tra", corrijo.

"Que seja, é um nome bonito", diz ele. "E Zeta-3 e Zeta-2? Qual é o nome deles?" O garotinho encara Penugem e Rubio.

Não é justo usar o apelido que inventei para eles.

"Ainda não sei", respondo.

"Então, o que aconteceu com ela?", repete ele. "Com a Suma..."

"Ela tá com saudades da mãe", respondo. Penso no cubículo de Voxy no quarto de Nyla, em como ela estava preparando o garotinho para ser algo maior. "Você vai sentir saudades da Nyla ou do Crick algum dia também, Voxy." Aperto com mais força a correia da bolsa ao redor da cintura.

"Eu não faço mais parte do Coletivo."

Algo se ativa na minha memória. Me ajoelho junto dele. Preciso saber.

"Voxy, o que... o que o Épsilon-5 falou no seu ouvido? Quando Nyla e Crick estavam me colocando de novo em estase."

Voxy sorri.

"Ele me disse pra não ficar com medo, que ele tinha um plano e aquele não era o fim da nossa história."

Ele fecha o visor e sai por entre os cipós.

Abro um sorriso, olhando para o fugitivozinho que viveu a vida isolado em uma espaçonave, sem nunca poder correr ou brincar, que só sorria quando não tinha ninguém olhando e cuja cor preferida provavelmente é o branco.

Saio atrás dele e me junto ao resto do grupo do lado de fora da caverna.

"Pra que lado eles estão?", pergunta Suma baixinho.

"Na direção das cachoeiras", respondo.

Ela assente e olha para a outra margem do lago, onde a água jorra dos platôs das distantes montanhas geladas.

Os olhos de Penugem, por sua vez, estão fixados no moletom de unicórnio de Suma. No rosto, tem uma expressão confusa e desejosa ao mesmo tempo.

Caminhamos na direção do lago. Sem a tempestade de poeira e água, dá para ver o ponto onde o transportador *deveria* estar. Ele sumiu.

Meus olhos ardem, e minha visão fica turva. O desaparecimento do transportador só pode significar que consertaram a doca e Javier foi encontrado.

No mesmo instante, tenho certeza. Ele não está mais entre nós.

Olho de novo para a caverna. Seria fácil demais voltar, me encolher em posição fetal e reviver as memórias que tenho com meu irmão na segurança desse abrigo de pedra. Tudo o que amo ficou para trás. A Terra. Lita. Meus pais. Javier...

O assentamento é muito longe para chegarmos a pé sem comida e água. Talvez a gente não consiga. É possível que não encontremos os Primeiros Instalados.

Fecho os olhos, e a voz de Javier preenche minha mente como se ele estivesse bem aqui: "*Se esta partezinha da minha jornada servir pra dar chance a outras pessoas, vou deixar nossos ancestrais orgulhosos.*"

Minha respiração entrecortada chega abafada a meus ouvidos. Se isso for a chance de um dia contar a história de que o ato de coragem de um homem idoso foi o que nos salvou, vou assumir o risco de tentar.

"Vamos nessa." Passo por Suma, Penugem e Rubio, puxando Voxy atrás de mim. Gesticulo para que Suma permaneça no fim da fila, ensanduichando os três entre nós duas. "Fiquem juntos, pessoal."

Andamos em uma filinha única ao longo da margem do lago. Vamos para o leste, na direção da menor das cachoeiras.

Uma neblina fina paira sobre o lago conforme o ar frio do leste se mistura com o bafo quente do oeste, que vai sumindo. A sudoeste, o céu queima em rosa, e de vez em quando a bruma se abre para exibir na superfície reflexos que lembram vitrais.

Somos seguidos por bandos de borboletas aquáticas, ondulantes globos roxos e dourados flutuando logo abaixo da superfície, à nossa sombra.

Mesmo com o visor dele fechado, ouço as risadinhas de Voxy. Me viro para trás bem a tempo de ver o garoto agitando os braços. As borboletas aquáticas que se aventuraram a nos observar mais de perto voltam correndo para o grupo. Tudo fica silencioso de novo por um tempo, depois ouço o barulho do traje de Voxy se mexendo e mais gargalhadas. De vez em quando, Penugem se junta a ele. Por duas horas, ouço risadinhas e tecido se mexendo enquanto eles se divertem com as criaturas. De tempos em tempos, peço que parem um pouco.

Mas Nyla e o Coletivo vão vir atrás de nós muito em breve. Esta talvez seja a última possibilidade de Voxy de ter esse tipo de diversão. Se ela nos encontrar antes que a gente chegue ao assentamento, quem sabe como o Coletivo irá punir o garotinho?

Pelas próximas cinco ou seis horas, caminhamos, a maior parte do tempo em silêncio. Não diminuo o passo, mesmo sabendo que todos devem estar cansados e sedentos como eu.

No começo, acho que estou só imaginando o ruído. Mas fazemos uma curva, e o barulho se revela um murmúrio alto. À nossa frente, a superfície cristalina do lago ondula. Suma sai de trás da nossa formação, dando um sorrindo determinado quando passa por mim. Corro até ela, com os outros vindo logo atrás, e chegamos ao rio. A espuma branca da água revolta escorre pela superfície. Do outro lado do rio, há um bosque sombreado de árvores que se estendem ao longo da margem. O campo deve ficar bem à base da cachoeira. O lugar perfeito para um assentamento, e onde Nyla projetou aquele alvo.

"O que acha?", pergunta Suma.

Os ventos vão voltar em breve, e não há cavernas ou outros abrigos à vista. Estamos sem fôlego, com fome e com sede. Nego com a cabeça.

"Vamos procurar um lugar pra atravessar com segurança."

"Falta muito pra chegar na área de pesquisa?", pergunta Penugem, de olhos fechados. Se não a conhecesse, diria que dormiu em pé.

Suma dá alguns passos além da margem arenosa.

"Aqui parece bom."

Sei que ela está desesperada para voltar para sua mãe, mas se arriscar estando tão perto da segurança não é o certo.

"A correnteza parece muito perigosa." Aponto para uma área mais larga com um pouco de espuma branca na superfície. E se...

O zumbido distinto de um drone faz o ar vibrar.

O queixo de Suma cai, e nossos olhares se encontram.

O barulho está se aproximando rápido. E parece cada vez mais alto. Alto demais.

Voxy se agarra ao meu braço. Encaramos um pontinho escuro à distância, muito acima do lago, vindo da mesma direção da qual viemos. Quando ele se aproxima, vejo que não é o único dispositivo.

Há uma nuvem de drones voando na nossa direção, como um bando de insetos

Mas não são inofensivos drones de coleta ou aeronaves de resgate à procura de uma criança desaparecida. Preso à base de cada um há um aspersor destinado a atividades de terraformação. E o que faz meu coração parar por um momento é ver os tanques em cima dos drones. Estão cheios de um líquido verde e brilhante.

Sinto o couro cabeludo esquentar. Tinha me esquecido disso.

O tamanho dos tanques é exagerado caso o objetivo seja matar só nós cinco. O ar, tão pacífico pouco tempo atrás, agora pulsa com a vibração das hélices. Penso nos frascos lá no laboratório. Nunca voltei para ver se a toxina tinha sido neutralizada na capela. Matei a todos nós.

Suma me cutuca com o cotovelo.

"O que é isso?"

Não consigo responder.

"Impressionante", solta Rubio.

"Gente", grito com a voz trêmula, "não entrem em pânico."

"E por que a gente entraria?" Penugem acena para o céu. "É só o Coletivo. Mas que tipo de drone é aquele?"

Voxy está parado ao meu lado, o capacete abafando o barulho da respiração acelerada. Ele aperta minha mão com tanta força que até dói.

Os drones estão se aproximando de nós, seguindo para o sul em uma formação triangular. Há tantos que parecem ser partes de uma única aeronave.

Suma empurra as mãos de Penugem para baixo e se inclina na direção dela.

"Não chama a atenção", diz, fulminando a garotinha com o olhar. Ainda bem que Suma está comigo.

Não temos muitas chances, mas a água fria e oxigenada do rio pode ser nossa única oportunidade de sobreviver. Será que os outros sabem nadar? Se ao menos a gente tivesse trazido os capacetes... A culpa é minha.

Agarro a mão de Voxy e me viro para Suma.

"Eu sou a maior", digo. "Vou primeiro. Você ancora a gente o melhor que conseguir do outro lado."

Suma segura a mão de Penugem com força. Os demais seguem a deixa, formando nossa corrente humana; Voxy segura a mão de Rubio e Rubio segura a de Penugem.

"Não larguem!", grito, entrando no rio.

A água congelante entra nas minhas botas, e de repente sinto que estou de volta à cápsula no dia do embarque, com o gel de estase fluindo ao meu redor. A força da correnteza tenta com empenho me derrubar.

Olho para trás. Um a um, adentramos o rio enquanto os drones chegam ainda mais perto, o zumbido mais alto do que o rugido da correnteza. Na metade da passagem, olho de novo para trás e vejo que estamos todos dentro. Suma está com água batendo na cintura, fazendo tanto esforço para se manter de pé quanto eu. Mas os drones estão longe demais para mergulharmos e prendermos a respiração agora.

Um pouco de água entra na minha boca. Com um sacolejo, o rio me passa uma rasteira, como um cachorrinho descontrolado. Tropeço, tentando firmar as pernas, mas a corrente é intensa demais. Voxy agarra minha mão com mais força, e finco a ponta das botas no leito do rio. Vamos cambaleando juntos até quase chegar ao outro lado.

Meu pé afunda no lodo da margem oposta e nos ancora de novo.

Voxy ergue o rosto, os olhos cheios de lágrimas. Mesmo com o rugido do rio as encobrindo, as frágeis palavras do garotinho fazem meu coração partir.

"É tudo culpa minha."

Os drones já estão quase acima de nós, e o ruído das hélices é ensurdecedor. Não tenho tempo de garantir a Voxy que tudo isso aconteceria mesmo que ele não tivesse fugido.

"Hora de afundar, pessoal!", berro.

Voxy está com os olhos tão arregalados quanto Javier no dia em que Lita nos mostrou a cascavel morta que encontrou no galinheiro.

"Vai ficar tudo bem, Voxy. Não precisa ter medo, seu capacete vai te fornecer oxigênio." Seguro o garotinho com força. "Tá pronto?"

A criança que provavelmente nunca tomou um banho de verdade na vida nega com a cabeça.

Faço como faria com Javier.

"Um, dois, e..."

Afundamos, e abro os olhos para conferir se os demais estão bem. Sob o turbilhão da correnteza, vejo apenas uma sombra escura bloqueando os raios do sol penetrando a água. A gente não notaria a sombra de um único drone, mas a do bando inteiro nos mergulha na escuridão. Seguro a respiração até a água clarear de novo. Estou quase desmaiando, mas ainda não passou tempo suficiente para que o aerossol tenha se dissipado caso as aeronaves tenham detectado nosso calor e dispersado o veneno aqui.

Ergo a cabeça até a superfície e arquejo, entrando em pânico com a possibilidade de respirar a toxina. Mas os drones passam por nós e continuam na direção sul, e não parece ter uma bruma verde pairando no ar. Puxo os outros e, um a um, meus companheiros erguem a cabeça, tossindo e arfando por ar. Menos Voxy, que ainda está usufruindo da segurança de seu capacete.

As centenas de drones não nos veem, ou então o Coletivo não liga mais para nós. Sigo o drone principal com o olhar, tentando identificar o fim de sua trajetória. E então percebo: seu destino é a área para a qual estamos indo. A cachoeira inferior.

Nado na direção de uma rocha grande e me seguro nela com um dos braços. Mas me aproximo com velocidade demais, e bato a rótula com força na superfície. Grito e levo a mão ao joelho, soltando Voxy. Minha bolsa se enrola ao meu redor, e então percebo que a mão enluvada de Voxy está se agarrando com toda a força na alça. Solto o joelho para ajudar o garoto, e a dor pulsa na minha patela sem parar. Uso a bolsa para jogar a ponta da nossa corrente humana na direção da margem arenosa. Suma se arrasta para a terra firme. Um a um, puxa Penugem, Rubio e Voxy até eu ser a única agarrada à pedra.

Suma dá um puxão na bolsa.

"Pode largar, Zeta-1!", grita ela. "Por favor."

Abro os olhos e percebo que Suma sequer sabe meu nome de verdade.

Solto a rocha e me jogo na direção do grupo enquanto a correnteza tenta me arrastar para longe. Suma e Voxy seguram juntos a alça enquanto Penugem e Rubio os ancoram na margem; lutando contra a força da correnteza, eles enfim me puxam até a terra firme.

Caímos espalhados na margem, pingando e tossindo.

Lá em cima, os drones se aproximam da cordilheira, de onde a água gélida vinda do leste jorra pela borda do penhasco.

As aeronaves se dividem em grupos, as trajetórias se entrelaçando. Uma neblina de um verde brilhante brota da base dos dispositivos com um chiado perturbador.

Sinto o estômago embrulhar. Ajudei a criar aquilo.

A bruma esverdeada faz o céu laranja e roxo de Sagan assumir um tom nojento de marrom. Penso na altitude dos drones. Agora, longe o bastante para ficarmos em segurança por enquanto, mal dá para vê-los.

As folhas imensas da mata se agitam com a brisa, nos incitando a buscar abrigo em meio à vegetação.

"Tá tudo bem?", pergunta Suma, e assinto. "O que você acha que estão fazendo?", pergunta ela, olhando para o céu.

Dou de ombros, indicando que não sei. Outra mentira.

Tento me levantar, mas meu joelho não ajuda. Voxy segura minha mão enquanto manco junto com o resto deles até a selva.

Lá em cima, na copa das árvores, pássaros — ou melhor, pequenos lagartos alados — flutuam entre as folhas. O chão é um tapete esponjoso de musgo, e cada passo me dá a impressão de estar pisando em um travesseiro. Pedrinhas espalhadas salpicam o chão da floresta como frutas maduras caídas no solo.

Encontramos uma árvore e nos agrupamos embaixo dela. Consigo ver meu joelho já inchando sob o traje.

Ergo o rosto e vejo as folhas de orelha-de-elefante. De alguma forma, estar aqui sob as copas passa a sensação de estarmos escondidos debaixo de cobertas. Mas, assim como com as cobertas quando estamos na cama, se alguma coisa realmente do mal quiser nos pegar aqui, a cobertura não vai nos oferecer proteção alguma.

Suma torce a camiseta.

"E agora, o que a gente faz?"

Encaro a bruma pálida à distância, baixando na direção do solo do planeta, meu estômago se revirando de medo. Só Voxy está de capacete, e mesmo com a toxina muito longe de nós agora, sei que o vento vai fazer a substância chegar até nós cedo ou tarde.

Balanço a cabeça. Esse não é o tipo de coisa que a gente deveria ter que decidir.

Precisamos ao menos encontrar o assentamento dos Primeiros Instalados. Ver se tem alguma coisa que podem fazer para nos ajudar. Não consigo nem imaginar Voxy passando a maior parte da vida usando um exotraje e um capacete.

Rubio esfrega os braços.

"A gente não devia tentar entrar em contato com o Coletivo?"

Suma estreita os olhos.

"Épsilon-5 foi claro quando disse que a gente deve seguir as instruções de Zeta-1. Caso contrário, vou reportar a infração de vocês direto pra chanceler Nyla."

Rubio engole em seco e se inclina para fora da linha de visão de Suma, se escondendo atrás de um tronco.

Espiamos pela copa das árvores. Como uma legião assassina fugindo do local de um massacre, os drones se reúnem de novo em formação. Depois que voltam a parecer uma massa compacta, disparam para o norte.

Suma se aproxima disfarçadamente de mim, falando pelo canto da boca.

"Quanto tempo até a gente sair daqui?"

Que situação! Não podemos continuar seguindo na direção do assentamento até eu saber que a toxina se dissipou. Mas se a gente esperar demais, os ventos tempestuosos vão voltar, e os troncos finos e as rochas não vão nos abrigar direito.

Não consigo criar coragem para contar a Suma sobre a toxina. Por que deixar a menina aterrorizada sobre o que nos espera se não tenho como deter o destino?

"Não muito", respondo.

O céu marrom começa a recuperar o tom de laranja queimado e rosa bem vibrante.

Todos nos sentamos. Em minutos, Rubio começa a roncar. Penugem se deita de lado para tirar um cochilo. Eu daria qualquer coisa para apagar da mente a imagem dos drones e do que aconteceu. Voxy se acomoda de costas, admirando pelo visor os lagartinhos voadores lá em cima nas copas da mata.

Suma se senta de pernas cruzadas na base da árvore logo à minha frente, o espiral prateado do chifre de unicórnio irrompendo do meio dos cachos morenos.

"Meu nome é Suma", diz ela.

Sinto os olhos arderem, e lágrimas transbordam deles como se fossem duas panelas em fervura.

Limpo o nariz, nem um pouco envergonhada de como o gesto deve parecer nojento.

"Eu sei", digo, percebendo que ainda não a chamei pelo nome. "E o meu é Petra."

"Petra", repete ela. "Obrigada, Petra."

Os lábios da garota tremem, e me pergunto se ela de alguma forma já descobriu a verdade inevitável sobre a mãe.

"Zeta-1?", chama Penugem, batendo os dentes. "Tô com frio."

"E com fome", resmunga Rubio, meio adormecido.

De repente, tenho uma breve experiência de como é ter filhos. Me levanto e caminho até a linha das árvores, encarando as cores mutantes do céu.

O assentamento fica longe demais para ser visto daqui a olho nu.

Manco até Rubio.

"Preciso que você me empreste sua luneta."

Ele dá de ombros e tira o apetrecho do bolso, entregando-o para mim antes de voltar a fechar os olhos. Quando paro na fronteira da mata, foco a luneta em um ponto abaixo da cachoeira e analiso a área. Bocas de pequenas cavernas marcam a superfície rochosa de ambos os lados das quedas d'água. Olho de novo para a área aberta. A toxina está sumindo aos poucos. Um campo verdejante, da cor do jardim de cactos de Lita, se estende logo abaixo da queda d'água. Mas é apenas um campo relvado. Além dele, tem mais floresta. Não vejo nenhum assentamento como Nyla disse que haveria. Nada da espaçonave das Plêiades. Nada de pessoas.

O que não estou vendo?

Sinto alguém se mexer ao meu lado; quando me viro, encontro Suma. Estendo a luneta para ela.

"Tenta ver alguma coisa", peço.

Nesse momento, uma abelha pousa no chifre de unicórnio de Suma. Não sei se ela gosta ou não de abelhas, estão espanto o inseto no mesmo instante. Depois, congelo no lugar.

"Era de verdade", sussurro.

Suma vira a cabeça em um gesto casual.

"Quê?", pergunta ela. Lembro de mamãe dizendo que abelhas são vida. Sem abelhas, não há comida; sem comida, não há humanos. Suma dá de ombros e pega a luneta. Depois de um instante, começa: "Hummmm..."

"O que foi?", pergunto.

Ela coloca a ponta da luneta no meu olho e aponta a outra extremidade na direção da cachoeira e da mata ao redor, do lado oposto do campo. Em vez de troncos finos e eretos, as árvores orelhas-de-elefante estão entrelaçadas umas às outras, formando uma muralha que lembra um cesto trançado. Isso não é natural em planeta algum. Quantas pessoas vivem aqui, e há quanto tempo os Primeiros Instalados chegaram?

"O que você acha que é?", pergunta ela.

Só pode ser o assentamento. Mas não há humanos à vista.

Independentemente do que tenha acontecido, já é tarde demais. Foram todos envenenados.

À distância, na direção de onde os drones voltaram depois do ataque, vejo a silhueta da nave em forma de louva-a-deus.

"Rápido!", exclamo. "Se escondam atrás das pedras!"

Se eles decidirem voar logo acima de nós, as árvores não vão ser suficientes para esconder nossa assinatura de calor, mas talvez a gente tenha alguma chance.

Suma e eu voltamos a toda velocidade para dentro da mata. Agarro Voxy e Penugem, e Suma puxa Rubio. Mas a nave para a vários quilômetros de distância de onde estamos. Mesmo estando tão longe, parece tão grande que a impressão é de que os trens de pouso vão se esticar e nos puxar para longe. O louva-a-deus paira no lugar, sem se mover.

"Fiquem onde estão até eu falar!", grito da nossa rocha. Mas Voxy e até Penugem estão agarrados a mim.

Olho ao redor. Não há drones com tanques de toxina. Não há sinal algum do transportador deixando a nave para nos resgatar. À distância, os estabilizadores de gravidade da nave da Plêiades começam a zumbir, cada vez mais alto. Como quando deixamos a Terra, usando a gravidade de Sagan para juntar energia. E é quando compreendo: acabou. Após eliminar a competição, o Coletivo vai embora. Sinto uma mãozinha agarrar a minha, e ao olhar para baixo me deparo com Voxy apertando meus dedos. Aperto os dele de volta.

Os propulsores são ligados, e a nave salta na direção do espaço. Com um rugido, se afasta de Sagan a toda velocidade. Me pergunto se o Coletivo vai retornar quando tiverem descoberto como resolver a questão dos filtros de epiderme, ou se vão achar algum outro planeta Cachinhos Dourados e nunca mais darão as caras. Olho para Voxy, que está vendo o único lar que conheceu na vida ficar cada vez menor.

"Tá tudo bem", falo.

Ele encolhe os ombros.

"Eu sei."

Nos levantamos e assistimos mais um pouco à partida da espaçonave. Com o planeta dotado de anéis ao fundo, o brilho da nave deixando Sagan se curva em uma trajetória elíptica como um vaga-lume, até sumir.

A história de Javier termina naquela embarcação. No fim dela, meu irmão sabe que eu o amava e está com seu livro. Sua narrativa vai terminar com ele sendo Javier, e não um membro do Coletivo.

E agora que foram embora, estamos sozinhos. Só nós cinco em um planeta gigante. Tomei esta decisão por todos nós. Não quero pensar no que isso significa. Olho para Suma, e lágrimas escorrem pelo seu rosto. Me dou conta de que ela ainda acha que a mãe dela estava na nave.

"Suma?", chamo, mas ela não desvia os olhos da embarcação. "Suma, sua mãe... Eles já tinham..."

"Eu sei." Ela limpa o rosto com o antebraço.

Sinto vontade de dar um abraço na garota, mas ela pega Voxy e Penugem pela mão e, junto com Rubio, volta para a proteção da copa das árvores.

Aperto os olhos bem forte, bloqueando a imagem dos cadáveres que vamos encontrar no assentamento dos Primeiros Instalados. Isso se eles de fato estiveram lá em algum momento. A toxina já deve ter se dissipado, mas não quero submeter nenhum de nós a esse risco agora. É necessário, porém. É a única chance de abrigo que temos. Só preciso de um momento.

Levo a mão ao bolso, e algo pontudo cutuca meu dedão. Puxo o pingente de sol prateado e o encaro, esfregando a ponta manchada. Meus olhos se enchem de lágrimas, e olho para cima para evitar que caiam. A sensação é de que faz poucos dias que Lita pendurou o presente no meu pescoço. E embora Sagan tenha uma quantidade exponencialmente maior de estrelas, elas brilham igual aqui e no deserto do Novo México, quando eu me deitava sobre a manta listrada de vermelho e preto, repousando o rosto no peito de *mi abuelita*. Bilhões de quilômetros de espaço sideral, e mais sóis e luas do que consigo contar, me separam de casa.

Ergo o pendente para o céu, centralizando a estrela anã no meio da obsidiana. O pequeno globo cintila fraquinho no meio. Falo bem baixo para que os outros não consigam ouvir.

"Lita, você tá aí?" Sinto as palavras se enroscando na garganta. "Preciso de ajuda."

Espero.

Nada acontece. Não ouço uma voz mágica sussurrada pelo vento. Nem sinto o cheiro do perfume dela.

Talvez o sol aqui seja pequeno, baixo ou frio demais para que funcione.

"Zeta-1?", chama Rubio de novo.

Devolvo o pingente ao bolso e fecho o zíper. Manco de volta até a árvore sob a qual o grupo está descansando e me sento ao lado de Penugem.

"A gente vai encontrar comida em breve", digo com um sorriso animado, sabendo que, quando isso acontecer, vai ser uma meleca de samambaia-do-lago cozida.

Penugem se aconchega em mim, tremendo por causa das roupas molhadas.

Abro um compartimento da minha bolsa de coleta de amostras. Emboladas lá dentro estão as roupas de Javier. Pego a calça infantil e o moletom da Gen-Gyro-Gang. Sinto o queixo tremer e mordo o lábio. O casaco não tem um chifre de unicórnio, mas está mais seco que o exotraje de Penugem. Entrego a peça para a garota, que arregala os olhos. Um sorrisão enorme cruza seu rosto, e me pergunto se a menina também era membro da turminha Gen-Gyro, como Javier e todas as outras crianças de sete anos da Terra.

"São pra você", digo.

"Uau!" Ela pega a roupa e corre para trás da árvore mais próxima. Suma e eu sorrimos quando ouvimos o som apressado do zíper do traje se abrindo. Em seguida vem um ruído úmido do tecido batendo no chão.

Uma única lufada de ar do oeste sopra por entre os troncos das árvores. Em nossa pele úmida e toda arrepiada, ele fica quentinho. Lagartos voadores já se escondem em buracos nos troncos, guiados por algum instinto que desenvolveram depois de um milênio submetidos a ciclos de ventanias a cada oito horas.

“Valeu, Zeta-1”, diz Penugem.

Suma fala baixinho, de trás de mim:

“O nome dela é Petra.”

Penugem encara Suma, com a mão na cintura.

“Zeta-1 é especialista em tudo que tem a ver com geo...”

Suma fala por cima de Penugem, a voz incisiva de repente:

“*Petra* é uma contadora de histórias.”

Um quentinho envolve meu coração, como um abraço de Lita.

Fecho os olhos, e de repente estou nos fundos da casa de Lita, às margens do deserto. O chiado dos lagartinhos voadores aqui, conversando com seus amigos muito acima de nós, entre as árvores, me lembra dos coiotes cantando onde eu morava. Consigo até imaginar a fumaça doce das árvores de orelhas-de-elefante se elevando na direção do céu estrelado de Sagan.

A voz de Lita surge em minha cabeça: “*Defina sua intenção.*” Lágrimas se acumulam em meus olhos. Deixo as memórias me dominarem. Convoco todo mundo: mamãe, papai, Lita, Javier e nossa casa. Ben e minha biblioteca caindo aos pedaços, lá no fundo da minha mente. As histórias de Lita e meus ancestrais. Estou trazendo tudo isso para este mundo.

O vento vai ficando mais forte lá em cima, os galhos se agitando ao sabor do vento cálido de Sagan, igualzinho a como era no deserto do Novo México. Olho ao redor, para Rubio, Penugem, Voxy e Suma: pessoas de cores e tamanhos diferentes. Por mais que não tenhamos nada a ver uns com os outros, sinto que somos uma família inesperada.

Penugem se senta e abraça os joelhos, ainda tremendo. Rubio leva as mãos ao estômago, que ronca. Voxy me encara com esperança, como se eu preenchesse um vazio.

Pelo menos com o Coletivo, eles quatro tinham comida na espaçonave. Ficavam aquecidos. Tinham tônicos e poções para dormir mais facilmente. Agora, todos os dias vai ser uma luta. Será que a vida fora da embarcação vai ser realmente melhor?

O vento assovia cada vez mais alto, me lembrando do fato de que vamos ter que arrumar um abrigo muito em breve. Passando por entre as árvores, soa mais como um grito.

"O que é isso?", pergunta Voxy, com a voz vacilante.

Na época em que mais senti medo na vida, Lita achou uma maneira de tirar o cometa Halley da minha mente.

"Ah, esse barulho?", digo. "Não se preocupa. É só a Serpente de Fogo." Aponto para o lado oposto da mata. "Ela mora no lado oeste do planeta."

"Pfff", interrompe Rubio. "Nossos estudos sobre formas de vida mostraram que não há ofídios neste planeta."

"Xiiiu, este é *meu cuento*", digo.

Penugem estende a mão e cutuca Rubio.

"Quieto! Ela vai contar um *cuento* pra gente."

Volto no tempo, como se aquilo tivesse acontecido há apenas alguns dias. Vejo Lita jogando um pedaço de *piñon* no fogo.

Mas, desta vez, baixo a voz e falo bem devagar.

"Había una vez, siglos en el pasado, uma serpente de fogo que deixou a mãe, o planeta Terra, para procurar o pai", aponto para a estrela anã, "que era muito maior e mais poderoso, e morava mais longe que o sol de Sagan."

"A Terra", sussurra Penugem, olhando para a esquerda. "O que é Sagan?"

"Quem tá interrompendo o *cuento* agora, hein?", solta Rubio.

Prossigo, fazendo uma bola com as mãos.

"O pai de Serpente de Fogo era um sol fustigante." Imito uma explosão com a mão na direção deles. "Os cumprimentos do pai queimaram os olhos do filho quando ele se aproximou... e Serpente de Fogo ficou cego!"

Penugem arqueja e apoia as costas contra a árvore.

Imagino Lita rindo enquanto vê partes da história dela sendo contadas em um novo planeta.

Baixo o queixo.

"Pobrecito. Sem seus olhos ou amigos que o guiassem, ele voltou pra casa, pro amor da mãe. Terra, um planeta de azuis-turquesa e verdes-esmeralda, com oceanos imensuráveis cheios de peixes e baleias."

Olho para Suma. Ela está com os olhos fechados, sorrindo. Uma lágrima escorre por sua face.

Me inclino para a frente e faço minha voz soar rouca e misteriosa.

"Mas também havia criaturas desconhecidas nas profundezas do oceano", continuo, erguendo os braços. Eles acompanham o movimento com o olhar. "Cordilheiras tão altas e distantes que humano algum jamais pisou nelas. Cavernas tão imensas que ninguém se maravilhou com seus cristais. Os cumes nevados da mãe de Serpente de Fogo, a Terra, cintilavam dourados à luz do fogo do pai dele."

Respiro fundo, pensando no que vem depois, antes de prosseguir:

"Mas quando voltou à procura da mãe, os olhos cegos de Serpente de Fogo não conseguiam mais ver direito, e ele voou muito rápido e muito perto dela."

Fecho os olhos, e a imagem holográfica que Nyla mostrou na festa do Coletivo lampeja na minha mente. Engulo em seco, e sei que se conseguir envelhecer como Lita, este vai ser o momento em que vou pedir para que os outros compartilhem histórias de amados que perderam quando Serpente de Fogo voou perto demais da Terra. Vou compartilhar histórias da minha própria *abuelita.* Vou compartilhar como ela depositava amor na vida e na comida, no próprio lar, nas histórias que contava.

"Ai, não", diz Voxy.

Suma ainda está com os olhos fechados, e não sei se está tentando esquecer ou lembrar. Talvez histórias existam para nos ajudar a fazer as duas coisas. Sei que elas não podem ter um final feliz sempre. Mas se houver uma forma de melhorar a dor, precisamos dizer em voz alta as partes que machucam mais.

"Em vez de ser uma reunião feliz entre mãe e filho, a volta do nagual trouxe morte e destruição."

Ficamos todos em silêncio. Mesmo sem ter conhecido nenhuma das pessoas que pereceram, os olhos de Voxy marejam. E sei que são histórias dele também. Assim como eu, os ancestrais do garotinho eram pessoas que viviam em algum lugar na Terra.

"Alguns humanos corajosos foram embora do lar que tinham na mãe do nagual, a Terra. Levaram pouquíssimas coisas e deixaram para trás muito do que amavam com a esperança de encontrar uma nova casa para seus filhos, e os filhos de seus filhos, e todos os humanos que ainda viriam", digo. Suma se vira e enxuga a lateral do rosto. "Serpente de Fogo lamentou a perda da mãe, culpando a si mesmo."

"Mas e aí? O que ele fez depois, sem a mãe?", pergunta Rubio, se inclinando para a frente.

Faço uma pausa longa, como Lita costumava fazer, dedicando um tempo para dirigir um sorriso astuto a cada um deles.

"Ele não teve escolha. Seguiu a única coisa que o lembrava de casa, a única coisa que lhe era familiar." Aponto para Rubio, Penugem e Voxy. "Os humanos.

"Por centenas de anos, Serpente de Fogo seguiu os humanos em seu êxodo." Aponto na direção oeste. "Ficou a uma distância segura, por medo de machucar esses humanos também. Não ousava chegar perto deles. Mas quando chegaram em seu novo lar, Serpente de Fogo, que os seguira, percebeu que poderia viver do lado escuro de Sagan, a leste, e que o gelo do planeta seria capaz de extinguir para sempre seu bafo flamejante."

Uma lufada quente do oeste sopra na hora certinha.

"Viram só?", digo, e prossigo. "Ele bafora seus ventos reconfortantes até os humanos. Uma promessa de que vai manter uma distância segura, mas vai usar seu hálito para os manter aquecidos. Um lembrete de que está aqui pra proteger pessoas como nós, as outras crias de sua mãe Terra."

Um corrente mais forte de vento uiva por entre as árvores. Nem um único lagarto voador chia. Mordo o lábio trêmulo. Precisamos encontrar abrigo agora. Já chegamos tão longe... Não vou deixar nossa história terminar aqui. Mesmo que sejamos só nós cinco, vou compartilhar as narrativas que conheço da mãe de Lita, e da mãe da mãe dela... Vou garantir que o folclore dos meus ancestrais inunde o solo de Sagan. E, neste novo mundo, vou contar em voz alta as melhores partes da minha biblioteca mágica mental.

Quando olho para Suma, Rubio, Penugem e até Voxy, percebo que, no fim, encontrei uma espécie de família. Temos sorte. Somos pessoas que puderam viver em dois planetas. E sei que todos merecem ouvir a verdade sobre o que deu errado. Que só restamos nós. Que nossos pais morreram, e que temos muito trabalho pela frente se quisermos viver. Respiro fundo.

Rubio se apruma, a boca entreaberta e as sobrancelhas franzidas em um V.

"O *cuento* de Zeta-1 é verdade!", exclama ele. "Consigo sentir o bafo da serpente." Ele respira bem fundo. "Fumaça."

"Você lembra de fumaça?", pergunto sem nem pensar.

Me dou conta de que as coisas podem azedar rapidinho se todos se recordarem de casa ao mesmo tempo.

"Eu também", diz Penugem.

Cogito a possibilidade de ela estar só imitando o outro garoto, mas aí...

"Me faz lembrar de marshmallows queimados." Penugem tomba a cabeça para o lado.

Suma inspira fundo.

"Petra! Fumaça!" Ela salta de pé.

Também me levanto. Andamos devagar até as margens da mata. Dou um passo para fora da vegetação cerrada para conseguir olhar na direção da nascente do rio.

O mundo no crepúsculo está calmo, exceto por um sopro da brisa. Aperto o pingente de obsidiana na mão, e então escuto. A voz de Lita ao sabor do vento.

"Você vai ser uma grande cuentista, Petra."

Olho para as luas para evitar que as lágrimas escorram pelo meu rosto. A menor lua espia por detrás da maior. Juro que consigo ver a silhueta de el Conejo na superfície dela.

Depois, também sinto o cheiro. Se eu me permitir ter esperanças, a decepção vai doer demais. A fumaça pode estar vindo de um fogo aceso pelos Primeiros Instalados antes do lançamento da toxina.

Até que... Vêm do sul, e das cavernas perto das cachoeiras. São apenas algumas notas, mas misturadas com o farfalhar suave do vento, empurradas pelo ar junto com o cheiro da fumaça, escuto... o som de um violão distante, acompanhado de risadas.

Javier. A toxina no laboratório. Será que ele conseguiria ter feito algo assim?

E, de repente, entendo exatamente o que ele quis dizer com suas últimas palavras.

"Se esta partezinha da minha jornada servir pra dar chance a outras pessoas, vou deixar nossos ancestrais orgulhosos." Ele não estava só falando de ajudar a nos tirar da espaçonave. Estava falando de salvar *todas* as pessoas vindas da Terra que sobreviveram à jornada.

A música vai ficando mais alta.

"O que é isso?", pergunta Rubio.

Pisco, e as lágrimas escorrem por minhas bochechas.

"É o nosso lar."

... se acabó el cuento,
se lo llevó el viento
y se fue... por las estrellas adentro.

... e digo que foi assim,
o vento soprou a história de mim
e assim ela se espalhou... por entre as estrelas sem fim.

Agradecimentos

Sempre fico admirada e grata pelas pessoas que apoiam minha escrita e inundam minha vida de amor, encorajamento e alegria.

Agradeço ao meu editor, Nick Thomas, por apostar neste "tipo diferente de livro no qual estou trabalhando" e por me deixar expandir minhas asas literárias. Você não só abraçou este projeto como também levou as ideias muito além do limite da minha imaginação esquisitinha. Você foi um guia muito paciente no processo de me ajudar a aprender sobre o mundo da publicação e a navegar nele. Conseguimos de novo! Veja só!

Obrigada à minha querida agente, Allison Remcheck, por defender minhas ideias e acreditar em mim e nas minhas histórias. E por sempre perguntar "Qual é o próximo passo?" com interesse e entusiasmo genuínos. Sou muito grata por sua calma orientação e por sua amizade.

Mamãe e papai, não sei muito bem o que fiz pra merecer vocês como meus pais. Espero que eu possa fazer jus ao exemplo que vocês dois me deram de humor, trabalho duro e gentileza com todos. Obrigada por encorajarem meus, ahn... contos criativos.

Obrigada ao meu marido, Mark. Sou extremamente grata por seu apoio à minha escrita e por todo o feedback que me deu enquanto eu criava este livro. Obrigada por uma vida repleta de risadas.

Agradeço a meus filhos Elena, Sophia, Bethany e Max. Vocês são muito preciosos pra mim e me inspiram todo dia, tanto na vida quanto na escrita. Que sorte a nossa de termos uns aos outros!

Obrigada, vovó Mary Barba Matney Salgado Higuera. Suas histórias cheias de cores se estenderam por gerações. Agradeço pela infância cheia de magia, comidas deliciosas e histórias malucas.

MUITO obrigada à família que é meu grupo de escrita, The Papercuts: Cindy Roberts, Mark Maciejewski, Maggie Adams, Eli Isenberg, David Colburn, Jason Hine, e Angie Lewis.

Amo muito vocês! Boa viagem, Angie.

Obrigada a Irene Vázquez, que leu a história de Petra lá no comecinho e me ajudou a fazer com que ela ficasse ainda melhor. Sua experiência editorial não tem preço!

À família que é minha agência, a Stimola Literary Studio: Rosemary Stimola, Peter Ryan, Allison Hellegers, Erica Rand Silverman, Adriana Stimola e Nick Croce, além de, é claro, minha já mencionada agente Allison Remcheck.

Obrigada à outra família, minha editora Levine Querido, por apoiar tanto minha escrita e meus livros. Arthur A. Levine, você sempre me maravilha! Obrigada por criar um lar quentinho e acolhedor pra tantas pessoas. E ao resto da equipe: a gerente de publicidade, Alexandra Hernandez; o diretor de marketing, Antonio Gonzalez Cerna; e a editora assistente, Meghan McCullough. Vocês são muito competentes! Obrigada por tudo.

Raxenne Maniquiz. Uau! Obrigada por criar o que, acredito, é a capa mais linda da história da literatura. Queria que você pudesse ouvir os suspiros sempre que mostro o livro a alguém. Eu não conseguiria ter imaginado uma capa mais mágica, mais capaz de representar o espírito do folclore antigo e do espaço futurístico ao mesmo tempo. Que coisa maravilhosa!

David Bowles, obrigada por seus comentários e por sua ajuda com as tecnicalidades do folclore mexicano e do espanhol. Que cabeça, *hermano!*

Agradeço MUITO a Zoraida Córdova, que leu a versão mais infantil da história de Petra. Obrigada por não só fazer as perguntas difíceis, mas também por me dar ferramentas para entender essa personagem e o mundo em que a estava colocando. Que presente ter a oportunidade de aprender com você!

Gostaria de deixar um agradecimento especial a você, Yuyi Morales, por permitir o uso de um trecho de *Sonhadores* neste livro. Suas palavras são mais do que lindas e poderosas.

Robert, do Parque Estadual de Rockhound, obrigada por sua imensa paciência ao responder todas as minhas perguntas. Você me ensinou uma coisinha ou outra sobre rochas. Você é uma pedra preciosa!

Robert R., agradeço pelas conversas sobre ficção científica e ciência espacial, e por me ajudar a entender pelo menos um pouco de como as coisas funcionam e não funcionam.

Mandi Andrejka, obrigada por pegar todos os errinhos do texto e ajeitar os detalhes. Como você faz isso?

À SC-BWI (Sociedade dos Escritores e Ilustradores de Livros Infantis): não tenho como agradecer o suficiente por tudo com que me agraciaram ao longo desta jornada. Da minha formação em escrita a amigos queridos e até meu marido, vocês me apresentaram as melhores coisas da vida.

Obrigada a Richard Oriolo pelo projeto gráfico maravilhoso deste livro.

Leslie Cohen e Freesia Blizard da Produção na Chronicle, obrigada por fazerem com que este livro fosse tão bonito.

E a todos os contadores de histórias, editores e pessoas que trabalham com a arte de fazer livros: muito obrigada por sua contribuição e pelo trabalho duro de criar as coisas mais preciosas dentre as que carregaremos conosco futuro adentro.

Donna Barba Higuera cresceu se desviando de redemoinhos nos campos de petróleo da Califórnia Central e agora mora no Noroeste Pacífico. Passou a vida misturando folclore com suas experiências pessoais para alimentar sua imaginação. Agora entrelaça tudo isso em livros infantis e romances. O primeiro livro de Donna, *Lupe Wong Won't Dance*, foi premiado pela pnba (Associação de Livreiros do Noroeste Pacífico) e pelo Pura Belpré. *A Última Contadora de Histórias* é seu segundo romance.

DARKSIDEBOOKS.COM